MORIRE DI PAURA

LE INDAGINI DELLA DETECTIVE KAY HUNTER

RACHEL AMPHLETT

CAPITOLO 1

Yvonne Richards strinse il foglietto tra le mani, la pagina si sgualcì alla presa.

La scrittura era stata scarabocchiato in fretta, scivolando tra le linee blu che intersecavano il foglio.

«Tony? *Sbrigati.*»

«Sto andando il più veloce possibile» disse lui a denti stretti.

La risposta le fece venire le lacrime agli occhi mentre lui si schiariva la gola.

«Dimmi di nuovo come si chiama la strada?»

Sollevò il pollice dal foglio, notando che il calore della sua pelle aveva sbavato l'inchiostro, e strizzò gli occhi per decifrare la calligrafia.

«Via dell'Innovazione.»

Sollevò il foglietto dalla gamba dove la sua mano era appoggiata e lo scrutò di nuovo. La scrittura di Tony era terribile anche nei momenti migliori, ma ora faceva fatica a leggerla; le sue mani avevano tremato quando aveva sentito la voce dell'interlocutore.

«Est o ovest?»

«Ovest.»

Lui svoltò troppo presto, l'auto raggiunse un vicolo cieco dopo pochi metri. Frenò bruscamente, entrambi trattenuti dalle cinture di sicurezza.

«No, no. La prossima!»

«Hai detto che era questa.»

«No, ho detto ovest. Via dell'Innovazione *ovest*.»

Lui imprecò sottovoce, ingranò la retromarcia e fece inversione sulla strada principale prima di girare al successivo incrocio.

«Mi dispiace.»

«No, va bene. Va bene. Mi dispiace.»

Lasciò cadere la mano in grembo, stringendo il foglio per paura di perderlo prima di raggiungere la destinazione, e soffocò un singhiozzo.

Una mano cercò la sua, e lei intrecciò le dita con le sue, cercando forza.

Non ne trovò.

Le mani di lui erano umide come le sue, e stava ancora tremando.

«Entrambe le mani sul volante, Tony» mormorò, e gli strinse le dita.

Deglutì mentre il suo sguardo scorreva sulla pelle abbronzata di lui.

Persino i suoi capelli si erano schiariti sotto il sole italiano. I suoi capelli invece erano crespi per l'umidità, la sua pelle pallida in confronto, e aveva invidiato quel colorito sano quando erano scesi dall'aereo venerdì.

Prima di arrivare a casa.

Prima della telefonata.

La mano di lui si ritrasse, e l'auto accelerò verso una mini-rotatoria sulla strada.

Yvonne distolse lo sguardo dall'indirizzo scritto sul foglio e guardò fuori dal finestrino del passeggero.

La zona industriale non si era mai ripresa completamente dalla recessione, con solo poche piccole imprese che tiravano avanti ai margini esterni dell'area. Le strutture di vetro e cemento delle grandi aziende che un tempo allineavano il cuore centrale dell'area industriale giacevano dormienti, mentre finestre vuote fissavano inquisitorie le strade silenziose che le circondavano, e sbiaditi cartelli di agenzie immobiliari sventolavano tristemente contro recinzioni metalliche.

Il paesaggio ornamentale che era stato curato con tanta attenzione ora assomigliava a un miscuglio di piante tropicali mal posizionate che lottavano contro erbacce comuni determinate a riconquistare il loro territorio.

Yvonne rabbrividì e distolse lo sguardo, poi gridò e si aggrappò al bracciolo.

Tony corresse il volante mentre lo pneumatico posteriore urtò un cordolo prima di uscire dalla rotatoria, poi respirò.

Lei allentò la presa e recuperò il foglietto dal tappetino, lisciandolo sul ginocchio.

«Scusa.»

«Va bene.»

Non era mai stato un gran guidatore, e Yvonne si rese conto che probabilmente non aveva mai guidato così velocemente in tutta la sua vita. Certamente non nei quasi vent'anni che erano stati insieme.

Melanie li aveva già informati che si sarebbe occupata dell'organizzazione della festa per l'anniversario.

«Sarà fantastico» aveva detto.

Yvonne sbatté le palpebre e si asciugò una lacrima.

«Andrà tutto bene» disse Tony.

Lei non rispose, e invece si concentrò sulla strada davanti a loro.

«Che numero?»

«Trentacinque.»

«Sei sicura?»

«Potrebbe essere trentasei.»

Tony imprecò sottovoce.

«È il trentacinque. Sono sicura.»

L'auto rallentò fino a procedere a passo d'uomo, e lei scrutò attraverso il finestrino.

«Non vedo numeri.»

«Continua a guardare.»

Yvonne si riparò gli occhi dalla luce del sole che si innalzava sopra gli edifici e si sforzò di trovare un indizio sulla loro posizione.

Qua e là, i ragazzi avevano preso di mira i muri degli spazi industriali con bombolette spray, familiari firme di graffiti ricoprivano porte e cartelli che avvertivano di telecamere a circuito chiuso e guardie di sicurezza con cani, che non si vedevano nell'area da più di due anni.

«Quindici» gridò Tony.

Lei si girò verso di lui, ma lui stava scrutando dal suo finestrino mentre manteneva l'auto a un'andatura costante, le nocche bianche mentre stringeva il volante.

Mentre gli edifici abbandonati scorrevano, la sua bocca

si seccò mentre cercava di allontanare i pensieri di Melanie tenuta prigioniera all'interno di uno di essi.

Indossava solo una canottiera sottile e jeans l'ultima volta che Yvonne l'aveva vista cinque giorni fa.

Cinque giorni.

Il telefono aveva squillato tardi venerdì sera, quattro ore dopo che erano tornati dall'aeroporto. Tony era seduto su uno degli sgabelli del bancone della cucina, una bottiglia di vino aperta accanto a lui, un bicchiere di rosso tra le dita mentre sfogliava il giornale gratuito. Lei aveva lasciato cadere la sua borsa sulla superficie e aveva accettato il secondo bicchiere che lui le aveva offerto.

«Dov'è Mel?»

«Non è ancora tornata a casa.»

Yvonne aveva controllato l'orologio. «Farebbe meglio a sbrigarsi, o rimarrà senza cena».

Tony aveva brontolato in modo evasivo e si era riempito il bicchiere di vino. «Probabilmente è con quella ragazza, la Thomas».

«Vorrei che non lo facesse».

«Sì, ma se glielo dici, lo farà comunque».

Poi il suono del telefono li aveva interrotti, e le loro vite erano cambiate per sempre.

Ora, Yvonne si sporgeva in avanti sul sedile, appoggiando la mano sul cruscotto mentre l'auto superava lentamente il successivo cancello chiuso a chiave. «È quello. È quello lì».

Tony sterzò l'auto verso il marciapiede e spense il motore.

Lei sentì il suo respiro, pesante sulle labbra, e si chiese se anche lui sentiva il suo. Non riusciva a capirlo, il suo cuore batteva così forte che il suono del suo sangue le rimbombava nelle orecchie.

Lui allungò la mano verso la maniglia della portiera.

«Aspetta». Gli afferrò il braccio. «E se fosse ancora qui?»

Tony si guardò alle spalle. «Abbiamo appena lasciato una borsa con ventimila sterline due chilometri fa», sbottò. «Pensi davvero che se ne starà qui in giro ad aspettarci per ringraziarci?»

Yvonne strinse le labbra e scosse la testa.

«Bene, allora».

Lui si liberò dalla sua mano e lei lo osservò mentre scuoteva la testa da un lato all'altro, come per caricarsi, prima di appoggiare la mano contro la portiera dell'auto e spingerla per aprirla.

Lei si lanciò fuori dall'auto dopo di lui.

Quando si avvicinarono alla recinzione, Tony afferrò la catena che passava attraverso le aperture della rete metallica.

Scivolò facilmente tra le sue dita.

«È aperto», disse Yvonne.

«Aveva detto che lo sarebbe stato».

Lei poteva sentirla allora, la paura che strisciava nella sua voce, sostituendo il tono brusco e pragmatico che aveva cercato di mantenere da quando avevano lasciato la casa.

«Ha detto dove…»

«Sì. Seguimi».

Istintivamente allungò la mano verso la sua, e lui la prese tra le dita, la strinse, e poi si avviò verso il lato dell'edificio.

Ora sapeva quanto fosse davvero spaventato. Non ricordava l'ultima volta che si erano tenuti per mano. Ultimamente non avevano fatto altro che litigare e punzecchiarsi a vicenda per le cose più insignificanti.

Melanie era sempre stata la cocca di papà, e Yvonne represse l'ondata di gelosia che minacciava di emergere.

Voleva solo riaverla indietro.

Adesso.

Le finestre dell'edificio riflettevano la loro immagine mentre passavano. Era stata applicata una pellicola scura per la privacy, impedendole di vedere al di là delle stanze.

Allungò il collo, osservando il monolite di cemento di tre piani.

Qualsiasi insegna aziendale era stata rimossa quando gli inquilini avevano lasciato i locali, e le pareti che erano state tinte di un bianco sporco quando erano state costruite ora assomigliavano più a un grigio sporco. Sporcizia e sudiciume combattevano una battaglia alla pari con i graffiti, e sbiaditi cartelli che indicavano zone di evacuazione e uscite di emergenza si aggrappavano alla superficie in alcuni punti, con le porte barricate e poco invitanti.

«Come faremo a entrare?»

«Ha detto che una di queste sarebbe stata aperta».

Infatti, verso il retro dell'edificio scoprirono una robusta porta d'acciaio. Anche se era chiusa, un lucchetto abbandonato giaceva sull'asfalto butterato del perimetro.

Tony allungò la mano verso la maniglia.

«Aspetta».

Lui aggrottò le sopracciglia. «Cosa?»

Lei deglutì. «Non dovresti coprirti la mano? Nel caso la polizia voglia controllarla per le impronte digitali?»

«Voglio riavere mia figlia», disse lui, e girò la maniglia.

Lei esitò mentre lui varcava la soglia, poi prese un respiro profondo e lo seguì. Condivideva con Melanie la paura degli spazi chiusi, e la bile le salì in gola mentre immaginava il terrore che sua figlia avrebbe provato ad essere tenuta qui.

Strizzò gli occhi quando Tony estrasse una torcia dalla tasca e l'accese, il fascio di luce la accecò prima che lui l'abbassasse, illuminando mobili da ufficio abbandonati. Si voltò e sbatté le palpebre mentre cercava di riadattare gli occhi all'oscurità oltre il fascio di luce della torcia. L'odore pungente di escrementi di topo e umidità proveniente da un tetto che perdeva le riempì i sensi, e represse l'impulso di vomitare.

Tony si era già affrettato verso la porta interna, e lei lo seguì attraverso l'ufficio abbandonato in uno stretto corridoio che attraversava l'edificio per lungo.

Tony svoltò a sinistra, illuminando davanti a sé con la torcia.

Alla fine del corridoio, un set di doppie porte bloccava il loro passaggio.

Lei si appoggiò contro di esse e spinse.

Si aprirono facilmente, e lei emise un sospiro di sollievo prima che la pelle le si accapponasse quando la porta si richiuse sibilando dietro di loro. Si voltò, toccò la maniglia e spinse di nuovo, terrorizzata all'idea di non poter uscire.

Si aprì con facilità.

«È dotata di un chiudiporta automatico», disse Tony, indicando il telaio superiore. «Andiamo. Sbrigati».

Yvonne si morse il labbro inferiore, ma lo seguì, stringendosi le braccia al petto. «Cos'*era* questo posto?»

«C'era un'azienda di bioscienze. Ricordi i manifestanti che si radunavano sempre davanti al municipio?»

La confusione la pervase, poi il terrore. «Il posto per i test sugli animali?»

Lui non rispose, ma si limitò ad annuire e a illuminare le pareti con la torcia.

L'azienda europea di test sugli animali si era trasferita qui più di un decennio fa, nonostante una petizione firmata da diverse migliaia di persone fosse stata consegnata al consiglio comunale poche settimane dopo la presentazione della domanda di pianificazione originale.

Lavandini in alluminio erano fissati a una parete, con piastrelle bianche sporche per la negligenza sopra ciascuno. Scaffalature ricoprivano un'altra parete, le schegge di vetro scricchiolavano sotto i loro piedi mentre attraversavano la stanza.

I loro passi echeggiavano sul pavimento piastrellato con una pendenza impostata ad un'angolazione che Yvonne trovava difficile da attraversare con i suoi tacchi.

«Cosa c'è che non va nel pavimento?» La sua voce tremava.

«È un sistema di drenaggio», disse Tony, indicando la grande griglia al centro della stanza. «Tutta l'acqua scorrerà verso lì».

Camminava per la stanza, passando le mani sulle piastrelle.

«Dov'è, Tony?»

Yvonne rabbrividì quando la sua voce rimbalzò sulle piastrelle, prima che la paura le stringesse le viscere.

«Ha detto che sarebbe stata qui», disse lui. Continuava a passare le mani sulle piastrelle. «Forse c'è una porta nascosta?»

Yvonne trattenne il respiro. «Hai sentito?»

«Cosa?» Si girò di scatto verso di lei. «Cosa?»

«Shh» lo esortò, alzando un dito.

Melanie non era una ragazza robusta; anzi, era magra per la sua età, con spalle e fianchi sottili. Yvonne si era sempre meravigliata che sua figlia non si fosse mai rotta un osso, sembrava così fragile, come se il minimo tocco potesse mandarla in frantumi.

«Tony?» Indicò la griglia nel pavimento piastrellato.

Il suo volto impallidì mentre seguiva il suo sguardo, prima di cadere in ginocchio, infilando le dita attraverso la griglia. «Non riesco a vedere niente.»

Yvonne si accovacciò, intrecciò le dita intorno alla griglia e incontrò il suo sguardo. «Al tre.»

La struttura in acciaio cigolò al tocco, poi si sollevò leggermente, con il bordo destro fortunatamente più alto di quello sinistro.

Tony avvicinò le dita e strinse la presa. «Ora.»

La griglia scivolò via, esponendo l'apertura buia.

«C'è una scala» disse Yvonne, e si sporse più vicino.

Quando lui illuminò con la torcia le fauci spalancate del buco, lei aggrottò le sopracciglia, incapace di comprendere ciò che stava vedendo.

Poi Tony urlò, la sua angoscia echeggiò sulle pareti del laboratorio.

CAPITOLO 2

La mano del sergente detective Kay Hunter scattò per afferrare la maniglia sul lato della portiera dell'auto mentre l'agente detective Ian Barnes accelerava intorno a una curva stretta a sinistra.

«La pattuglia l'ha segnalato venti minuti fa» disse, mentre raddrizzava il veicolo e alleggeriva il piede dall'acceleratore. «Siamo i detective più vicini, quindi indovina un po'?»

«Cosa?»

«La nostra giornata è appena andata a puttane.»

Kay confermò l'affermazione con un lamento.

Davanti a loro apparve una berlina argentata e due auto della polizia, una con le luci di emergenza ancora lampeggianti e la portiera del passeggero aperta.

«Il patologo è già qui» disse, ringraziando silenziosamente i primi agenti arrivati sulla scena per essere stati così organizzati.

«Dev'essere stata una giornata tranquilla per lui» disse Barnes.

Mentre rallentava per avvicinarsi alle auto parcheggiate, riepilogò i fatti noti.

«È stato il padre a chiamare. La centralinista ha riferito che era quasi isterico quando ha parlato con lui. A quanto pare, lui e la moglie hanno scoperto la loro figlia diciassettenne, Melanie, in un tombino in uno degli edifici qui.»

«Come ci è arrivata?»

«Era stata rapita, cinque giorni fa.»

Kay sospirò. «Dannazione, avrei voluto che ce l'avessero detto.»

Barnes brontolò in risposta.

Nonostante le minacce che un rapitore potesse fare, la prassi comune della polizia faceva sì che molti rapimenti nel Regno Unito si concludessero con successo, semplicemente perché la polizia lavorava diligentemente dietro le quinte e con un totale silenzio mediatico.

Kay allentò la presa sulla portiera mentre il suo collega fermava l'auto dietro uno dei veicoli della pattuglia.

Scese dall'auto e si presentò ai due agenti in uniforme che stavano accanto a una coppia sulla quarantina, con un'espressione di orrore sui loro volti.

Il più anziano dei due agenti in uniforme si fece avanti. «Sono il sergente Davis. Siamo stati i primi a rispondere.»

Lei si presentò, poi li guidò attraverso il piazzale di cemento dell'edificio finché non furono lontani dalla coppia prima di parlare.

«Ho capito che hanno trovato qui la loro figlia?»

Lui annuì. «È stata rapita mentre erano in vacanza» disse. «Hanno pagato il riscatto circa un'ora fa e gli è stato detto di venire qui a prendere la figlia. Hanno trovato il suo corpo nel vecchio laboratorio di analisi, in un tombino.»

Gli occhi di Kay caddero sull'auto argentata. «E avete chiamato il patologo?»

«Sì. È arrivato dieci minuti prima di voi.» Davis indicò con il pollice oltre la sua spalla. «È là dentro adesso.»

«Non c'era nulla che poteste fare per salvarla?»

I suoi occhi si offuscarono e scosse la testa. «È piuttosto brutto. La ragazza è appesa nel tombino per il collo.» Aggrottò la fronte. «È difficile dedurre attraverso i genitori cosa abbiano potuto toccare. Hanno sicuramente rimosso il coperchio del tombino per cercare di raggiungere la ragazza. Non abbiamo toccato nulla là dentro e la scena è stata preservata. Abbiamo preso le impronte digitali dei genitori da escludere per la scientifica.»

«Buon lavoro, grazie.» Kay si voltò verso l'altro detective che si era avvicinato. «Bene, Ian» disse, «tu parla con il marito. Io scambierò due parole con la moglie.»

«D'accordo.» Barnes annuì e si diresse verso la coppia.

Kay attese un momento, poi lo raggiunse, dirigendosi dritta verso la donna. «Yvonne Richards?»

La donna annuì.

«Sono il sergente detective Kay Hunter. Mi dispiace molto per sua figlia, ma ho bisogno di farle alcune domande.»

La donna guardò il marito, che stava già parlando con Barnes. Lui alzò lo sguardo, annuì e tornò a rivolgersi all'altro detective.

Una lacrima le scese lungo la guancia, ma sembrò non accorgersene, e Kay dovette trattenersi dall'asciugargliela.

Invece, voltò la pagina del suo taccuino e continuò, mantenendo un tono di voce calmo.

«Yvonne, quando Tony ha fatto la chiamata al 999, ha detto che Melanie era stata presa cinque giorni fa. Perché non avete chiamato la polizia in quel momento?»

La donna soffocò un singhiozzo e intrecciò le mani.

«Non sapevamo che fosse sparita. Eravamo in Europa. Noi…siamo tornati solo venerdì, ed è stato allora che lui ha telefonato. Ha detto che l'avrebbe uccisa se avessimo chiamato la polizia. Ha detto che prima l'avrebbe violentata e ci avrebbe fatto ascoltare tutto.» Si interruppe e le sue mani volarono alla bocca. «Ho strappato il telefono a Tony e ho supplicato quell'uomo di lasciarla andare ma ha detto che non stavamo ascoltando. Poi l'ha fatta urlare.»

Kay guardò verso Barnes che stava parlando con Tony Richards. Aggrottò la fronte e vide che aveva la mano sul braccio di Tony e sembrava che lo stesse sostenendo.

«Mi dispiace» disse Kay, rivolgendo di nuovo lo sguardo a Yvonne. «Devo fare queste domande.»

La donna agitò una mano. «Lo so. Lo so. Oh, Dio…»

Tirò su col naso rumorosamente, prese il fazzoletto di carta che Kay le porse e si soffiò il naso.

Kay si prese un momento, poi continuò.

«Avete idea del perché Melanie sia stata rapita?»

Yvonne scosse la testa. «Non siamo ricchi» riuscì a dire, «nonostante quello che potrebbe sembrare ad alcuni. Tony non lavora, la mia attività va bene, quindi lui sta a casa.» Deglutì. «È bello per Mel avere qualcuno lì quando torna da scuola nel pomeriggio.»

«Cosa ha detto di volere il rapitore?»

«Ventimila sterline.»

Kay mantenne un'espressione impassibile e scrisse la cifra nel suo taccuino, mettendo un punto interrogativo accanto.

«Che tempistica vi ha dato?»

«Oggi.» Yvonne aggrottò la fronte. «È stato molto preciso, dovevamo consegnarli tra le sei e trenta e le sette di questa mattina.»

«Come gli avete dato i soldi?»

«Dovevamo metterli in una busta imbottita» disse Yvonne. «Ci ha detto di metterla nella cassetta postale di Channing Lane, la strada che corre dietro al parco industriale.»

«Nella cassetta postale?»

«Tanto quanto basta per far sporgere l'estremità.» Yvonne rabbrividì. «Tony ha dovuto farlo. Le mie mani tremavano così tanto che pensavo l'avrei lasciata cadere, e poi cosa avremmo fatto?»

Kay si rivolse all'agente in uniforme più vicino a lei.

«Prendi la tua auto. Preserva la scena. Sai cosa fare. Vai.»

L'uomo non esitò. Chiamò il suo collega e corsero verso la loro auto, le luci si accesero un secondo prima che la sirena ululasse, e si allontanarono dal marciapiede.

Kay li guardò andare via, poi si voltò verso Yvonne. «Cosa è successo dopo?»

«Siamo andati via in macchina, come ci aveva detto lui. Abbiamo dovuto parcheggiare nel parcheggio accanto alla biblioteca di Allington. Ci ha chiamato, ha detto che aveva i soldi e ci ha dato l'indirizzo di dove potevamo trovare Mel. Ci ha detto di sbrigarci, perché il tempo stava per scadere.»

Il ruggito di un motore li interruppe, e Kay si voltò e vide un furgone scuro frenare accanto all'auto civetta della polizia prima che il conducente ingranasse la retromarcia e si fermasse vicino ai cancelli aperti della struttura di bioscienze.

L'autista scese dal veicolo e si diresse verso il lato dell'edificio.

Un uomo in tuta uscì dalla struttura e la raggiunse prima che iniziassero a conversare a bassa voce.

«Chi è?»

La voce di Yvonne aveva un tremito.

«Il capo della squadra investigativa della scena del crimine», disse Kay. Guidò Yvonne lontano dall'edificio e si girò in modo che la donna desse le spalle alle due figure.

Di lì a poco, il lato del furgone si aprì e la squadra si riunì, con movimenti rapidi e ben collaudati.

La testa di Kay si girò di scatto a un urlo di Barnes.

«Chiamate un'ambulanza!»

I suoi occhi si spalancarono quando vide Tony Richards accasciarsi a terra, prima che Barnes gli afferrasse il braccio per attutire la caduta e lo aiutasse a sedersi.

Kay non esitò. Compose il numero di emergenza sul suo cellulare e snocciolò i dettagli alla centrale operativa mentre correva verso l'uomo colpito, con i passi di Yvonne che la seguivano da vicino.

Raggiunsero Tony nello stesso momento.

«Cosa è successo?»

Barnes si accovacciò accanto all'uomo, gli prese il

polso e premette l'indice contro la pelle sottile. «Dolori al petto.»

«Oh, Dio… Tony.»

Yvonne Richards si lasciò cadere a terra accanto a suo marito, il cui viso era impallidito, e gli afferrò l'altra mano.

Un rantolo uscì dalle sue labbra, e i suoi occhi si chiusero un momento prima che crollasse di lato.

Kay allungò la mano e strappò la camicia dell'uomo, i bottoni si sparsero sul terreno, prima di chiudere la mano a pugno e colpire forte il petto dell'uomo una volta.

Barnes si chinò, raddrizzò delicatamente la testa dell'uomo, la tenne ferma tra le mani e annuì a Kay.

Lei iniziò le compressioni, una mano posata sull'altra attraverso le costole di Tony.

Il sudore le si formò tra le scapole, ma l'uomo rimase immobile dopo diversi minuti.

«Sergente? Vuoi che prenda io il tuo posto?»

«Sto bene», disse lei.

Imprecò interiormente.

Tony Richards sembrava un uomo in salute, ma non si può mai sapere cosa possa reagire una persona allo shock.

In quel momento, doveva rimanere calma. Non poteva far vedere alla moglie dell'uomo che era in preda al panico, non con tutto quello che stava già passando.

«Sergente, prendo io il tuo posto.»

Barnes la spinse da parte, e lei si appoggiò sui talloni, grata per il momento di respiro.

Tony emise un rantolo, e i suoi occhi si aprirono a fatica.

«Tony!»

Yvonne Richards spinse Barnes di lato e avvolse le braccia intorno al petto di suo marito.

«Signora Richards, per favore», disse Barnes. La allontanò delicatamente. «Lasciategli prendere un po' d'aria.»

Il suono delle sirene che si avvicinavano venne portato via dal vento, e Kay si raddrizzò mentre l'ambulanza girava l'angolo.

Si affrettò ad andarle incontro, indicando il percorso di accesso che avrebbero dovuto prendere per raggiungere il corpo, e attese mentre si infilavano frettolosamente tute, guanti e soprascarpe di plastica sopra le loro uniformi per evitare di contaminare la scena.

Seguì il percorso che fecero con la barella, il tintinnio e il clangore delle ruote sulla superficie di cemento crepata le fecero digrignare i denti.

Rimase vicina mentre valutavano i segni vitali di Tony, il loro tono di voce rimase calmo mentre lavoravano. Il più anziano dei due si alzò e le fece cenno di spostarsi da parte con lui, fuori dalla portata d'orecchio di Yvonne.

«Dobbiamo portarlo via», disse. «Avete fatto bene, ma dobbiamo portarlo in ospedale ora. È troppo rischioso aspettare.»

«Vi è stato detto durante il tragitto cosa è successo qui?» Kay inarcò un sopracciglio.

Il paramedico annuì. «Avviseremo l'ospedale quando arriveremo e chiederemo di tenervi informati.»

Kay gli consegnò uno dei suoi biglietti da visita. «Grazie. Andate.»

Lui annuì, e nel giro di pochi minuti avevano caricato

Tony sulla barella e lo stavano portando verso il retro dell'ambulanza.

Kay si affrettò verso Yvonne Richards, che veniva confortata da uno degli agenti di polizia, con la mano sulla bocca e gli occhi spalancati mentre guardava suo marito essere portato via sulla barella.

La donna guardò oltre la sua spalla verso l'edificio industriale dove era stato trovato il corpo di sua figlia, poi di nuovo verso l'ambulanza.

Kay fece un passo avanti e mise la mano sul braccio della donna.

«Vai con tuo marito. Io resterò con tua figlia.»

Gli occhi della donna incontrarono i suoi, la confusione le attraversò il viso, e Kay capì allora che era la decisione giusta. La donna doveva andare in ospedale, comunque, prima che lo shock si manifestasse e anche lei soffrisse di qualche tipo di disturbo medico.

«Vai con quest'uomo», ripeté. «Ti porterà in ospedale con tuo marito.»

Uno dei paramedici annuì e guidò la donna verso l'ambulanza in attesa, le cui luci blu lampeggiavano sulla parete della struttura di bioscienze.

Yvonne strinse le dita di Kay prima di allontanarsi.

«Grazie», sussurrò, e poi si affrettò attraverso le porte posteriori dell'ambulanza per stare con suo marito.

Kay chiuse il suo taccuino e lo infilò nella borsa, poi srotolò un elastico dal polso e si legò i capelli biondi lunghi fino alle spalle.

«Bene, bastardo», mormorò. «Vediamo cosa le hai fatto.»

CAPITOLO 3

Kay lasciò la borsa sul pavimento accanto all'agente in uniforme che sorvegliava la porta e firmò il foglio delle presenze che lui le porse su un portablocco dai colori vivaci.

Aprì il sigillo di un nuovo paio di copriscarpe e di una tuta in plastica che uno dei tecnici della Scientifica le porse e si spostò un ciuffo di capelli prima di tirarsi il cappuccio sulla testa.

«A sinistra lungo il corridoio» disse l'agente di polizia. Indicò. «Attraverso la porta in fondo.»

«Grazie.»

Si infilò i guanti e poi salì sul telo di plastica che copriva il pavimento piastrellato. I suoi passi frusciarono sulla passerella temporanea che era stata allestita per preservare la scena e riecheggiarono con un tonfo sordo sulle pareti del corridoio.

Nonostante il mormorio di voci che proveniva dalle porte doppie aperte in fondo al passaggio, un brivido involontario le attraversò le spalle.

All'esterno, l'edificio assomigliava a molte altre strutture abbandonate in vetro e cemento della zona industriale fatiscente. Un tempo al vertice dei moderni complessi aziendali, il guscio esterno ora graffiato e consumato appariva datato e desolato.

All'interno, la storia dell'azienda era rimasta aggrappata alle pareti.

Kay distolse lo sguardo dai vari avvisi di sicurezza invecchiati e cercò di non pensare agli esperimenti che potevano essere stati condotti all'interno di quelle mura.

Raggiunse le porte doppie in fondo al passaggio, entrambe ora bloccate per rimanere aperte e consentire un migliore accesso alla squadra di investigazione alla scena del crimine.

Si fermò sulla soglia, gli occhi vagarono sulla scena davanti a lei.

Piastrelle di colore chiaro striato di sporco rivestivano le pareti dal pavimento al soffitto, con un effetto complessivo di confinamento. Nessun'altra porta conduceva fuori dalla stanza. C'era una sola via d'entrata e una sola via d'uscita.

Le tubature erano state rimosse dallo spazio sopra i lavandini che fiancheggiavano la parete, con giunti nastrati che sporgevano dalle rientranze.

Nell'aria aleggiava un odore di rame, insieme all'inconfondibile fetore di urina e feci, e lei arricciò il naso per la puzza.

Due fari erano stati allestiti sul treppiede, i piedi su un altro telo di plastica.

Lucas Anderson, il patologo forense, era accovacciato accanto a un grande scarico aperto al centro della stanza con due dei suoi colleghi, indicando diversi dettagli e fornendo loro istruzioni. Un investigatore della scena del crimine girava per la stanza, il flash della sua macchina fotografica illuminava ulteriormente lo spazio con scoppi di luce.

Si spostò, in piedi su un lato dello scarico, lontana dalla luce che forniva a Lucas e alla sua squadra una chiara visuale della loro area di lavoro, le mani guantate tenevano la macchina fotografica. Alzò lo sguardo all'arrivo di Kay e le fece cenno.

«Vieni pure» disse.

Lucas si voltò. «Buongiorno, sergente detective Hunter.»

«Ciao, Lucas.» Annuì verso la Polizia Scientifica. «Grazie, Harriet.»

Kay mantenne un'ampia distanza mentre camminava lungo il perimetro della stanza per raggiungere Lucas. Solo quando fu in piedi accanto a lui si sporse a guardare nel buco.

Sapeva che era meglio non fare domande a questo punto. Lucas e Harriet le avrebbero detto quello che sapevano, quando lo sapevano, e non avrebbero mai azzardato ipotesi.

I pioli di una scala furono la prima cosa che notò, poi sul quarto piolo vide una corda annodata intorno alla sua lunghezza, l'estremità tesa scompariva nell'oscurità.

Le estremità recise di una corda più sottile erano intrecciate su entrambi i lati del piolo superiore, una macchia di sangue che ne copriva una.

Il patologo finì di parlare con i suoi due assistenti e si raddrizzò. «Rimarremo qui per un po'» disse. «È stata strangolata usando il cappio legato alla scala. Ad un certo punto, le sue mani erano legate sopra la testa ai lati del terzo piolo della scala. È riuscita a tenere i piedi sui pioli sottostanti fino a poco fa.»

Kay aggrottò la fronte. «Fino a poco fa?»

Il patologo annuì e indicò gli oggetti disposti accanto al buco. «Sembra che chiunque le abbia fatto questo abbia fatto uno sforzo conscio per aumentare il suo terrore» disse, gli occhi grigi feroci. «Quella bottiglia di olio motore è collegata al tubo di plastica, che è stato poi inserito nel buco in modo che gocciolasse sui pioli della scala.»

«Ha perso l'appoggio?» Kay fece un passo avanti.

«Alla fine» disse Harriet. «Le ha legato il cappio intorno al collo, le ha assicurato le mani al petto e ha lasciato che l'olio facesse il resto.»

Kay si sporse più vicino. «Quella è... è una *telecamera* laggiù?»

«Sì.» Harriet si accovacciò e le fece cenno di unirsi a lei. «È uno di quei modelli piccoli che usano i mountain biker e simili. Leggera.»

«Quindi, la stava filmando?»

Harriet annuì. «La luce della registrazione non è accesa, quindi probabilmente è azionata a distanza. Farò esaminare il tutto alla squadra tecnica il prima possibile.»

«Come avrebbe potuto vederla...computer? Ovviamente non aveva intenzione di tornare qui a prenderla.»

«O tramite un'app per cellulare, sì.»

Kay respirò e rimase in piedi con le mani dietro la

schiena mentre scrutava nel buco, tenendo il peso sul piede posteriore.

Il collo pallido della ragazza pendeva da un'angolazione impossibile, il viso nascosto da un groviglio di capelli color mogano.

Kay deglutì e resistette all'impulso di passarsi un dito guantato intorno al colletto. «Quanto tempo ci è voluto?»

«Te lo faremo sapere, ma forse chiedi ai genitori a che ora gli è stata data la posizione e quanto tempo ci hanno messo ad arrivare qui, questo aiuterà.»

«Lo farò.»

Si voltarono al suono di passi di corsa, e la fronte di Lucas si corrugò.

«Chiunque sia, è meglio che rimanga su quel maledetto sentiero» disse.

Barnes apparve sulla porta, la sua tuta contorta dove si era vestito in fretta. Tenne in alto il cellulare nella mano guantata.

«Ho appena ricevuto una chiamata dall'ospedale, sergente. Tony Richards non ce l'ha fatta. È morto all'arrivo.»

CAPITOLO 4

Kay attraversò a grandi passi il parcheggio dirigendosi verso la porta sul retro della stazione di polizia.

Barnes passò la sua tessera di sicurezza sul pannello fissato al muro, poi tenne la porta socchiusa per lei prima di condurla attraverso l'edificio e su per una breve rampa di scale lungo un corridoio con piastrelle di moquette fino a un ufficio open space.

Già un senso di urgenza aveva preso possesso dell'area vicino alla sua scrivania dove il resto della squadra si stava organizzando, l'atmosfera era tesa.

Vide l'ispettore detective Devon Sharp camminare verso di lei.

Più grande di lei di cinque anni, era un ex militare e camminava con il portamento eretto di un uomo addestrato su un campo di parata.

Aveva portato con sé un approccio solido e pratico al suo lavoro che Kay aveva immediatamente riconosciuto quando era entrata nei ranghi della stazione di polizia della città.

«In quale stanza siamo?»

«Invicta», disse lui, «ma prima di iniziare, una parola nel mio ufficio, se non le dispiace.»

Kay fece cenno a Barnes di procedere senza di lei, e poi seguì Sharp in un piccolo ufficio a forma di scatola situato contro il muro più lontano della stanza principale.

Mentre passava tra i gruppi di scrivanie che componevano lo spazio dei detective, i suoi occhi scorsero le pile di scartoffie che giacevano sulle superfici, tutti casi attivi in fase di elaborazione e risoluzione. Vicino all'ufficio di Sharp, due detective più anziani litigavano su un recente punteggio di calcio, le loro voci si alzavano mentre la discussione bonaria progrediva.

Chiuse la porta dietro di sé entrando nell'ufficio, interrompendo le voci a metà commento, e prese posto sulla sedia di fronte alla scrivania di Sharp.

Lui attese che si fosse sistemata, poi si sporse in avanti, con le mani giunte.

«Ottimo lavoro sulla scena. Presumo che Lucas e Harriet siano ancora lì?»

Lei annuì. «E ci resteranno ancora per un po'.» Continuò spiegando cosa era successo e come aveva consegnato la scena all'investigatrice della scientifica quando era arrivata.

Sharp grugnì. «Harriet è una brava investigatrice», concordò. «Cosa è successo al padre, Tony?»

«È collassato durante l'interrogatorio. Abbiamo eseguito la rianimazione cardiopolmonare sul posto, e ha risposto a quella, poi è arrivata l'ambulanza. Yvonne, sua moglie, è andata con lui. Eravamo dove è stato trovato il corpo di Melanie, con Lucas e Harriet, quando il detective

Barnes ha ricevuto una chiamata dagli agenti in uniforme che accompagnavano Yvonne dicendo che Tony è morto all'arrivo.»

«Cristo, che casino.» Sharp si passò una mano sui capelli castani tagliati corti. «E Yvonne Richards?»

«Non abbiamo ancora avuto notizie dall'ospedale. Ancora una volta, gli agenti in uniforme hanno riferito che i medici hanno insistito per tenerla sotto osservazione. L'agente di coordinamento con la famiglia è arrivato lì mezz'ora fa. Barnes ha lasciato i suoi dati come primo punto di contatto per eventuali notizie.»

«Va bene. Mi tenga informato se sente qualcosa. Ovviamente, dobbiamo interrogare di nuovo la madre il prima possibile, ma lo faremo a seconda della situazione.»

«Chi c'è nella squadra?»

Sharp si appoggiò allo schienale della sedia. «Lei, Barnes e Carys Miles, non ha mai lavorato a un caso come questo prima, ma è una lavoratrice instancabile e penso che sarà una buona risorsa.»

«D'accordo.»

«Avremo anche un paio di agenti in uniforme che fungeranno da responsabili delle prove e forniranno assistenza amministrativa generale.»

«Bene.»

Due agenti in uniforme che gestiscono la parte amministrativa dell'indagine avrebbero liberato i detective per perseguire compiti più urgenti.

«C'è un'altra cosa», disse Sharp, con occhi cauti.

Lei lo guardò attraverso la frangia. «Capo?»

«L'ispettore capo investigativo Angus Larch seguirà questa indagine da vicino. Ordini dall'alto. Mi dispiace.»

Indicò le scartoffie che coprivano la sua scrivania. «Stanno prevedendo come reagiranno i media quando verranno a sapere di questo caso, quindi vogliono che sia monitorato fin dall'inizio.»

Lei imprecò sottovoce, e lui alzò un sopracciglio.

«Sarà un problema, Hunter?»

«No, capo. Non per me.»

La sua bocca fece un fremito. «Andiamo, allora.»

CAPITOLO 5

Kay tornò alla sua scrivania, afferrò il suo taccuino, la bottiglia d'acqua e una penna di riserva, e si diresse fuori dalla stanza, lungo il corridoio, verso lo spazio riunioni che ora era stato convertito in sala operativa per incidenti critici.

Gli esperti informatici avevano rinnovato le sale riunioni qualche anno prima, assicurandosi che ci fossero sempre abbastanza prese telefoniche, connessioni Internet e ciabatte elettriche per supportare un'indagine importante.

Ian Barnes e Carys Miles avevano già preso posto a due scrivanie che avevano accostato, mentre un giovane agente di polizia, Gavin Piper, era chino su un tavolo a collegare i computer che presto avrebbero connesso la squadra al database del Sistema di Indagine per Grandi Eventi del Ministero dell'Interno.

Carys si era unita alla squadra sei mesi prima, trasferendosi dal gruppo della Thames Valley, e sembrava essersi ambientata bene. Era sulla tarda ventina, i suoi capelli castano scuro incorniciavano un viso a forma di cuore con occhi verdi che potevano penetrare anche il più incallito dei sospettati, e Kay sentiva che la donna aveva una promettente carriera davanti a sé.

Non aveva mai lavorato con Piper prima, ma Barnes sì, e sapeva che il giovane agente era ansioso di passare gli esami e diventare detective. I riflessi biondi tra i suoi capelli castano chiaro suggerivano un tipo da vita all'aria aperta, e Kay pensò che sarebbe stato una persona affidabile su cui contare in caso di bisogno. L'agente dalle spalle larghe aveva già fatto girare la testa ai membri più giovani della squadra amministrativa da quando si era unito alla trafficata stazione di polizia, ma manteneva riserbo sulla sua vita privata e sembrava ignaro delle attenzioni.

Kay attese un momento sull'uscio della porta, l'eccitazione per una nuova indagine temperata dal pensiero che doveva alla madre di Melanie di scoprire chi fosse stato responsabile della sua morte, e di quella di Tony Richards.

Le prossime ore sarebbero state cruciali, e sapeva che l'ispettore capo investigativo Larch avrebbe spinto la squadra a ottenere un risultato, e in fretta.

Girò la testa al suono dei passi dietro di lei, e poi si fece da parte per lasciar passare Sharp.

«Come andiamo?»

«Siamo pronti.»

Posò la bottiglia d'acqua, il taccuino e la penna su una scrivania vicino alla porta, e si avvicinò alla lavagna che l'altra agente, Debbie West, aveva allontanato dal muro.

«Buongiorno, sergente», disse, mentre Kay si avvicinava.

«Buongiorno. Per favore, chiamami Kay. Hai tutto quello che ci serve?»

«Sì. L'amministrazione ha portato una pila di cancelleria qui mezz'ora fa», disse Debbie, allontanandosi i capelli dagli occhi. «Ho sollecitato l'IT per vedere se possiamo avere una stampante in più.»

«Ottimo lavoro.»

Pennarelli colorati erano posati sul ripiano sotto la lavagna, insieme a una gomma.

Kay lanciò la gomma su un piano di lavoro che correva lungo la sala riunioni. Nulla sarebbe stato cancellato, non fino alla chiusura del caso.

Era solo una delle regole secondo cui viveva, inculcatele da Sharp.

Kay mantenne quella che sperava fosse un'espressione neutra sul viso quando l'ispettore capo investigativo Larch entrò nella stanza.

Era la prima volta che si trovava in stretta vicinanza con lui da quando il comitato degli Standard Professionali aveva escluso qualsiasi azione contro di lei, e non era sicura di come si sarebbe comportato.

I suoi occhi la scrutarono rapidamente, e la sua mascella si irrigidì prima che si voltasse e osservasse il resto della squadra riunita intorno alla lavagna. Si spostò verso una scrivania vicino alla porta, spinse da parte alcuni documenti e vi si appollaiò, con le caviglie incrociate e le braccia piegate con noncuranza sul petto.

Kay espirò, poi sbatté le palpebre e aprì i pugni.

Sebbene la questione fosse stata chiusa quasi quattro settimane prima, la diffidenza che aveva provato per lei ardeva ancora dentro. Come l'effetto delle voci che erano circolate nella stazione durante quel periodo. Ovviamente, c'erano stati quelli che avevano approfittato della sua situazione difficile per affilare i coltelli.

Di certo aveva scoperto su chi poteva contare e chi avrebbe sostenuto le sue affermazioni di innocenza dopo tutto quel pasticcio.

«Concentrati», mormorò a sé stessa.

———

«Prima di crollare, Tony Richards ha dichiarato che il rapitore li aveva avvertiti di non andare dalla polizia, altrimenti avrebbe fatto del male a Melanie», disse Barnes. «Durante la seconda telefonata che hanno ricevuto dopo che Melanie era stata presa, lei ha urlato, Tony ha detto che non era l'urlo di qualcuno che aveva paura. Era ferita.»

«Lucas ha riferito che il mignolo della mano destra era stato reciso», disse Kay. «Sembra che il sospettato abbia usato un coltello, ma non è stato un lavoro ben fatto. Avrà più dettagli dopo l'autopsia.»

La stanza cadde nel silenzio per un momento.

«Bastardo», mormorò uno degli agenti in divisa.

«Infatti», disse Sharp. «Bene. Prime impressioni?»

«Non ci sono segnalazioni di nulla di simile accaduto localmente prima», disse Carys. «Stiamo aspettando notizie su casi nazionali.»

«Forse una gang nuova nella zona?» suggerì Barnes. «Che cerca di fare colpo?»

Sharp si voltò verso la lavagna e parlò sopra la spalla mentre scriveva. «Chiunque sia, sarà nel panico, soprattutto con la morte del padre.»

«Ventimila sterline non sono molti soldi però, capo», disse Kay.

Alcune teste si girarono a guardarla, ma lei tenne gli occhi fissi sulla lavagna.

«Continua», disse Sharp.

«Beh, le indagini iniziali indicano che l'attività di Yvonne Richards va bene. Vivono in una bella casa, e sono stati in grado di mettere insieme i soldi relativamente in fretta senza allertare nessuno. Sicuramente, se il rapitore li stava osservando da un po' per capire le loro abitudini, si sarebbe accorto che erano benestanti e avrebbe chiesto di più, no?»

Sharp annuì e scrisse il suo suggerimento sulla lavagna prima di disegnare un punto interrogativo accanto. «Osservazione giusta. Qualcun altro?»

La stanza cadde nel silenzio.

«D'accordo» continuò. «Siamo ancora all'inizio. Arriveranno molte informazioni. In base a quello che abbiamo, voglio due linee d'indagine separate finché una non verrà esclusa. Sergente detective Hunter, voglio che tu guidi l'aspetto del guadagno non monetario, scopri se è personale, piuttosto che opportunistico. Eventuali debiti non pagati, minacce alla famiglia, rancori nei loro confronti riguardo all'attività. Carys, tu guiderai l'aspetto monetario e terrai Kay aggiornata su tutto ciò che trovi. Voglio tutti qui alle diciotto ogni giorno per un aggiornamento completo, e ci riuniremo alle otto ogni mattina. Domande?»

La stanza rimase nel silenzio.

Sharp controllò l'orologio, poi si rivolse all'ispettore capo investigativo Larch. «Vuole aggiungere qualcosa?»

«Grazie, Sharp» disse Larch facendo un passo avanti, con voce pacata. «Un omicidio di qualsiasi tipo è una tragedia. Tuttavia, quando coinvolge una ragazzina, e l'effetto di quell'omicidio porta alla morte di suo padre... Credo che sia uno dei casi più orribili che abbia mai visto.»

L'ispettore capo rivolse la sua attenzione a Sharp. «Farò alcune telefonate; vedrò cosa posso fare per procurarle più risorse.»

«Grazie.» Sharp gettò il pennarello della lavagna su una scrivania accanto a dove si trovava. «Bene, tutti. Andate a fare le telefonate necessarie alle vostre famiglie, fate loro sapere che non vi vedranno molto per un po'. Ci aspettano delle lunghe ore di lavoro.»

CAPITOLO 6

«Cosa avete scoperto sull'edificio in cui è stato trovato il corpo di Melanie?»

Kay sorseggiò il suo caffè, fissò la mappa aerea appesa al muro con la zona industriale al centro, poi si voltò verso la squadra.

«Fino a due anni fa, c'era un'azienda di bioscienze lì.» Carys sfogliò alcune pagine sulla sua scrivania. «Sebbene fossero autorizzati a condurre test sugli animali per valutare la tossicità di un nuovo farmaco, avevano anche rapporti con l'industria cosmetica, prodotti di trucco di fascia alta, shampoo, cose del genere.»

«È stato abbandonato da quando se ne sono andati?»

La detective annuì e sollevò una pagina. «Hanno chiuso i battenti dodici mesi prima che la loro sede centrale tedesca emettesse un comunicato stampa dicendo che stavano entrando in amministrazione volontaria. Dai documenti online, sembra che il settore cosmetico della loro attività stesse sostenendo la metà delle bioscienze. Dopo la crisi finanziaria globale, non si sono mai veramente ripresi; le persone hanno smesso di acquistare beni di fascia alta, hanno scoperto buone alternative economiche e non sono più tornate indietro.» Gettò via la pagina. «L'edificio non è mai stato riaffittato.»

«E le pattuglie di sicurezza?»

«Ho parlato con l'agenzia che affitta gli edifici nella zona, a quanto pare, dopo che l'ultimo inquilino se n'è andato, il proprietario ha deciso di annullare le perlustrazioni. Troppo costose, dato che non poteva trasferire una parte dei costi a un nuovo inquilino.»

«Ti hanno fornito un elenco dei possessori delle chiavi dell'immobile?»

«Ci sto lavorando adesso.»

Kay si rivolse al giovane agente. «Gavin…come procede con il recupero dei filmati delle telecamere di sicurezza?»

«È frammentario, sergente. Molte delle telecamere sono state vandalizzate nel corso degli anni, e immagino che poiché non ci sono inquilini negli edifici, le telecamere non siano state sostituite.»

«Capito. Fai il possibile per recuperarle. E dato che lavoreremo insieme per un po', perché non mi chiami Kay quando siamo qui? Lasciamo le formalità fuori da questa stanza.»

Lui annuì in risposta.

«Qual è stato l'esito della perquisizione del punto di consegna del denaro?» Il suo sguardo percorse la stanza, poi si posò su Barnes mentre alzava la mano.

«Ian?»

«La scientifica ha prelevato le impronte digitali per quanto possibile dalla cassetta postale. Hanno detto però che la superficie vicino alla fessura per l'imbuco era stata spruzzata con candeggina.»

«Dannazione.» Sospirò. «Fammi sapere se trovano qualcosa che possiamo usare. Voglio essere informata il prima possibile sui risultati della scientifica per entrambe le scene del crimine, anche se si tratta di informazioni frammentarie finché non avranno il quadro completo.»

«Sì, sergente.»

«Bene. Cronologia del rapimento.» Si voltò di nuovo verso la lavagna e prese uno dei pennarelli. Tracciò una linea in alto e la divise in cinque sezioni. «Melanie è stata rapita martedì,» disse, scrivendo nel primo riquadro a sinistra. «I suoi genitori non sono tornati dalle vacanze fino a tre giorni dopo.» Segnò una 'x' nel riquadro centrale. «Quella sera hanno ricevuto una chiamata dal rapitore con le istruzioni.» Scarabocchiò nell'ultimo riquadro e rimise il tappo al pennarello prima di voltarsi di nuovo verso la sua squadra. «Trentasei ore dopo, Melanie era morta.»

Fu colta dal silenzio mentre tutti gli occhi cadevano sul lato destro della lavagna. Aprì il suo taccuino e scorse il breve colloquio che aveva avuto con Yvonne sulla scena del crimine.

«A che ora venerdì sera Tony Richards ha detto che hanno ricevuto la prima chiamata, Ian?»

Barnes si schiarì la gola. «Alle sette. Il taxi li aveva lasciati a casa quel pomeriggio, e stavano per iniziare a preparare la cena. Tony ha detto che si aspettavano con certezza che Melanie arrivasse da un momento all'altro, sapeva che sarebbero tornati dalle vacanze, e avevano organizzato una cena di famiglia insieme alle otto.»

«Quindi Melanie ha detto al suo rapitore i suoi piani?» disse Gavin.

«O stava sorvegliando la casa,» disse Kay. Fece un cenno a Barnes. «Continua.»

«Il cellulare di Tony ha squillato, lui ha risposto, e il rapitore ha chiesto se lui e Yvonne fossero soli in casa.»

Kay aggrottò le sopracciglia. «O non aveva gli occhi sulla casa allora, o li stava mettendo alla prova.»

«Tony ha confermato che erano soli, ed è allora che il chiamante ha dichiarato di avere Melanie con sé,» disse Barnes. «Secondo Tony, ha detto: "Ho vostra figlia. Se volete rivederla viva, seguite queste istruzioni". Poi ha proseguito dicendogli di procurarsi ventimila sterline in banconote usate da dieci e venti sterline entro trentasei ore.»

«È strano che abbia dato loro così tanto tempo per mettere insieme i soldi,» disse Gavin, grattandosi il mento.

«La maggior parte delle banche non ti permette di prelevare più di qualche migliaio alla volta,» disse Kay.

«O non era pronto,» disse Carys.

«Potrebbe essere, anche se dal modo in cui aveva organizzato tutto sul luogo, mi è sembrato piuttosto organizzato,» disse Kay. Controllò l'orologio. «Dopo questo, andrò in ospedale a controllare come sta Yvonne Richards. Forse i medici mi lasceranno parlare con lei. Almeno in questo modo, potremmo avere più elementi su cui lavorare quando ci riuniremo qui domattina.»

«E se stesse lavorando con qualcun altro?» disse Barnes. «Se avesse dovuto mettersi in contatto con loro per organizzare la raccolta del denaro?»

Kay gli puntò il dito contro. «Buon punto.» Si voltò e

scarabocchiò sulla lavagna. «Yvonne ha detto che la chiamata successiva è arrivata il giorno dopo. Erano stati istruiti a lasciare la casa solo per andare in banca, e a non chiamare la polizia o chiunque altro per chiedere aiuto se volevano rivedere Melanie. Il rapitore ha telefonato esattamente alla stessa ora del giorno prima, per chiedere se avessero i soldi. Poi ha detto che avrebbe chiamato il giorno successivo con ulteriori istruzioni.»

«A quel punto, Tony ha detto che Yvonne gli ha strappato il telefono di mano e ha urlato contro il rapitore. Ha detto che gli ha gridato di lasciare andare Melanie», disse Barnes. Chiuse il suo taccuino. «È stato allora secondo Tony che il rapitore ha fatto urlare Melanie.»

«La consegna», disse Kay. «Questa mattina. Cosa è andato storto?»

«Niente», disse Barnes. «Tony ha detto che hanno ricevuto una telefonata alle cinque e quarantacinque di questa mattina. Hanno seguito le istruzioni del rapitore. Hanno messo le ventimila sterline in una busta imbottita e l'hanno inserita nell'apertura della cassetta postale su Channing Lane prima di allontanarsi in auto. È stato detto loro di attendere nel parcheggio della biblioteca, a circa venti minuti di guida dal punto di consegna, per un'altra chiamata.»

«Yvonne Richards ha dichiarato che hanno ricevuto un messaggio dal rapitore sul cellulare di Tony che diceva loro dove trovare Melanie.»

«Quanto erano lontani?» disse Carys.

«Dall'altra parte di Maidstone.» Kay si morse il labbro. «Non ce l'avrebbero mai fatta. Non da lì.»

CAPITOLO 7

Kay fece entrare la malconcia auto di servizio nell'ultimo posto libero del parcheggio dell'ospedale, cercando di non guardare il conducente di una BMW in attesa che la fulminava con lo sguardo attraverso il parabrezza prima di allontanarsi sgommando.

Chiuse a chiave la portiera, si affrettò verso il parchimetro e infilò gli ultimi spiccioli nella fessura prima di strappare il biglietto di carta dal suo alloggiamento.

Dopo averlo gettato sul cruscotto, si destreggiò tra cinque file di auto parcheggiate e ripercorse ancora una volta nella sua mente gli eventi del pomeriggio.

L'edificio principale dell'ospedale si ergeva sopra di lei. Costruito all'inizio degli anni '80, la struttura era stata modernizzata e ampliata nel tempo, con unità specialistiche per oncologia e fisioterapia ora collocate in edifici più bassi ai lati dell'impronta originale.

Una brezza le sollevò il colletto della camicetta mentre si avvicinava all'ingresso dell'edificio, facendole correre un brivido lungo la schiena mentre ricordava la ragazza adolescente.

Strinse più forte il pugno intorno alla sua borsa e attraversò a grandi passi le porte automatiche.

Dopo aver parlato con una donna alla reception, si diresse verso gli ascensori.

Tutt'intorno a lei, l'odore di disinfettante e preoccupazionc permeava i suoi sensi. Voci sommesse provenivano da porte semichiuse e da qualche parte lungo il piano terra, un bambino piangeva.

Si morse il labbro, si costrinse ad andare avanti e tenne gli occhi bassi.

Sapeva che era improbabile che qualcuno del personale la riconoscesse; vedevano così tanti pazienti ogni giorno, e lei non aveva detto loro la sua occupazione, solo che suo marito era un veterinario. Lo avevano tranquillamente congratulato; il suo pensiero rapido di portarla in ospedale, aveva permesso loro di operare prima che la sua vita fosse ulteriormente in pericolo.

La loro bambina non era sopravvissuta.

Strinse il pugno e si costrinse a concentrarsi. Aveva scoperto di essere incinta solo poche settimane prima dell'aborto spontaneo. Accidentale, la gravidanza aveva causato shock, che si era gradualmente trasformato in eccitazione mentre iniziava a fare progetti per il futuro.

Tutto ciò le era stato strappato via.

Solo poche settimane nell'utero, la bambina non aveva avuto possibilità. Il consulente che li aveva incontrati dopo aveva spiegato con toni cauti che l'aborto spontaneo era stato forse provocato dallo stress.

Né lei né Adam avevano menzionato l'indagine degli Standard Professionali iniziata la settimana precedente.

Né avevano menzionato che tutta la sua carriera era in bilico e che era minacciata da accuse penali contro di lei.

Invece, lo avevano ringraziato ed erano tornati a casa, poi si erano chiusi in attesa dei risultati dell'indagine mentre Kay si riprendeva e cercava di non pensare al colpo successivo che il dottore aveva inflitto: non sarebbe mai più stata in grado di concepire.

Le porte dell'ascensore si aprirono e Kay indietreggiò per lasciar passare un facchino ospedaliero con il viso animato mentre chiacchierava con l'anziano che spingeva su una sedia a rotelle. Incontrò il suo sguardo, riuscì a sorridere, e poi premette il pulsante per il secondo piano.

Il macchinario cigolò in segno di protesta prima che l'ascensore salisse attraverso l'edificio. Kay tirò fuori dalla borsa il suo taccuino e la penna, i suoi occhi scorrevano i fatti che aveva annotato nel breve briefing mentre formulava nella sua mente le domande da porre.

Chiuse di scatto il taccuino quando l'ascensore si fermò con un sussulto e le porte si aprirono.

Hazel Aldridge, agente di coordinamento con la famiglia, era arrivata in ospedale quaranta minuti dopo l'ambulanza e ora sedeva su una sedia di plastica nel corridoio. Si alzò quando Kay si avvicinò.

«Sergente.»

Inclinò la testa verso la porta chiusa. «Quali sono le ultime novità?»

«Il dottore è con lei adesso», disse Hazel. «Le hanno dato un leggero sedativo, ma sta insistendo per tornare a casa». Scrollò le spalle. «C'è un parente in arrivo, sua sorella.»

Kay respirò e si chiese quanto forte fosse il sedativo somministrato dal dottore.

Tanto più avesse dovuto aspettare per interrogare Yvonne, tanto più si preoccupava che gli eventi degli ultimi tre giorni sarebbero stati offuscati dal dolore. Sapeva che alcuni avrebbero potuto pensare che fosse senza cuore, ma la sua priorità era catturare un assassino.

«Da quanto tempo è lì dentro?»

«Circa dieci minuti.»

In quel momento la porta si aprì e apparve un uomo alto e dalle spalle larghe in camicia e cravatta. Diede un'occhiata a Kay, uscì nel corridoio e si chiuse la porta alle spalle.

«Detective...?»

«Detective sergente Kay Hunter», disse lei, e tese la mano.

La sua stretta era sorprendentemente gentile, e Kay rilassò la sua di conseguenza.

«Sta reggendo?»

Le sue labbra si strinsero, e poi si passò una mano sulla testa rasata. «Può immaginare. Le ho dato un sedativo per mantenere stabile il battito cardiaco. Ora è un po' assonnata. Speriamo che dorma per qualche ora.»

«Per quanto tempo pensa di tenerla ricoverata?»

«Solo per stanotte.»

«Ho bisogno che risponda ad alcune domande preliminari.»

«Lo immaginavo.» Controllò oltre la spalla verso la

porta chiusa, poi guardò l'orologio e si rivolse a Hazel. «A che ora sua sorella prevede di essere qui?»

«È partita da Dover un'ora fa. Dato il traffico dell'ora di punta, mi aspetto che sarà qui entro i prossimi venti minuti circa.»

Il dottore sospirò. «Non più di cinque minuti, d'accordo?»

«D'accordo», disse Kay. «Mi rendo conto che è occupato, ma potrebbe assistere a questo colloquio con me, solo nel caso avessimo bisogno di lei?»

Annuì. «Avrei insistito comunque.»

«Lo so.» Fece un cenno verso la porta. «Faccia strada.»

CAPITOLO 8

Il dottore spinse la porta della stanza di Yvonne e si fece da parte per far passare Kay.

Le pareti sembravano incombere sulla figura avvolta tra le coperte nel letto, ma quando la porta si chiuse con un click, Kay fu grata che alla donna fosse stata concessa un po' di privacy invece di essere sistemata in uno dei reparti principali.

Una lampada fissata al muro proiettava la luce fioca sul letto e gettava un bagliore giallastro sul cuscino, senza però riuscire a raggiungere gli angoli della stanza dove le ombre strisciavano sul pavimento piastrellato. Un monitor cardiaco emetteva un costante *bip*, la macchina sul lato opposto del letto lampeggiava con luci rosse e verdi mentre registrava i segni vitali di Yvonne.

«Come sta, dal punto di vista della salute?» chiese Kay.

«In forma e in salute. Deduco dalle sue cartelle che era una cliente assidua della palestra locale, a differenza di suo marito.»

Kay colse le parole non dette. Sembrava che Tony Richards avrebbe potuto beneficiare della disciplina salutista di sua moglie.

Sfiorò il braccio del dottore mentre si girava e abbassò la voce. «E suo marito?»

«Siamo in contatto con il patologo della scena del crimine. Si occuperà lui delle cose da qui in poi.»

«Grazie.»

Kay si avvicinò al letto e trattenne il respiro mentre gli occhi di Yvonne si aprivano lentamente, per poi allargarsi.

Un gemito sfuggì dalle labbra della donna, prima che una lacrima le scendesse sulla guancia.

«Buongiorno, signora Richards», disse Kay.

La donna tossì, e poi cercò di sollevare la testa.

Il dottore attraversò la stanza e sistemò i cuscini per sostenerla. «Faccia piano, Yvonne. Va bene se dorme.»

«Mi dispiace per la sua perdita di oggi», disse Kay. Spostò l'unica sedia da sotto la finestra coperta da tende più vicino al letto e si sedette. «Non la tratterrò a lungo. So che sua sorella sta arrivando e che lei ha bisogno di riposare.»

Yvonne annuì e poi tirò su col naso. «E lei ha un lavoro da svolgere», disse.

«Sì, è vero.»

«Può chiamarmi Yvonne.»

«Grazie.»

«Cosa vuole sapere?»

«Melanie aveva un fidanzato?»

Yvonne scosse la testa. «No. Beh, non che io sappia.» Un sorriso triste le attraversò il volto. «Sembrava più interessata a qualsiasi band fosse in cima alle classifiche ogni settimana che a chiunque le stesse intorno.»

Si passò la lingua sulle labbra.

Kay allungò la mano verso una brocca d'acqua e un bicchiere accanto al letto. Riempiendolo, si accovacciò accanto al letto e aiutò Yvonne a bere un sorso prima di rimettere il bicchiere sul piccolo tavolo accanto a lei.

«Grazie.»

Kay riprese il suo taccuino. «Faceva parte di qualche club sportivo o cose del genere? Posti dove andava dopo la scuola?»

«No», disse Yvonne. La sua voce tremava. «Un po' come suo padre in questo senso. Le piaceva guardare la televisione e giocare ai videogiochi. Non amava molto stare all'aperto.»

«Aveva un lavoro?»

«Veniva nel mio ufficio dopo la scuola e dava una mano alcuni pomeriggi. Pensavo le avrebbe dato una buona esperienza.»

Kay si appoggiò allo schienale. «Quando ha compiuto diciassette anni?»

«Alla fine del mese scorso», disse Yvonne. Chiuse il pugno e si strofinò gli occhi. «Non posso credere che se ne sia andata», sussurrò. «Non posso credere che se ne siano andati entrambi.»

Il monitor cardiaco saltò un battito, e poi accelerò.

«Detective Hunter?» Il dottore si mosse dalla sua posizione nell'ombra. «Vorrei che la mia paziente si riposasse ora, per favore.»

Kay incrociò il suo sguardo. Non ci sarebbe stato compromesso. «D'accordo.»

Abbassò lo sguardo su Yvonne. «Grazie, Yvonne. Mi metterò in contatto con lei una volta che sarà tornata a casa.»

La donna annuì, ma Kay non era sicura che avesse sentito le sue parole. Le lacrime le scorrevano ora sul viso e il suo respiro usciva in singhiozzi mordenti.

Uscendo nel corridoio luminoso, Kay si chiuse la porta alle spalle, chiuse gli occhi e fece un respiro profondo.

«Tutto bene?»

Aprì gli occhi e trovò Hazel che la fissava, con preoccupazione negli occhi.

«Sì, grazie.» Si diede una scossa mentale. «Va bene. Io vado. Potresti farmi sapere quando arriva la sorella, nel caso avessimo bisogno di parlarle?»

«Certo.»

Kay si fece strada attraverso l'ospedale. Mentre spingeva le porte a doppio battente che portavano al parcheggio, inspirò l'aria fresca, cercando di liberare i suoi sensi dall'odore opprimente di disinfettante.

Tirò fuori il cellulare dalla borsa per controllare i messaggi o le chiamate perse e prese le chiavi dell'auto.

Puntando il telecomando verso il veicolo mentre si avvicinava, gettò la borsa sul sedile del passeggero e rimase seduta per un momento, ripensando alla loro conversazione.

«Ti troverò, bastardo», mormorò, e avviò il motore.

CAPITOLO 9

Eli Matthews lanciò la logora borsa sportiva di tela oltre la staccionata di legno e udì un leggero scricchiolio quando questa colpì la ghiaia accanto al recinto fatiscente del giardino.

Controllò che le chiavi del suo motorino fossero al sicuro in tasca, poi guardò in entrambe le direzioni del vicolo.

Soddisfatto di non essere stato visto, si issò sulla palizzata e scrutò attraverso l'oscurità verso la porta sul retro della casa a schiera.

Nessuna luce brillava dalle finestre e, una volta sicuro che non sarebbe stato visto, si arrampicò dall'altra parte, atterrando accanto alla borsa.

Rimase accovacciato per un momento, in attesa, mentre i suoi occhi individuavano i detriti sparsi sul prato, il sentiero di pietra invaso dalle erbacce e spaccato dall'usura e dall'incuria.

Finalmente si alzò, afferrò la borsa e si affrettò verso la

porta sul retro. Estrasse una chiave dalla tasca dei jeans, grato di aver pensato di oliare la serratura qualche giorno prima, e varcò la soglia entrando in una piccola cucina.

Chiuse la porta, attento a non far tintinnare i vetri della finestra della cucina accanto ad essa, poi si tolse gli stivali.

Era stanco ora, mentre tutta l'adrenalina della settimana passata si dissipava prosciugando le sue energie. Lottò per mantenere la lucidità. Doveva raggiungere la sua stanza senza imbattersi in lei. Soprattutto ora.

Si mise la borsa di tela in spalla, strinse gli stivali nell'altra mano e attraversò in punta di piedi il pavimento di linoleum verso il corridoio. Una porta aperta alla sua destra conduceva al soggiorno, che evitò a tutti i costi.

Quello era il suo dominio, e non era sicuro.

Fece un respiro profondo e salì le scale. Nonostante fossero coperte di moquette, il quarto e il settimo gradino ospitavano un formidabile cigolio. Li superò con lunghe falcate e raggiunse il pianerottolo superiore senza fare rumore.

Lì si fermò, tendendo le orecchie per captare qualsiasi suono proveniente dalla camera principale sul davanti della casa.

Aveva considerato se entrare in casa dalla finestra della camera sul retro della proprietà, ma aveva scartato l'idea quasi immediatamente. Non poteva rischiare che i vicini le riferissero qualcosa, o che uno di loro lo vedesse in azione.

Avrebbe sollevato troppe domande a cui non era preparato a rispondere.

Trattenne il respiro.

Un lieve russare risuonava da dietro la porta chiusa, e

le sue spalle si rilassarono. Sarebbero passate diverse ore prima che lei si svegliasse e, con un po' di fortuna, lui sarebbe già stato fuori per la giornata.

Aveva commesso l'errore una settimana fa di entrare dalla porta sul retro, con la mente altrove, prima di rendersi conto che lei era ancora in soggiorno.

Gli si era scagliata contro, un pugno ben mirato lo aveva colpito sul retro del braccio prima che riuscisse a chiudere di scatto la porta della sua camera.

Si sfregò la mano sul livido che stava svanendo e invece si concentrò sui ricordi degli ultimi giorni.

Represse uno sbadiglio.

Nel complesso, era stata una settimana produttiva lontano dal lavoro. Tutto era andato secondo i piani.

Meglio, in realtà.

Molto meglio.

Raggiunse la porta della camera sul retro e la aprì, fece scorrere il chiavistello di ottone sul retro e lasciò cadere la borsa di tela sul tappeto logoro. La stanza puzzava; un odore di muffa che stava cominciando a impregnare i suoi vestiti più a lungo vi rimaneva, ma doveva accontentarsi.

Per ora.

Non c'era nessun altro posto dove potesse andare.

Mise gli stivali accanto alla porta, poi si avvicinò alla finestra e aprì il più piccolo dei due vetri prima di chiudere le tende con uno strattone.

Si tolse i calzini, li gettò su una pila di biancheria sporca in un angolo e si lasciò cadere sul letto. Un sorriso gli si formò sulle labbra e chiuse gli occhi prima di sdraiarsi e appoggiare la testa sul cuscino.

Mentre il sonno cominciava a reclamarlo, la sua mano destra scese lungo il petto e lo stomaco fino alla cintura, poi continuò sotto di essa.

Sì, era stata una buona settimana di vacanza.

Forse dovrebbe prendersi una vacanza più spesso.

CAPITOLO 10

Kay indietreggiò mentre una figura apparve attraverso il vetro smerigliato un attimo prima che la porta d'ingresso di casa sua venisse spalancata.

«Ehi, occhi blu.»

Sorrise e rimise le chiavi in borsa.

Adam indossava uno dei suoi vecchi maglioni tirato giù sui jeans che avevano visto giorni migliori, e stringeva un paio di stivali di gomma in mano. Aveva i capelli bagnati, e l'odore del gel doccia si diffondeva oltre la soglia. «Non pensavo di vederti prima che andassi via.»

Il suo tono non era accusatorio; era semplicemente la verità. Era uno dei due veterinari locali specializzati in bestiame e cavalli da corsa della zona, e quindi spesso passava le serate ad occuparsi di varie emergenze nelle fattorie e nei villaggi vicini con breve preavviso. Con entrambi che lavoravano lunghe giornate, a Kay sembrava a volte che passassero la maggior parte del tempo a chiacchierare sulla soglia di casa, o all'ingresso.

«Cos'è questa volta?» Gli diede un bacio sulla guancia, poi chiuse la porta dietro di sé. Si tolse la giacca e la appese al piolo delle scale.

«Stalle lì a Tonbridge. Una cavalla ha avuto difficoltà negli ultimi tre mesi di gravidanza. Stanotte ha avuto un peggioramento.»

Poteva sentire la stanchezza nella sua voce mentre si accovacciava e controllava la borsa sul pavimento, assicurandosi di avere tutto il necessario.

«Quanto è grave?»

Lui scrollò le spalle e si grattò la barba sul mento. «Non sono sicuro. I proprietari tendono a farsi prendere dal panico, ma vedremo.»

Lei incontrò il suo sguardo, e lui si morse il labbro.

Solo poche settimane fa, avrebbero scherzato sui proprietari nevrotici.

Solo poche settimane fa, le cose erano normali.

Adam si schiarì la gola, poi si raddrizzò. «E tu?»

«Abbiamo un brutto caso. Un sequestro finito male.»

Lui colmò la distanza tra loro e le sollevò il mento verso di sé. «Beh, hanno la miglior detective sul caso a quanto pare», disse, e la baciò.

Sapeva che lei non poteva mai parlare di un caso, non mentre era ancora aperto. Sapeva anche quanto duramente l'indagine sugli Standard Professionali avesse colpito la sua autostima, soprattutto perché aveva brutalmente posto fine alle sue possibilità di promozione a ispettore.

E alle loro possibilità di avere una famiglia.

La prova chiave che avrebbe mandato in prigione a vita uno dei personaggi più poco raccomandabili del Kent era scomparsa pochi giorni prima del processo, riducendo in brandelli il caso contro di lui. Secondo i registri, Kay era stata l'ultima ad accedere alla cassaforte chiusa dove era stata conservata la piccola pistola, e nonostante le sue affermazioni di non averla rimossa, l'ispettore capo Angus Larch le aveva inflitto ogni azione disciplinare possibile, culminando nell'indagine degli Standard Professionali.

Kay sapeva che avrebbe fatto lo stesso se si fosse trovata nella stessa situazione. Ciò non rendeva più facile affrontarne le conseguenze, però.

Si morse il labbro.

Adam guardò l'orologio e sospirò. «Siamo come navi che si incrociano in questo periodo, vero?»

Lei sorrise ironicamente. «Beh, allora di' a tutti quei maledetti cavalli da corsa di smettere di scopare.»

Lui ridacchiò. «Lo terrò a mente.»

Lei sorrise e lo lasciò sedere sulle scale per infilarsi gli stivali. Si tolse le scarpe, prese la sua valigetta e si incamminò lungo il corridoio verso la cucina, poi accese l'interruttore della luce mentre entrava dalla porta.

Lanciò un urlo, e la sua valigetta colpì le piastrelle con un fracasso.

«Che c'è?»

I passi di Adam rimbombarono sul tappeto del corridoio prima che la sua testa facesse capolino dall'angolo della porta.

Kay indicò la teca di vetro sul piano di lavoro, il cui contenuto si contorceva.

«C'è un maledetto serpente in cucina.»

Adam ridacchiò. «Ti presento Sid.»

«Sid?»

Kay guardò di nuovo la teca di vetro e fece un passo indietro. Era abituata al fatto che Adam portasse a casa occasionalmente un animale malato, ma l'ultima volta era stata una gatta in attesa di una cucciolata che aveva finito per far partorire alle due del mattino. Qualcosa di peloso. Qualcosa di *normale*. «Per quanto tempo starà qui?»

«Solo per qualche giorno. Si è ammalato mentre il suo proprietario stava partendo per una vacanza a Budapest.» Colmò la distanza tra loro e la strinse in un abbraccio. «Non ti farà del male. È perfettamente al sicuro lì dentro.»

«Mmh.»

«Devo andare.»

Le diede un bacio sui capelli, poi girò sui tacchi e corse fuori dalla stanza.

Kay sentì la porta d'ingresso chiudersi e la casa cadde nel silenzio.

Represse uno sbadiglio, la stanchezza si faceva sentire nonostante l'indagine fosse ancora nelle fasi iniziali. Sapeva che parte del problema era rivedere Larch, anche se era solo questione di tempo prima che dovessero lavorare di nuovo insieme.

Sospirò, scacciò il pensiero dalla mente e rivolse la sua attenzione al cibo.

Lei e Adam avevano preso l'abitudine di cucinare pasti in grandi quantità in modo da avere sempre qualcosa di sano nel congelatore da scaldare, e ora tirò fuori un sacchetto di ragù alla bolognese, facendo attenzione a non guardare il contenuto del cassetto in basso dove erano stati stipati i topi congelati per il serpente.

Mentre aspettava che il microonde facesse il suo

lavoro, sfogliò le pagine del suo taccuino, rinfrescando la sua conoscenza dei fatti finora noti.

Il telefono fisso iniziò a squillare, seguito a breve distanza dall'allegro *ding* del microonde.

Kay controllò l'orologio e gemette. C'era solo una persona che avrebbe potuto telefonare a quest'ora del giorno.

«Ciao, mamma.»

«Sei appena tornata a casa?»

Ci risiamo, pensò Kay. «Circa mezz'ora fa.» Incrociò le dita. «Stavo per mettermi a mangiare.»

«Penso siano disgustoso sia gli orari che ti fanno fare, che come ti hanno trattato. Dovresti trovare qualcos'altro da fare. Almeno così staresti a casa più spesso per Adam.»

Kay era sicura che il digrignare dei suoi denti si sarebbe sentito al telefono. «Mamma, sono stanca. Non avrò questa conversazione adesso.»

«Guarda tua sorella», continuò sua madre. «Un bel lavoro dalle nove alle cinque, guadagna il doppio di te, e due figli.»

«Mamma...»

«Lei fa quello che vuole nei fine settimana, ha molti hobby la sera... una vita.»

Kay girò la testa e guardò la bolognese che si stava raffreddando nel microonde. Poi il suo sguardo cadde sulla bottiglia di pinot noir mezza piena sul piano di lavoro accanto.

«Mamma, devo andare. C'è un'emergenza. Ci sentiamo presto.»

«Oh, beh, è tipico, vero? Ti chiamano. Perché non chiamano qualcun altro?»

«Ciao, mamma.»

Kay riagganciò il telefono e lo ripose delicatamente nella base, nonostante avesse voglia di lanciarlo dall'altra parte della stanza.

Fece un respiro profondo.

Sua madre sapeva come farla innervosire. Lo faceva da anni, con continui paragoni con sua sorella maggiore, la disapprovazione verso il suo lavoro, solo di recente aveva smesso di rimproverarla per il fatto di vivere con Adam senza essere sposati, e questo dopo diversi anni in cui le diceva che lui non era abbastanza per lei.

Prima di ciò, durante la sua crescita, riguardava il modo in cui si vestiva, chi erano i suoi amici, come i suoi risultati agli esami non avevano soddisfatto le aspettative di sua madre.

Kay era stata piuttosto soddisfatta dei suoi risultati agli esami. Significava che poteva accettare l'offerta di un'università a diverse contee di distanza da sua madre, tanto per cominciare.

E la sua laurea l'aveva portata a unirsi alla Kent Police pochi mesi dopo la laurea. Quello, o tornare nella sua città natale.

Il pensiero la fece rabbrividire.

La irritava anche il fatto che, dopo tanti anni, sua madre potesse ancora infastidirla così facilmente.

Fece un respiro profondo. Non aveva detto a sua madre dell'aborto spontaneo. A dirla tutta, non sapeva come iniziare la conversazione. E ancor di più, era anche leggermente sollevata di non averlo fatto.

L'avrebbe semplicemente incoraggiata a diventare ancora più invadente.

Premette il pulsante del microonde per dare una rapida scaldata al suo cibo, prese un bicchiere da vino dal mobile sopra di esso e versò una piccola quantità di pinot.

«Salute comunque, mamma» disse, brindando al telefono silenzioso, e bevve un sorso.

CAPITOLO 11

Eli Matthews scese dal motorino e ripose il casco nel bauletto posteriore.

Si stiracchiò il collo, poi passò una mano tra i capelli color paglia e si avviò con andatura dinoccolata verso le porte spalancate del deposito, la sua figura allampanata che proiettava un'ombra lunga sull'asfalto.

L'aria fresca del primo mattino lo avvolse, una brezza che gli scompigliava i capelli e gli riempiva le narici, nonostante l'espansione incontrollata di concessionarie auto, unità industriali e strade intrecciate che circondavano l'edificio.

Senza dubbio, quando sarebbe arrivato a metà del suo turno, i livelli di umidità sarebbero schizzati alle stelle e l'aria condizionata del furgone avrebbe smesso di funzionare.

Lo stridio del cancello di sicurezza a rete metallica che si richiudeva all'ingresso del parcheggio gli riempì le orecchie mentre annusava l'aria un'ultima volta, colto da un senso di speranza.

Dopo una settimana di ferie, quasi non vedeva l'ora di tornare al lavoro. Se non fosse stato per quel piccolo progetto personale che aveva escogitato durante la sua assenza dal caos del deposito, sarebbe impazzito a stare in casa per sette giorni interi cercando di evitare sua madre.

I suoi commenti taglienti gli echeggiavano ancora nella mente, e strinse i denti, scacciando i ricordi.

Oggi doveva concentrarsi.

Soprattutto oggi.

Comportati normalmente.

Ma sarebbe stato difficile, perché ora tutto era così diverso.

Ce l'aveva fatta. Finalmente ce l'aveva fatta.

Un piccolo sorriso gli tirò l'angolo della bocca.

«Accidenti, Eli. Dovresti andartene in vacanza più spesso. Non ti ho mai visto così allegro.»

Eli si acciglò.

Bob Rogers, uno dei responsabili del deposito, era appoggiato a una delle porte d'acciaio e fece un lungo tiro da una sigaretta mezza consumata.

«È perché non ero qui», disse Eli, passandogli accanto.

Rogers ridacchiò. «Bello rivederti anche te.»

Eli entrò nel deposito, poi svoltò a sinistra attraverso un ampio ingresso. Passò il badge di sicurezza su un tornello, poi percorse un corridoio fino allo spogliatoio.

Trattenne il respiro mentre apriva la porta, poi esalò con sollievo quando vide che lo spazio era vuoto.

Odiava dover fare conversazione; non ne vedeva il senso, e non voleva che gli altri gli rovinassero il buon umore. Rogers ci aveva già provato, e per poco non c'era riuscito.

L'aria nello spogliatoio era stantia, un tanfo tangibile di sudore e vestiti umidi che si insinuava nei muri di mattoni imbiancati.

Tirò fuori dalla tasca una piccola chiave, aprì l'armadietto e vi infilò dentro la giacca di pelle. Teneva sempre nell'armadietto un cambio pulito di abiti da lavoro, oltre a calzini di ricambio e un asciugamano. Era prevista una tempesta per il fine settimana, e voleva avere almeno un set di vestiti asciutti.

Mentre stava per chiudere lo sportello, una busta sullo scaffale in alto attirò la sua attenzione, e allungò la mano per prenderla. Il buon umore tornò; si era dimenticato dell'aumento di stipendio che avevano ricevuto due settimane prima, la sua mente era stata occupata da altre cose.

Rimise la busta al suo posto e chiuse lo sportello. Non l'avrebbe portata a casa, sua madre l'avrebbe trovata, e poi sarebbero iniziate le discussioni chiedendogli perché non le dava più soldi.

Aveva rinunciato mesi fa a spiegarle che non era responsabile dei suoi vizi di fumo e alcol. Riceveva già abbastanza sussidi, per come stavano le cose.

No, avrebbe tenuto la notizia per sé, l'avrebbe nascosta il più possibile.

Aveva un posto speciale per segreti come quello.

Un posto di cui sua madre non sapeva nulla e non avrebbe mai saputo.

Mise la chiave in tasca mentre la porta dello spogliatoio si apriva.

«Ehi, il ritardatario è tornato.»

Eli si voltò e annuì. «Steve.»

Un secondo uomo seguì il primo. «Bella settimana di ferie?»

«Sì, grazie.»

«Che hai fatto?»

«Niente di che.»

Si sforzò di fare un piccolo sorriso, poi superò il secondo uomo e si affrettò fuori dalla stanza, facendo finta di controllare l'orologio.

Il suo turno iniziava tra cinque minuti.

———

Eli rilasciò il freno a mano e il furgone uscì dal parcheggio dirigendosi verso i cancelli di sicurezza.

Tamburellò con le dita sul volante mentre attendeva che lo spazio fosse abbastanza grande per far passare il furgone, poi girò a destra e premette l'acceleratore.

Per il resto della mattinata, guidò fuori dalla città, attraverso i villaggi periferici di Leeds e Chart Sutton, facendo un giro tra i campi e attraversando più volte la A20 per poi dirigersi a nord sopra la linea ferroviaria ad alta velocità. Per tutto il tempo, canticchiò sottovoce, contento di fare le sue consegne e godersi la relativa solitudine.

Alle undici meno cinque, fermò il furgone davanti a un minimarket di paese, con l'insegna luminosa di una catena nazionale che pendeva sopra la bassa soglia della porta.

Fece un cenno al cassiere, prese una bevanda energetica dal frigorifero sul retro del negozio, prese un grosso salsicciotto avvolto nella plastica dal banco frigo e si diresse alla cassa.

Una pila di giornali locali era stata posata sul pavimento vicino ai suoi piedi.

La sua fronte si corrugò mentre i suoi occhi scorrevano i titoli.

«Altro?»

Si chinò e prese uno dei giornali. «Prendo anche questo.»

Gli occhi del cassiere caddero sui lividi sull'avambraccio di Eli mentre prendeva i soldi, poi sbatté le palpebre e distolse lo sguardo, sommò gli acquisti e gli diede il resto. «Buona giornata», mormorò.

Eli afferrò il resto e girò sui tacchi.

Tornato al furgone, aprì la lattina della bevanda e ne bevve un sorso prima di metterla nel portabicchieri tra i sedili anteriori. Mise il salsicciotto sul cruscotto, poi aprì il giornale, sfogliando pagina dopo pagina.

Niente.

Aggrottò le sopracciglia.

Forse era troppo presto. Forse avevano saltato il tiraggio?

Gettò il giornale sul sedile del passeggero, scartò il rotolo della salsiccia e premette il pulsante di accensione della radio.

Odiava la radio commerciale, ma aveva bisogno di sapere.

Aveva bisogno di sentire.

L'orologio digitale incastonato nel cruscotto contava i secondi mancanti al notiziario orario, e lui alzò il volume.

L'annunciatore delle notizie iniziò puntuale, subito dopo l'ultima pubblicità e lo sfumare delle ultime note del jingle della stazione, ma cominciò con una storia su qualcosa che il primo ministro stava facendo a Londra.

Eli masticava in silenzio.

La notizia successiva arrivò e passò; un discorso di trenta secondi sulla campagna contro la guida in stato di ebbrezza che la polizia del Kent aveva diffuso in tutta la contea, e poi una terza notizia. Seguita dai titoli sportivi e infine dalle previsioni del tempo.

Eli fissò la radio, inghiottì l'ultimo boccone del rotolo di salsiccia, e poi sbatté le palpebre.

Non stavano riportando nulla.

Furioso, accartocciò l'involucro vuoto, lo infilò nella tasca dello sportello del guidatore e afferrò la bevanda energetica. Ne bevve un lungo sorso, sbatté la lattina di nuovo nel portabicchieri e accese il motore con rabbia.

«Pazienza», si ricordò. «Sii paziente. Dagli tempo».

CAPITOLO 12

Carys fece girare l'auto nella piccola zona industriale, e
Kay ripassò mentalmente la sua tattica mentre notava il
cartello all'ingresso dell'area che lo descriveva come il
centro di innovazione più nuovo della regione.

Sembrava esserci un rinnovato sforzo per abbattere gli
edifici fatiscenti intorno alla città e sostituirli il prima
possibile con abitazioni e zone industriali. Non poteva fare
a meno di chiedersi quale storia potesse andare persa lungo
il cammino, soprattutto perché alcuni dei progetti di
sviluppo sembravano richiedere mesi per essere
completati, nonostante la fretta con cui i vecchi punti di
riferimento venivano demoliti.

Si riprese dai suoi pensieri mentre il veicolo si fermava
dolcemente davanti a un'unità commerciale, una delle
quattro in fila che si affacciavano sulla strada principale.
Ogni edificio comprendeva una grande porta a rullo che si
estendeva dal suolo fino alla grondaia del tetto, una singola
porta di vetro accanto e due finestre sopra l'ingresso.

Kay slacciò la cintura di sicurezza, scese e si stiracchiò

la schiena mentre aspettava che Carys chiudesse l'auto, poi si diresse verso la porta della reception.

Era chiusa a chiave e non ci fu risposta quando suonò il citofono.

«Allora entriamo dall'ingresso di servizio» disse a Carys, e la guidò verso la porta a rullo aperta. «Io cercherò di scoprire di più sull'attività in generale, e tu parla con chi si occupa della contabilità per vedere se viene fuori qualcosa, d'accordo?»

«Va bene per me.»

Kay scrutò nell'oscurità.

«C'è nessuno?»

«Qui.»

Kay si mosse nello spazio del magazzino e intercettò un movimento verso il fondo mentre i suoi occhi si adattavano all'oscurità.

Si fece strada tra scatole e casse di imballaggio che fiancheggiavano un corridoio mal formato. La maggior parte era aperta; quelle sigillate erano state chiuse con generosi strati di nastro adesivo.

«Posso aiutarvi?»

Una donna anziana che sembrava essere sulla sessantina si avvicinò, sistemandosi i capelli che erano stati legati in un morbido chignon e ora stavano cercando di sfuggire ai legami. Riccioli incurvati le cadevano sugli occhi, e lei li scostò mentre strizzava gli occhi verso Kay.

«Sono il sergente detective Kay Hunter, questa è l'agente detective Carys Miles. Mi chiedevo se potessi parlare con lei e i suoi colleghi di Melanie Richards?»

La donna si morse il labbro, con gli occhi lucidi.

«Certo» disse. Tese la mano. «Sono Sheila

Milborough. Mi occupo del magazzino e delle scorte. Venite su in ufficio.»

Passò davanti alle due detective, allungò la mano verso una corda accanto all'ingresso del magazzino e premette un pulsante.

La porta scivolò giù da una cavità nel soffitto, e Sheila ne controllò il progresso prima di fare cenno di seguirla. «Da questa parte.»

Kay inclinò la testa verso Carys e le seguì entrambe attraverso il labirinto di scatole fino a una porta interna che si apriva sull'area della reception.

Sheila controllò che la porta d'ingresso fosse chiusa a chiave, poi le guidò oltre un divano stracolmo che si affacciava su una scrivania della reception disadorna, e su per una rampa di scale.

Kay fu sorpresa dalle dimensioni compatte dell'ufficio. Era evidente che il magazzino occupasse la maggior parte della superficie dell'edificio, lasciando al personale un'area angusta in cui erano riusciti in qualche modo a infilare quattro scrivanie. Tre schedari riempivano lo spazio davanti alla finestra, oscurando gran parte della luce naturale.

Sheila presentò Belinda e Annie, che descrisse come addette al servizio clienti, e guardò Kay in attesa.

«C'è qualcun altro?» chiese Kay, sorpresa.

«No, siamo solo noi» disse Annie. Tirò su col naso e si tamponò il naso con un fazzoletto di carta. «A meno che Melanie non passi ad aiutare.»

Belinda sbuffò e distolse lo sguardo.

Annie riuscì a fare un piccolo sorriso attraverso le

lacrime. «È per questo che Yvonne ha tanto successo. Gestisce operazioni snelle.»

Le sue colleghe annuirono e mormorarono in accordo.

Kay lasciò vagare lo sguardo per lo spazio.

Una minuscola sala riunioni era stata ricavata nell'angolo sinistro sul retro dell'ufficio open space, e Sheila fece un gesto verso di essa.

«Yvonne a volte la usa come ufficio privato quando ha bisogno di allontanarsi dal trambusto. Potete usarla se volete.»

«Va bene. Grazie.»

«Metto su il bollitore e cominciamo, che ne dite?» disse Carys.

Di nuovo, ci fu un mormorio di approvazione, e Kay si fece da parte mentre le sedie venivano spostate all'indietro e le tazze raccolte prima che a Carys venisse mostrato dove trovare l'angolo cucina situato nell'angolo posteriore destro dello spazio dell'ufficio.

Dal momento in cui le tazze di tè e caffè furono distribuite, le tre dipendenti si rilassarono.

«Sheila, le dispiace se comincio con lei?» disse Kay. «Carys può parlare con Belinda e Annie, e poi vi lasceremo tornare al lavoro.»

«Certo.»

Kay prese la sua tazza di tè e guidò il cammino verso la sala riunioni. Lasciò la porta aperta dopo che Sheila l'ebbe raggiunta; al momento, erano lì solo per condurre domande preliminari, e non c'era bisogno di rendere nervoso il personale dividendolo, era semplicemente più facile concentrarsi sulle risposte se c'erano meno persone coinvolte contemporaneamente.

«Bene» disse Kay. «Ha menzionato che Melanie passava ad aiutare. Quanto spesso succedeva?»

«Forse una o due volte a settimana. Dipendeva da cosa aveva in programma dopo la scuola.»

«Cosa faceva mentre era qui?»

«Rispondeva al telefono. Aiutava con l'archiviazione. A volte, se avevamo molti ordini da evadere, mi aiutava a impacchettare le scatole. Penso che per lei fosse tutto un po' un gioco, a dire la verità.»

«Veniva pagata?»

Sheila alzò le spalle. «Non lo so. Forse.»

«Risulterebbe nei libri contabili, no?»

«Suppongo di sì. Dovrebbe chiederlo ad Annie.»

Kay prese nota che Carys avrebbe controllato.

All'improvviso suonò un campanello nell'ufficio, e una ruga di preoccupazione solcò la fronte di Sheila.

«Un attimo.» La donna si spostò verso la porta. «Belinda? Puoi vedere chi è, per favore?»

Si sedette di nuovo e prese la sua tazza di tè. «Mi scusi. Probabilmente è solo il corriere.»

Kay attese che la donna si fosse sistemata. «Che mi dice di Tony Richards?»

L'espressione della donna si indurì e si agitò sulla sedia. «Non mi piace parlare male dei morti.»

Kay si sporse leggermente in avanti. «Qualsiasi cosa mi dirà non sarà ripetuta a Yvonne o agli altri dipendenti», la rassicurò.

Sheila sospirò. «Era terribile», disse, e indicò con il mento la porta. «Yvonne gli aveva dato un lavoro qui dopo che era stato licenziato. Annie per poco non si è licenziata, era così maleducato con lei. E continuava a fare errori, poi dava la colpa a noi.» Scosse la testa. «Yvonne ci ha provato, davvero, ma dopo che è stato scortese con un cliente al telefono, ha dovuto mettere un freno.»

«Per quanto tempo ha lavorato qui?»

Sheila si appoggiò allo schienale e sbatté le palpebre. «Vediamo un po'. Forse qualche settimana? Non più di un mese, direi.»

I suoi occhi si spostarono su un punto dietro la spalla di Kay.

Lei si voltò e vide un uomo con una camicia a maniche corte e pantaloncini lunghi apparire in cima alle scale.

Alzò la mano nella loro direzione, poi si spostò verso una scrivania accanto a Carys e prese una grande scatola, la sua voce arrivò fino a dove era seduta lei.

Fece un commento che fece fare a Belinda e Annie una risatina, e un sorriso attraversò il viso di Carys, prima che lui si girasse e tornasse giù per le scale.

Kay si rivolse di nuovo a Sheila. «Sembra simpatico.»

«Sarà devastato quando scoprirà di Melanie. Flirtavano sempre quando lei dava una mano alla reception.» Si fermò e si soffiò il naso.

«Mi scusi un momento», disse Kay.

Lasciò la donna a sorseggiare il suo tè e si affrettò verso l'ufficio principale.

Carys la vide avvicinarsi e si alzò. «Che succede?»

«Raggiungi quel corriere. Prendi i suoi dati. A quanto pare, lui e Melanie flirtavano quando lei lavorava qui.»

«Ci penso io.»

Kay annuì in segno di ringraziamento, poi tornò da Sheila che la guardava con gli occhi spalancati. Sorrise. «Non si preoccupi. Dobbiamo parlare con tutti quelli che conoscevano Melanie o l'hanno vista nelle ultime settimane.»

La donna annuì. «Lo so.» Sospirò. «Ancora non riesco a credere che se ne sia andata.»

Kay indicò l'ufficio. «Ve la caverete voi tre mentre Yvonne è via?»

«Oh, sì. Belinda e Annie sono più che capaci di gestire la parte amministrativa, e io ho sotto controllo il magazzino», disse Sheila. «Yvonne di solito si occupa del marketing e incontra i nuovi clienti. Non c'è nulla in agenda al momento perché è appena tornata da Milano. Oh, povera.» Si interruppe mentre le lacrime le riempivano nuovamente gli occhi.

Kay si sporse in avanti e le diede una pacca sulla mano. «Grazie per aver parlato con me, Sheila. Ora ce ne andremo.»

La donna annuì e accompagnò Kay fuori dalla sala riunioni.

Kay consegnò i biglietti da visita a tutti e tre i membri dello staff, poi seguì Sheila giù per le scale.

Carys stava entrando dalla porta principale quando raggiunsero l'area della reception, ma si fermò di colpo quando le vide.

Kay alzò un sopracciglio verso Carys, ma la donna fece un cenno quasi impercettibile con la testa.

Niente.

«Bene, credo che per ora sia tutto», disse Kay. «Se qualcuno dovesse ricordare qualcosa che pensate possa esserci d'aiuto, qualsiasi cosa, per favore contattateci.»

Kay spinse le porte a doppio battente, ma attese di parlare finché lei e Carys non raggiunsero l'auto.

«Che mi dici del corriere?»

«Si chiama Neil Abrahams. Fa il corriere in zona da circa cinque anni. Ha confermato che si divertiva un po' con Melanie quando veniva qui. Sembrava sinceramente scioccato dalla sua morte.»

«Alibi?»

«Dice che stava giocando a cricket con gli amici ieri alla stessa ora in cui Yvonne e Tony hanno detto di aver ricevuto la telefonata del rapitore che diceva loro dove si trovava Melanie. Ho il nome di un amico che può confermarlo. A quanto pare, gli ha dato un passaggio a casa.»

«Va bene. Chiamalo quando torniamo.» Kay aprì la portiera dell'auto e inclinò la testa verso il magazzino mentre entrava. «Che ne pensi?»

La giovane detective diede un'occhiata alle finestre anteriori dell'unità. «Non ci sono grandi prelievi di contanti dal conto aziendale. Stanno realizzando un buon profitto e sembra che siano stati controllati dall'ufficio delle entrate l'anno scorso senza problemi.» Scrollò le spalle. «Tutto sembra in regola.»

Kay tamburellò le dita sul volante, poi controllò l'orologio prima di avviare il motore e dirigere l'auto fuori dalla zona industriale. «Abbiamo un paio d'ore prima del prossimo briefing. Iniziamo con gli amici di Melanie. Chi è il primo della lista?»

Carys sfogliò i suoi appunti. «Emma Thomas. Secondo Belinda, Emma e Melanie venivano qui a volte dopo la scuola, presumibilmente per dare una mano.»

«Sì, Sheila ha detto che Melanie veniva qui. Non ha menzionato Emma però.»

«Non mi sorprende, Belinda e Annie hanno detto che era una spina nel fianco.»

«Interessante. Qual è l'indirizzo?»

Carys lo lesse ad alta voce e Kay annuì. «Lo conosco. Appena dall'altra parte della A20.»

Manovrò l'auto nella corsia di svolta e premette l'acceleratore non appena la carreggiata opposta fu libera.

«D'accordo. Vediamo cosa ha da dire Emma Thomas.»

CAPITOLO 13

«Mi è sempre piaciuta questa zona», disse Carys mentre l'auto si fermava al bordo del marciapiede. «La tua casa è qui vicino, vero?»

Kay rise. «Sì, ma dalla parte di Maidstone. Questa zona è ben fuori dalla mia portata economica.»

Scese dall'auto e si sporse oltre il tetto per osservare il prato del villaggio. Il gastropub all'angolo della strada circostante faceva buoni affari per l'ora di pranzo, e sapeva che nel fine settimana un paio di squadre di cricket locali, in competizione per lo spazio con chi preferiva calciare un pallone, avrebbero occupato l'area erbosa.

Si diressero verso una casa di mattoni rossi più avanti nella strada rispetto al pub. Un'alta siepe di ligustro garantiva alla casa la privacy dalla strada, e mentre si avvicinavano, una tenda nella finestra in alto a sinistra si mosse leggermente.

«Ci hanno viste.»

Kay si concentrò tenendo lo sguardo basso. «Immagino

che ci stessero aspettando, la squadra in uniforme ha contattato la scuola.»

Allungò la mano e suonò il campanello.

Non dovettero aspettare a lungo. Il suono di passi che scendevano le scale le raggiunse, e poi la porta si aprì.

«Emma Thomas?»

«Sì?»

«Ci sono i suoi genitori?»

Una donna apparve al fianco della figlia, asciugandosi le mani con un asciugamano. «Sono Sarah Thomas, la madre di Emma.»

Kay mostrò il suo distintivo. «Buongiorno, signora Thomas. Sono il sergente detective Kay Hunter. Questa è l'agente detective Carys Miles. Mi chiedevo se potessimo parlare con Emma, per favore, riguardo a Melanie Richards?»

Sarah Thomas accarezzò la testa della figlia. «Sei d'accordo a parlare con loro, tesoro?»

«Sì», disse l'adolescente. Tirò su col naso. «Se posso fare qualcosa per aiutare, voglio farlo.»

Kay notò gli occhi arrossati della ragazza. «Ci sarebbe davvero utile il tuo aiuto per saperne di più su com'era Melanie come amica», disse dolcemente.

«Entrate», disse Sarah, e fece cenno di seguirla.

Kay lasciò che la madre e la figlia le guidassero attraverso la casa fino a una luminosa veranda che era stata aggiunta sul retro dell'edificio, inondando di luce la cucina e la sala da pranzo.

Le superfici dei piani di lavoro erano immacolate, fatta eccezione per una serie di modernissimi elettrodomestici da cucina e macchine per il caffè che sembravano essere stati posizionati più per scopi estetici che per un uso pratico.

«Prego, accomodatevi», disse Sarah, indicando un salottino di poltrone nella veranda. «Volete un caffè?»

«No, grazie», disse Kay. «Non le ruberemo molto tempo oggi.»

Fece un cenno verso il giardino. «Avete una bella casa», disse.

«Grazie», disse Sarah, visibilmente compiaciuta. «L'azienda di mio marito va molto bene, e siamo fortunati a vivere in una zona così bella.»

«Allora, Emma, puoi parlarmi di Melanie? Ho capito che siete state buone amiche nell'ultimo anno o giù di lì?»

L'adolescente annuì, poi si sporse in avanti e prese un fazzoletto di carta da una scatola sul tavolino basso tra le poltrone. Si soffiò il naso, poi strinse il fazzoletto appallottolato nel palmo della mano. «Eravamo in classi diverse alle superiori. Quindi, non l'ho conosciuta veramente fino a quando non abbiamo iniziato gli A level l'anno scorso.»

«A settembre?»

«Sì.» Emma sospirò, poi gettò il fazzoletto in un cestino accanto alla sua poltrona prima di prenderne un altro dalla scatola. Lo tenne tra le dita, strappandolo distrattamente. Aggrottò la fronte. «Non ricordo come abbiamo iniziato a parlare. Credo di aver fatto una battuta su qualcosa.»

«Cosa è successo poi?»

Un sorriso si fece strada sul volto di Emma. «C'è stata una risata molto forte dall'altra parte della stanza, e mi sono girata per vedere chi fosse, ed era Melanie. Abbiamo finito per passare il tempo insieme durante la pausa pranzo, e abbiamo scoperto di avere un sacco di cose in comune.»

Tirò di nuovo su col naso. «Non posso credere che se ne sia andata.» Si tamponò gli occhi con i resti del fazzoletto, poi lo lasciò cadere nel cestino. «Cos'è successo?» disse, alzando lo sguardo pieno di lacrime verso Kay.

«Mi dispiace, Emma. Non posso divulgare alcun dettaglio di un'indagine in corso.» Alzò le mani. «Quando potrò dirti qualcosa, lo farò, d'accordo?»

L'adolescente annuì.

«Bene, quindi vi siete legate quando avete iniziato a studiare per gli A level. Quanto tempo passavate insieme?»

«Oh, tantissimo», disse Emma. «Le piaceva la stessa musica che piace a me, andavamo dallo stesso parrucchiere, frequentavamo gli stessi negozi nel fine settimana.» Si interruppe, con un'espressione nostalgica sul volto. «Di solito andavamo a Londra in treno alcuni sabati. Camden Market, Covent Garden.»

«Ed erano sempre a casa prima che si facesse tardi», intervenne Sarah.

Kay sorrise. «Bene», disse. Rivolse di nuovo la sua attenzione a Emma. «Melanie ha mai menzionato di essere in pericolo?»

Emma scosse la testa. «No. No, mai.» Il suo labbro inferiore tremò di nuovo.

«D'accordo», disse Kay. «Dove altro andavi con Melanie?»

Emma ci pensò per un momento. «Oh, a volte andavamo nell'azienda di sua madre dopo la scuola. Sua madre non ha molti dipendenti, quindi davamo una mano a rispondere al telefono o a impacchettare scatole nel magazzino.»

Sarah si sporse in avanti. «Yvonne e io pensavamo che sarebbe stata una buona esperienza per le ragazze, così avrebbero avuto qualcosa da mettere nel curriculum prima di lasciare la scuola.»

«Era divertente», disse Emma. «Facevamo la posta, stavamo alla reception e cose del genere. Ci pagavano anche.»

«Quanto tempo passavate alla reception?» chiese Carys.

Emma corrugò la fronte. «Uhm, forse un paio di pomeriggi a settimana? Sì, esatto, soprattutto negli ultimi tre mesi. C'è stato molto movimento», disse con autorità.

Kay sorrise. «Ho capito che andavate d'accordo con il corriere.»

Il labbro di Emma si arricciò. «Quella era Melanie. Non mi ha mai prestato molta attenzione. Grazie al cielo.»

Kay notò una punta di gelosia nella voce della ragazza, nonostante le sue parole. Sua madre sembrava ignara, quindi cambiò argomento.

«Anche il signor Richards lavorava lì, vero?» disse Kay.

Emma annuì e abbassò lo sguardo sulle sue mani. «Sì. Era divertente.» Scosse la testa. «Non posso credere che anche Tony sia morto.»

«Quando è stata l'ultima volta che hai visto Melanie e Tony insieme?»

«La settimana prima che lui e Yvonne andassero in vacanza. Anche se, per Yvonne era un viaggio d'affari.

Tony pensava fosse una vacanza», aggiunse Emma con un sorriso.

«E Melanie è rimasta a casa?»

«Sì». Il viso di Emma si rabbuiò. «L'ultima volta che le ho parlato, doveva andare con loro. Se ci fosse andata, sarebbe ancora viva, vero?»

La ragazza scoppiò nuovamente in lacrime, e Sarah strinse la figlia tra le braccia.

«Ha bisogno di altro, detective?» chiese, guardando oltre la testa della figlia.

«No, grazie». Kay si sporse in avanti. «E grazie a te, Emma. Sei stata davvero d'aiuto».

«Scusatemi» disse Sarah. «La porterò in camera sua, e poi vi accompagnerò all'uscita».

Si alzò dal divano e condusse Emma fuori dalla stanza, le loro voci soffocate si sentirono attraverso la cucina e il corridoio mentre si allontanavano.

Kay si alzò dalla sedia e iniziò a camminare avanti e indietro nella veranda.

«Cosa ne pensi?» mormorò Carys, raccogliendo il suo taccuino e la borsa.

«Penso che le manchi la sua migliore amica».

Sarah tornò dopo cinque minuti e si fermò sulla soglia tra la cucina e la stanza esterna, abbracciandosi.

«Grazie per averci permesso di parlare con Emma» disse Kay. Porse uno dei suoi biglietti da visita. «Avremo bisogno di parlare di nuovo con lei a un certo punto, ma se nel frattempo le viene in mente qualcosa che potrebbe aiutarci, per favore mi chiami».

«L'abbiamo tenuta qui da quando abbiamo saputo di Melanie» disse Sarah. «Tornerà a scuola la prossima

settimana, ma stabiliremo alcune regole di base».
Rabbrividì visibilmente.

«Cosa fa il padre di Emma?» chiese Carys.

Sarah agitò la mano con noncuranza. «Oh, se n'è andato da un pezzo. Mi sono risposata circa tre anni fa. Vince è un padre eccezionale per Emma. Gestisce la sua attività di import-export». Indicò l'arredamento interno. «Gli affari vanno molto bene».

«Bene, grazie per il vostro tempo» disse Kay. «Possiamo uscire da sole, se vuole».

Chiudendo la porta d'ingresso dietro di loro, si avviò a passo svelto lungo il vialetto verso l'auto.

«Perché tanta fretta, sergente?»

Kay toccò l'orologio. «La scuola finisce tra mezz'ora. Voglio parlare con il preside. Capire come erano davvero le nostre ragazze».

Carys si fermò accanto all'auto mentre Kay la sbloccava e si voltò a guardare la casa. «Troppo bello per essere vero, pensi?»

«Decisamente. Forse Emma e Melanie stavano facendo delle cose di cui Sarah Thomas non è mai venuta a conoscenza».

CAPITOLO 14

Kay strinse le labbra. «Non mi è mai piaciuta molto la scuola».

«Perché no?»

Kay scrollò le spalle. «Mi piaceva imparare. Non mi piaceva il bullismo che implicava. Non vedevo l'ora di uscirne». Diede un'occhiata al suo orologio, poi alla donna dietro la scrivania. «Il preside si rende conto che è urgente?»

«Certamente», disse la donna, con tono composto.

In quel momento la porta accanto alla scrivania si aprì, e un uomo dall'aspetto snello sporse la testa.

«Detective sergente Hunter? Vuole accomodarsi?»

Kay si alzò, inarcò un sopracciglio verso Carys, poi si diresse attraverso l'ufficio di reception verso la stanza del preside.

Lui tese la mano mentre la faceva entrare. «Sono Geoffrey Hatchard».

Entrando, Kay fu colpita da quanto fosse spoglio. Due schedari grigi, scheggiati e ammaccati, erano appoggiati contro una parete, con una pila di scartoffie in cima a ciascuno. Una finestra di vetro smerigliato lasciava entrare la luce nello spazio angusto, garantendo al suo occupante un po' di privacy dal cortile esterno. La scrivania del preside era un affare economico e sembrava essere stata costruita in fretta con un kit fai-da-te.

Il preside stesso sembrava aver assorbito alcune delle caratteristiche meno lusinghiere del suo ambiente.

Allentò la cravatta dal colletto e si tolse la giacca logora dalle spalle prima di appoggiarla sullo schienale della sedia e passarsi una mano tra i capelli radi con un sospiro udibile.

Kay si accomodò su una delle sedie per i visitatori che lui le indicò e attese mentre lui spostava da parte altre scartoffie e si appoggiava con gli avambracci sulla superficie.

«Presumo che si tratti di Melanie Richards».

«Esatto. Grazie per averci ricevuto con così poco preavviso», disse Kay. «Ho capito che era molto amica di Emma Thomas. Può dirci qualcosa di più su di loro?»

Hatchard espirò e si appoggiò allo schienale. «Molto potenziale. Ma, purtroppo, molto lavoro per cercare di farle concentrare».

«Può elaborare?»

«Abbiamo avuto alcuni... problemi quest'anno. I voti di Melanie erano buoni alla fine dello scorso anno scolastico, e poi lei ed Emma Thomas sono state messe nella stessa classe a settembre. Odio dirlo, ma Emma è stata una cattiva influenza per alcune delle ragazze della scuola. Tende a esercitare la sua autorità».

«Intende dire che è una bulla?»

Hatchard balbettò. «Beh, non credo si tratti di bullismo nel senso che nessuno viene picchiato. Sono solo parole».

«Che tipo di parole?»

L'uomo sospirò. «Insulti, quel genere di cose». Scrollò le spalle. «Abbiamo parlato con entrambe in diverse occasioni, specialmente con Melanie. Sembrava un tale peccato che fosse più interessata a far parte della cricca di Emma che a concentrarsi sui suoi studi. Era davvero un'ottima alunna».

«Pensa che qualcuno che ha bullizzato possa averle fatto del male?»

Il viso dell'uomo impallidì. «Non vorrà dire...»

Kay rimase in silenzio, lasciando che l'uomo riflettesse sulla sua domanda.

Aprì e chiuse la bocca un paio di volte, poi scosse la testa. «No. No, davvero non credo».

«Avremo bisogno di una lista dei bambini che hanno presentato reclami», disse Kay.

«Non so se sia possibile».

«Chiederemo prima il permesso ai loro genitori per parlare con loro».

«No, non è questo che intendo. Vede, nessuno ha mai presentato un reclamo formale».

«Cosa?»

L'uomo abbassò gli occhi e arrossì. «L'ho scoperto solo perché due dei miei insegnanti mi hanno riferito degli incidenti. Nessuno dei ragazzi che sono stati bullizzati ha mai detto nulla».

«E perché mai?»

Lui scrollò le spalle.

«Melanie ed Emma li intimidivano così tanto da spaventarli?»

«Non lo so», mormorò. «Mi dispiace», aggiunse, incontrando il suo sguardo. «Non ne ho idea».

———

Kay terminò la sua chiamata con il detective Barnes e, dopo aver ricevuto un aggiornamento dalla sala operativa, infilò il telefono nella borsa.

I suoi occhi caddero sui graffiti scarabocchiati sui mattoni rossi della rimessa per le biciclette accanto ai parcheggi per i visitatori. Sembrava che, a un certo punto, fosse stato fatto uno sforzo per pulire i muri; in alcuni punti, la superficie non macchiata spiccava in netto contrasto con le firme scarabocchiate che la circondavano.

Quando alzò lo sguardo, Carys stava fissando l'edificio principale della scuola oltre il tetto dell'auto.

«A cosa stai pensando?»

Carys scrollò le spalle. «Mi stavo chiedendo quanto disperata debba essere una vittima di bullismo per porre fine al tormento».

«Sì. È decisamente qualcosa che dovremo tenere a mente», disse Kay. Espirò. «Okay, bene, Barnes dice che Gavin è riuscito a ottenere le riprese delle telecamere di sicurezza dalla zona industriale, quindi c'è qualcosa, suppongo».

«Scusi?»

Si girò di scatto.

Una ragazzina piccola e magra stava all'ombra della rimessa per le biciclette, con le mani giunte davanti a sé.

«Da dove sei sbucata, cara?»

La ragazza indicò oltre la sua spalla un sentiero che passava tra la rimessa per le biciclette e un campo da tennis dall'aspetto fatiscente. «Ho sentito le vostre voci», disse.

«Va tutto bene?»

La ragazza guardò di nuovo oltre la sua spalla. «Credo di sì».

Kay lasciò cadere la borsa sul sedile del guidatore e fece un cenno a Carys prima di tornare a rivolgersi alla ragazza.

«Volevi fare una chiacchierata?»

La ragazza si morse il labbro.

«Va bene», disse Kay. «Non finirai nei guai».

«Melanie Richards tornerà?»

«Um, no. No, non tornerà».

«Bene».

La ragazza girò sui tacchi.

«Aspetta».

Gli occhi della ragazza si spalancarono mentre guardava di nuovo verso Kay, il suo intero atteggiamento segnalava che era pronta a fuggire.

Kay prese un respiro profondo, poi si azzardò. «Quanto era grave il bullismo?»

«Grave».

«Anch'io ho subìto bullismo a scuola».

La ragazza non sembrava convinta.

«Non so se sarei arrivata al punto di uccidere qualcuno che mi bullizzava, però».

«Nemmeno io». La ragazza sembrò rilassarsi. «Non credo che nessuna di noi lo farebbe, ad essere oneste.

Volevamo solo assicurarci che la notizia fosse vera. Che non sarebbe tornata».

«Come ti chiami?»

La ragazza scappò via, e Kay imprecò sottovoce.

«Che ne pensi, sergente?»

Salirono in macchina, e Kay accese il motore.

«Mi sto chiedendo chi altro Melanie Richards abbia bullizzato».

CAPITOLO 15

Kay guidò l'auto tra due pilastri di mattoni rossi, i cancelli in ferro battuto del vialetto dei Richards erano già aperti, e rallentò mentre le ruote scricchiolavano sul vialetto di ghiaia appena posata.

Un'anonima auto di servizio della stazione era parcheggiata vicino alle porte chiuse del garage, e Kay fece un sospiro quando si rese conto che l'agente di coordinamento con la famiglia si era trasferito dall'ospedale con Yvonne Richards. Un secondo veicolo, un SUV argento di fascia media, faceva da sentinella in un'area pavimentata sul lato opposto della proprietà.

«Hai mai lavorato a un caso di sequestro prima?» chiese Carys. Si mosse sul sedile del passeggero, slacciò la cintura di sicurezza e fissò la porta d'ingresso.

«Non come questo» disse Kay. «E tu?»

Carys scosse la testa.

«D'accordo, io condurrò le domande. Tu prendi appunti. Se pensi che abbia trascurato qualcosa o vuoi chiarire qualcosa, intervieni. Va bene?»

«Capito.»

Kay estrasse la chiave dal quadro. «Andiamo, allora.»

Le loro scarpe scricchiolarono sulla ghiaia mentre si dirigevano verso la porta d'ingresso. Carys allungò la mano e suonò il campanello. Passarono alcuni secondi, e poi l'agente di coordinamento dell'ospedale aprì la porta.

Le spalle di Kay si rilassarono. Hazel aveva una formidabile reputazione come agente di coordinamento con la famiglia, e Kay era contenta che fosse stata assegnata a Yvonne Richards.

«Buongiorno, Hazel.» Chiuse la porta dietro Carys e notò immediatamente il manto di silenzio che avvolgeva quella che una volta era stata una casa di famiglia.

«Volete aspettare in soggiorno?» disse Hazel. «Sono in cucina al momento. Vado a chiamarli.»

Kay annuì ed entrò dalla porta sulla destra che l'agente aveva indicato. Lei e Carys rimasero in piedi mentre aspettavano, e Kay osservò gli arredi costosi che erano stati accuratamente disposti nella grande stanza.

Lo spazio avrebbe fatto eco ai loro passi se non fosse stato per lo spesso tappeto morbido che copriva il pavimento, e per un momento Kay sentì l'impulso di controllare le suole delle sue scarpe prima di scartare il pensiero. Hazel le avrebbe detto se Yvonne avesse richiesto di togliersi le scarpe all'ingresso.

Un'enorme televisione occupava un terzo dello spazio sulla lunga parete che correva per tutta la lunghezza della casa, mentre la parete opposta era stata sostituita con porte a patio stile fisarmonica che si affacciavano su un giardino di medie dimensioni ben curato. Diversi vasi di fiori erano stati disposti intorno alla stanza, un falso senso di allegria in una casa devastata da una doppia tragedia.

«Soldi seri, sergente» disse Carys, osservando l'hardware del sistema audio che si trovava su un mobile basso sotto la televisione, e poi gli altoparlanti incassati nel soffitto.

Kay confermò l'osservazione con un cenno del capo, ma non disse nulla.

Aveva imparato in precedenza che le apparenze potevano essere ingannevoli.

Un forte odore di lucido per mobili impregnava l'aria, e notò con tristezza che spesso l'unico modo in cui le persone potevano far fronte al dolore era fare le pulizie, come se cercassero di mantenere l'ordine in un mondo che non aveva più senso per loro.

Si voltò quando la porta si aprì, Hazel entrò e si fece da parte per far passare Yvonne. La seguiva una versione più anziana di sé stessa, con capelli scuri legati in una coda di cavallo e indossava jeans e una polo.

«Questa è Dawn, la sorella di Yvonne» disse Hazel, e fece le altre presentazioni.

Kay attese che Yvonne si fosse sistemata e notò che Dawn le prese la mano non appena si fu seduta, stringendola.

Yvonne ignorò sua sorella, occhi stanchi che incontravano quelli di Kay.

«Non avete fatto progressi per scoprire chi ha fatto questo, vero?»

«È molto presto per l'indagine» disse Kay. «Ed è per questo che sono qui.» Si sporse in avanti. «Yvonne, vorremmo rilasciare una dichiarazione ai media più tardi oggi. Per chiedere aiuto alle persone e trovare chi ha fatto questo.»

Yvonne si tamponò gli occhi, poi sollevò il mento e fissò Kay. «Fate tutto quello che dovete per trovare il bastardo. Avete bisogno che io sia presente?»

Kay scosse la testa. «Non in questo momento. È probabile che ci sarà solo il mio capo, l'ispettore capo detective Sharp, è il responsabile delle indagini assegnato a questo caso. Lavorerà a stretto contatto con i nostri consulenti mediatici, e ci sarà nel telegiornale della sera. Hazel sarà assegnata a lei mentre l'indagine continua. Va bene?»

«Grazie.» Yvonne guardò Hazel. «Sicuro che la disturba?»

«Non mi dispiace affatto» disse Hazel. «Sarò qui finché ne avrà bisogno.»

Yvonne sospirò, e Kay notò il sollievo nei suoi occhi. Per un momento, si chiese che tipo di rapporto ci fosse tra lei e sua sorella, poi andò avanti.

«Ha una fotografia recente di Melanie che potrei portare con me, così possiamo mostrarla ai media?»

«Certo. Un attimo.»

Yvonne si alzò dalla poltrona, si raddrizzò la gonna e uscì in fretta dalla stanza.

Dawn si sporse per guardare attraverso la porta, poi si voltò verso Kay.

«Pensa davvero che lo prenderete?»

Kay si prese un momento prima di rispondere. «Al momento, la mia attenzione è concentrata sull'ottenere quante più informazioni possibili per la mia squadra. Non appena avremo qualcosa su cui agire, lo faremo.»

Alzò lo sguardo quando Yvonne tornò e le porse una fotografia.

«Ho stampato questa poco prima che partissimo.»

«Grazie» disse Kay. Maneggiò la fotografia con cura e guardò il viso sorridente di Melanie Richards. La sua gola si strinse, come sempre accadeva quando vedeva per la prima volta una vittima di omicidio come un normale essere umano. Non si era mai tirata indietro di fronte agli orrori che il suo lavoro comportava, ma era questo, questo elemento umano, che la colpiva allo stomaco e la manteneva concentrata.

«Pensavo che probabilmente sarebbe stata l'ultima volta che avrei potuto farle una foto con l'uniforme scolastica» disse Yvonne. «La scuola sta cambiando le regole per gli studenti del sesto anno, così potranno indossare quello che vogliono.»

«Come andava a scuola? Qualche problema?»

Yvonne scosse la testa. «No, ha sempre avuto ottimi voti» disse, e poi il suo viso si rabbuiò.

«Me ne prenderò cura io» disse Kay.

Yvonne si sedette di nuovo accanto a sua sorella, e Kay mise la fotografia nella sua borsa.

«Yvonne, ho bisogno di parlare delle sue abitudini prima che partisse per le vacanze.»

«Non erano proprio vacanze.»

«Oh?»

Yvonne sospirò. «Ho un cliente a Milano che è stato particolarmente difficile nelle ultime settimane. Alla fine, ho deciso di volare lì e affrontarlo faccia a faccia. Tony è venuto con me perché pensavamo di aggiungere un paio di giorni alla fine per riposarci prima di tornare a casa.»

Si asciugò gli occhi, e Kay poté vedere il senso di colpa insinuarsi nello sguardo della donna.

Sentì un lieve *clic* quando Carys fece scattare la molla della sua penna, e diede un'occhiata per vedere la punta sospesa sopra il suo taccuino, prima di rivolgere di nuovo l'attenzione a Yvonne.

«Che giorno è partita?»

«Martedì mattina. Dovevo andare in ufficio all'inizio per una videoconferenza con il cliente prima di salire sull'aereo. Tony è venuto con me, abbiamo preso un taxi dall'ufficio all'aeroporto.»

«Ho saputo da Emma Thomas che Melanie doveva viaggiare con voi.»

Yvonne sospirò. «Sì, doveva, avevamo i moduli firmati dalla sua scuola e tutto, ma lei e Tony hanno litigato lunedì sera, quindi ha cambiato idea all'ultimo momento.»

«Per cosa hanno discusso?»

«Sciocchezze. Tony ha puntato i piedi su cosa Melanie potesse portare da indossare, e a lei non è piaciuto.»

«E non ha avuto alcuna comunicazione con Melanie dopo che siete usciti di casa?»

«No. È sempre stata molto matura per la sua età, e non era la prima volta che rimaneva da sola per qualche giorno.» Yvonne accennò un debole sorriso. «Credo le piacesse venire responsabilizzata.» Il suo sorriso svanì e la sua voce tremò. «Avevamo concordato che ci avrebbe telefonato o mandato un messaggio solo in caso di emergenza.»

«Può raccontarmi gli eventi di quel martedì? Diciamo, da quando si è svegliata?»

Yvonne tirò su col naso e si tamponò il naso con un fazzoletto spiegazzato che aveva tirato fuori dalla manica del cardigan.

«Tony si è alzato per primo. Gli piaceva bere il caffè prima di mangiare qualsiasi cosa, ed era sempre un mattiniero. Appena l'ho sentito prendere il giornale dalla cassetta delle lettere, sono andata a farmi la doccia. Quando Melanie è apparsa in cucina, noi avevamo già fatto colazione.»

«Melanie non ha fatto colazione con voi?»

«Melanie non faceva colazione in generale», disse Yvonne, e Kay notò l'esasperazione nella sua voce. «Ha smesso circa un anno fa. Diceva che non riusciva a mangiare appena sveglia.»

Kay vide una ruga increspare la fronte della sorella e si annotò di parlare con lei in privato.

«A che ora siete usciti di casa?»

«Poco dopo le sette e mezza. Melanie non era pronta, quindi avrà camminato fino alla fine della strada per prendere l'autobus per andare in città a scuola.» Le sue spalle si afflosciarono. «La videoconferenza doveva iniziare alle otto. Altrimenti...»

Kay annuì.

Altrimenti, Melanie sarebbe stata accompagnata in città al sicuro nel taxi con i suoi genitori.

Altrimenti, forse il rapitore di Melanie non sarebbe stato in grado di portarla via.

«A che ora Melanie aveva programmato di uscire di casa per prendere l'autobus?»

Yvonne degluti. «Verso le sette e quarantacinque.» Represse un singhiozzo. «Quindici minuti. Dopo tutto questo, avrei potuto aspettare. Il maledetto cliente ha comunque annullato la videoconferenza.»

95

CAPITOLO 16

Hazel suggerì una breve pausa dall'interrogatorio, e Kay fu propensa a concordare con lei, così Dawn si offrì di preparare il caffè.

Kay la seguì fuori dal soggiorno e lungo il corridoio fino a una cucina che qualsiasi agente immobiliare avrebbe definito 'ben attrezzata'. Tutto ciò che ci si sarebbe aspettati di trovare, era lì. Ogni cosa al suo posto, funzionale e splendente.

E pulita.

Molto pulita.

«Stai alloggiando qui?»

Dawn annuì, prese il bollitore e lo tenne sotto il rubinetto. «Sì. Per un po'. Ho spiegato al lavoro che al momento non posso lasciarla sola.»

«È molto gentile da parte tua.»

Dawn scrollò le spalle e chiuse il rubinetto, poi accese il bollitore. «Non sarebbe stata in grado di stare da sola. Mi sarei preoccupata per lei.» Afferrò uno strofinaccio e asciugò le tazze che erano state capovolte sullo scolapiatti.

Kay si chiese perché non le avesse semplicemente messe nella lavastoviglie di ultima generazione, ma non disse nulla e lasciò vagare lo sguardo per la stanza. «Se la sono cavata bene.»

«*Lei* se l'è cavata bene,» disse Dawn. Gettò lo strofinaccio sullo scolapiatti, si girò di scatto e puntò il dito contro Kay.

«Tony non era niente finché non ha incontrato Yvonne,» sibilò. Abbassò la mano e si appoggiò al piano di lavoro, il petto si alzò e abbassò rapidamente.

Kay indicò gli sgabelli nascosti sotto l'isola centrale della cucina. «Ci sediamo?»

Attese che Dawn si allontanasse dal lavello e tirasse fuori uno degli sgabelli, un'espressione quasi petulante le attraversò il viso prima che si unisse a lei.

Dawn si affaccendò a riallacciarsi l'elastico per capelli, si lisciò la frangia e poi sospirò.

«Mi dispiace. So che stai solo facendo il tuo lavoro.»

«Non preoccuparti,» disse Kay. Spostò la sua borsa, appoggiò un gomito sul piano di lavoro mentre si girava sullo sgabello per guardare Dawn, e abbassò la voce. «Allora, cosa puoi dirmi di Tony?»

Dawn sbuffò. «Tony? Gli è andata di lusso il giorno in cui ha sposato mia sorella.»

Kay inarcò un sopracciglio.

«Ascolta, adorava Melanie, e credo che amasse anche Yvonne, ma a volte era un uomo difficile da gestire.»

«In che senso?»

«Ha perso il lavoro due anni fa, proprio quando l'attività di Yvonne stava iniziando a decollare. Yvonne aveva trasferito l'azienda fuori casa l'anno prima, era cresciuta così rapidamente che doveva trovare una sede adeguata o iniziare a perdere contratti.»

Dawn allungò la mano e tracciò con il dito una macchia di caffè sul piano di lavoro. «Nostro padre è morto anni fa, e quando se n'è andata anche la mamma, ce la siamo cavata bene economicamente. Yvonne ha ottenuto un mutuo commerciale con la sua metà dell'eredità e ha acquistato il diritto di proprietà dell'unità su Sparks Way.»

Kay avvicinò a sé il taccuino e scrisse un promemoria.

Dawn osservò e rimase in silenzio.

«Quindi, cosa è successo quando Tony è stato licenziato?»

Dawn fece una smorfia. «Ho detto "licenziato",» ammise, «anche se sospetto che avesse fatto arrabbiare così tante persone mentre era lì, che probabilmente non vedevano l'ora di liberarsi di lui.»

«Aveva un brutto carattere?»

«Era più un bullo verbale. Maleducato con tutti. Sempre a sminuire le persone. A ridicolizzarle.»

«Lo faceva anche con te?»

La testa di Dawn scattò in alto, gli occhi lucidi. «Sì. E con Yvonne.»

«Ha trovato un altro lavoro?»

Dawn scosse la testa. «Yvonne decise di assumerlo.»

Kay colse il tono di scherno nella voce della donna. «Per quanto tempo è durata?»

«Circa tre settimane. Tony ha fatto il prepotente con gli altri due dipendenti che Yvonne aveva assunto. Erano troppo importanti per l'azienda perché Yvonne li perdesse, quindi ha dovuto licenziare Tony.»

«Come l'ha presa?»

«Ha messo il muso come un bambino di cinque anni per una settimana. Era, *era*, la sua solita reazione difensiva. Non era mai colpa sua, nella sua testa.» Dawn allungò la mano verso un rotolo di carta da cucina su un supporto verticale al centro del piano di lavoro, ne strappò un foglio e strofinò la macchia di caffè. «Fortunatamente, credo, più o meno in quel periodo Mel si è messa nei guai a scuola, quindi aveva senso che lui fosse più presente a casa per lei.»

«Per cosa si è messa nei guai?»

La bocca di Dawn si contorse. «Bullismo. Tale padre, tale figlia, giusto?»

CAPITOLO 17

Kay posò la borsa sul tappeto dell'ingresso mentre passava e si diresse al piano di sopra.

Attraversò il pianerottolo fino alla camera da letto principale, si tolse le scarpe e poi sbottonò la camicetta, si sfilò i pantaloni e gettò entrambi i capi nel cesto della biancheria dietro la porta.

Indossò i suoi jeans preferiti, quelli con i buchi che Adam pensava si sarebbero disintegrati prima che lei accettasse di buttarli via, e si infilò una maglietta a maniche lunghe mentre lo stomaco le brontolava.

Cercò di ricordare quando avesse mangiato quel giorno, poi rinunciò.

Il briefing pomeridiano era stato ritardato a causa della partecipazione dell'ispettore Sharp alla conferenza stampa, e quando era tornato nella sala operativa, era già tardi.

La squadra aveva comunque continuato, riferendo le loro scoperte nel corso della giornata, con Sharp che assegnava i compiti per la mattina prima di congedarli.

Kay si fermò in cima alle scale e il suo sguardo si

spostò verso la piccola stanza sul retro della casa bifamiliare con tre camere da letto.

Si strinse le braccia intorno allo stomaco e si avvicinò.

La porta era stata lasciata socchiusa; Adam aveva dimenticato di chiuderla nella fretta di andare in clinica quella mattina, e mentre lei sbirciava attraverso, si aprì sui cardini rivelando il suo contenuto.

Un respiro le si bloccò in gola.

Non avevano iniziato a dipingere la stanza, ma avevano messo tutte le "cose dell'ufficio", come le chiamava Adam, in scatole, pronte per essere ridistribuite per la casa una volta che avessero realizzato che un bambino era in arrivo.

Le scatole erano rimaste imballate nelle ultime settimane, nessuno dei due voleva essere il primo a suggerire di rinunciare all'idea di una cameretta e rimettere a posto l'ufficio.

Una confezione di due pennelli nuovi giaceva chiusa su un vecchio lenzuolo, abbandonata ma non dimenticata.

Ignorata.

Kay si morse il labbro, allungò la mano e chiuse la porta.

Scese le scale, prese la borsa e attraversò la cucina.

I suoi occhi caddero sul piano di lavoro e sul rettile che giaceva arrotolato sul fondo della sua casa temporanea.

«So che non ti senti bene, Sid», mormorò, «e non prenderla nel modo sbagliato, ma prima torna il tuo padrone, meglio è».

Il serpente fece saettare la lingua, rimanendo immobile mentre lei si muoveva intorno agli sgabelli infilati sotto il bancone.

Si era persa il telegiornale delle sei, e con esso la trasmissione della dichiarazione in diretta ai media che Sharp e Larch avevano fatto alla stampa, semplicemente perché, in qualità di viceresponsabile delle indagini, aveva dovuto assicurarsi che tutta la documentazione rilevante fosse stata aggiornata prima di lasciare la sala operativa per la notte.

Aveva sentito un frammento della dichiarazione alla radio durante il viaggio di ritorno a casa, ma voleva vedere il telegiornale della tarda serata per vedere cosa fosse stato presentato all'opinione pubblica.

Ogni indagine doveva soppesare i pro e i contro del coinvolgimento dei media e cosa dire loro, ed era spesso un delicato atto di equilibrismo. Scoprendo cosa era stato reso pubblico, poteva prepararsi per le telefonate che avrebbero potuto ricevere dalla gente il giorno successivo.

I suoi occhi caddero su un post-it giallo attaccato al tagliere, con la familiare calligrafia di Adam.

Sono gemelli!

Sorrise. Aveva passato lunghe ore alla scuderia, e condivideva il suo sollievo che, alla fine, tutto fosse andato bene per la cavalla e i suoi puledri. Senza dubbio sarebbe rimasto alla scuderia finché non fosse stato soddisfatto che non ci sarebbero state complicazioni post-parto, e così la sua mente si volse alla cena.

La sua mano esitò sulla porta del congelatore, poi la ritrasse. Non si sarebbe mai abituata agli spuntini di Sid conservati lì mentre si riprendeva.

Aprì invece lo sportello del frigorifero, preparò un'insalata in una ciotola, facendone abbastanza per due, e ne mise una generosa porzione su un piatto mentre aspettava che il microonde scaldasse una patata al cartoccio. Aggiunse un post-it accanto a quello di Adam.

Insalata in frigo. Scatolette di tonno in dispensa, mangia!

Il microonde suonò e lei posò il piatto sul piano di lavoro della cucina, e prese un coltello e una forchetta.

Sid alzò la testa e la fissò, la lingua saettava mentre annusava l'aria.

Kay guardò male il serpente, poi prese il piatto e lo mise su un vassoio.

«Non posso mangiare seduta accanto a te, Sid».

Afferrò un bicchiere di vino, lo bilanciò sul vassoio e si diresse verso il soggiorno.

Adam aveva lasciato accese due delle grandi lampade da terra prima di uscire, e un bagliore ammorbidiva i contorni della stanza. Il suo orgoglio e la sua gioia, un grande televisore a schermo piatto, era appeso sopra un mobile basso che ospitava tutte le apparecchiature del sistema audio.

Librerie rivestivano la lunga parete di fronte alla finestra a bovindo che si affacciava sulla strada, metà delle quali erano occupate da una collezione di DVD che avevano accumulato tra loro mentre Adam era ancora all'università.

Kay posò il vassoio e passò un dito lungo i dorsi dei film; la maggior parte erano thriller, insieme a una o due commedie romantiche che avevano apprezzato insieme al cinema diversi anni prima, e alcuni titoli in lingua straniera mescolati in mezzo. Spinse una scatola fuori posto di nuovo in linea, si assicurò che tutto fosse ancora in ordine alfabetico e sorrise immaginando la reazione di Adam alle sue azioni.

L'aveva sempre presa in giro per il suo bisogno di archiviare i film in ordine alfabetico; era riuscito a convincerla a lasciare stare i libri, ma aveva compreso una volta che lei gli aveva spiegato che dopo alcuni dei casi di cui si occupava quotidianamente, aveva bisogno di qualcosa che le desse un senso di ordine nel suo mondo.

Soddisfatta, si voltò verso il divano e prese il telecomando della televisione.

Bilanciò il vassoio sulle ginocchia mentre passava da un canale all'altro, finché non trovò l'emittente locale che presto avrebbe trasmesso il notiziario all'ora.

Divorò l'insalata e si rese conto che non aveva mangiato nulla da colazione. Un sorriso le attraversò le labbra pensando a cosa avrebbe detto Sharp a riguardo, era un fanatico nell'assicurarsi che la sua squadra mantenesse alti i livelli di energia, e saltare i pasti era qualcosa che era riuscito a toglierle.

Fino ad ora.

Mise da parte il vassoio quando ebbe finito e alzò il volume della televisione mentre la familiare sigla del notiziario iniziava.

Il rapimento e la morte di Melanie Richards erano la notizia principale, e si sistemò per guardare.

Sharp aveva trascorso un'ora con l'addetto stampa prima di presentarsi davanti alle telecamere. Ogni parola della sua dichiarazione era stata analizzata, modificata e riformulata fino a contenere informazioni sufficienti per coinvolgere il pubblico senza rivelare dettagli preziosi che solo l'assassino avrebbe conosciuto. La decisione di non menzionare i dettagli esatti della morte di Melanie era stata presa all'inizio della riunione.

Il metodo utilizzato era stato così elaborato, così calcolato, che qualsiasi indizio proveniente dall'appello mediatico sarebbe stato trattato come prioritario se un membro del pubblico avesse portato alla loro attenzione informazioni collegate a quei fatti particolari.

Inoltre, avevano bisogno che il pubblico fosse vigile, non spaventato.

La fotografia di sua figlia fornita da Yvonne Richards appariva ora su un foglio informativo di una pagina che era stata consegnata a ciascun partecipante alla conferenza stampa. Forniva un riassunto dei fatti noti, almeno quelli che stavano rilasciando al pubblico in quel momento, così come i nomi dei responsabili alla guida dell'indagine e il numero di telefono nazionale anticrimine.

Infine, avevano fatto un brainstorming e lavorato sulle domande che attendevano dalla stampa.

Sharp era stato reticente al suo ritorno nella sala riunioni, e Kay si chiedeva se fosse perché la conferenza stampa era andata bene o meno.

Allungò la mano verso il telecomando e alzò il volume mentre Sharp si avvicinava al podio.

Iniziò ringraziando la stampa per la loro presenza, e poi lesse il discorso preparato sul rapimento di Melanie.

«È con grande tristezza che devo anche riferire che Tony Richards, il padre di Melanie, è deceduto questo pomeriggio a causa di un sospetto arresto cardiaco», aggiunse alla fine. «L'autore di questo terribile crimine è ora responsabile di aver tolto due vite innocenti, e non ci daremo pace finché quella persona o quelle persone non saranno assicurate alla giustizia».

Kay ascoltò attentamente mentre i giornalisti riuniti tempestavano di domande Sharp. L'addetto stampa e l'ispettore Larch stavano in piedi da un lato, con le facce cupe.

Non ci furono sorprese; i giornalisti si comportarono bene, e il presentatore ripeté il numero anticrimine, con l'immagine di Melanie sullo sfondo che sostituiva le riprese della conferenza stampa.

Kay spense la televisione, controllò l'orologio e decise di andare a letto presto.

Domani sarebbe stata una giornata intensa.

CAPITOLO 18

Il cellulare sul divano accanto a Eli cominciò a squillare.

Imprecò sottovoce. Era raro avere la casa tutta per sé, ma sua madre era scomparsa, probabilmente era al negozio di alcolici o al pub. Non sarebbe tornata finché non fosse svenuta o non l'avessero cacciata. In ogni caso, aveva qualche preziosa ora per rilassarsi e poteva guardare il telegiornale locale.

Mise in muto la televisione, prese il telefono e controllò il numero. Aspettava quella chiamata da tre ore. In effetti, era sorpreso che l'altro uomo ci avesse messo così tanto a mettersi in contatto.

Il telegiornale locale delle sei era stato un'edizione prolungata poiché la polizia aveva cercato di ottenere l'aiuto della gente per rintracciare il rapitore di Melanie. La storia era persino arrivata al telegiornale nazionale ed era stata ripetuta alle nove su tutti i canali.

Era scivolato dal divano in ginocchio quando il detective aveva rivelato che anche il padre della ragazza era morto.

Un grido di estasi gli era sfuggito dalle labbra quando la fotografia di Melanie era stata mostrata sullo schermo, e lui aveva ricordato il terrore nei suoi occhi mentre cercava disperatamente di mantenere l'equilibrio.

Si inumidì le labbra al ricordo. Aveva visto una registrazione della sua fine il giorno prima, osservando di nuovo come aveva vacillato sull'orlo della morte, passando da un piede all'altro mentre l'olio scivolava lungo i pioli.

In qualche modo, però, non era stato soddisfacente come vederlo accadere dal vivo.

Non era stato così eccitante.

Eli era rimasto sorpreso dalla decisione della polizia di appellarsi al pubblico così presto nell'indagine, e poi capì.

Non sapevano chi fosse lui.

Nessun movente.

Nessun sospettato.

Niente.

Rispose al telefono dopo il quarto squillo, mettendo a tacere la suoneria preinstallata.

«Che vuoi?»

Ci fu un'inspirazione dall'altro capo della linea, prima che una voce tremante rispondesse. «Dobbiamo parlare».

«Hai preso i soldi?»

«Hai visto il telegiornale?»

«Hai preso i soldi?»

«La ragazza è morta, Eli». Il chiamante fece una pausa e fece un altro respiro profondo. «È *morta*».

Eli passò il telefono all'altro orecchio e abbassò il volume della televisione. Controllò il punteggio della partita di calcio visualizzato nell'angolo in alto a sinistra dello schermo. «Qualcuno ti ha visto prendere i soldi?»

«No. Il vicolo era deserto, come avevi detto che sarebbe stato».

«Sei sicuro?»

«Beh, c-credo di sì».

Un sorriso astuto si dipinse sul volto di Eli mentre un'idea prendeva forma. La sensazione iniziò tra le costole, scivolò sullo stomaco e si diffuse all'inguine. «Dove sono i soldi adesso?»

«Qui».

«Nel tuo *appartamento*?»

«Sì».

«Gesù». Eli si alzò e gettò un livello di preoccupazione nella sua voce. Era facile. Aveva sentito altre persone farlo e aveva studiato come imitare le loro reazioni. Eli poteva sentire l'altro uomo che camminava avanti e indietro, avanti e indietro. «E se fossero andati dalla polizia?»

«Cosa?»

«E se i genitori della ragazza *fossero* andati alla polizia e noi non lo sapessimo?» disse Eli.

«Che vuoi dire?»

«La polizia. Se fossero coinvolti, quei soldi potrebbero essere segnati con qualcosa. Per renderli rintracciabili».

«Oh, *Cristo*».

«Devi lasciare il tuo appartamento. Subito. Tieni un profilo basso per qualche giorno». Quasi scoppiò a ridere, e invece espulse l'aria come una tosse all'ultimo momento.

«Dove vado?»

«Non lo so. Anzi, meglio non dirmelo. Così, se la polizia mi trova, non posso dire loro dove sei, giusto?»

«Cazzo, Eli. Questa è grossa. È davvero brutta».

«Lo so. Dobbiamo solo aspettare finché non è sicuro».

«Ma quando saprò che è sicuro?»

«Ti chiamerò io. Non chiamarmi *tu*, ricordi? Cancella tutti i tuoi registri delle chiamate. Farò lo stesso».

«D'accordo».

«E per l'amor del cielo, non chiamarmi di nuovo».

«Che vuoi dire?»

Il tono di panico era aumentato; il camminare si era fermato.

«Eli, aspetta!»

Eli allontanò il telefono dall'orecchio e coprì la bocca con l'avambraccio. Gli occhi gli si riempirono di lacrime mentre assaporava la paura che emanava dalla voce dell'altro uomo. Poteva sentirlo, che gridava il suo nome all'altro capo della linea. Alla fine rispose.

«Cosa?»

«Cosa faremo?»

«Non lo so. Ma devo andare».

«Andare dove?»

«Meglio che non te lo dica, giusto per sicurezza, eh?»

Un silenzio frammentato riempì la linea telefonica.

«Non avrebbe mai dovuto morire, Eli».

La voce dell'uomo tremò, ed Eli sorrise.

«Devo andare», sibilò. «Credo che stia arrivando qualcuno».

Terminò la chiamata, strappò la batteria e la scheda SIM dal retro del telefono e posò i componenti sul tavolino da caffè graffiato.

Sorrise, controllò l'orologio e poi si lasciò cadere di nuovo sul divano, prese la sua lattina di bibita e alzò il volume con il telecomando della televisione.

La paura poteva essere un potente motivatore.

Avrebbe aspettato un'ora, e poi avrebbe seguito l'altro uomo, per essere sicuro.

CAPITOLO 19

Guy Nelson sbirciò attraverso le tende della finestra a doppi vetri sul fronte dell'appartamento.

Al secondo piano, affittava l'edificio ad altri tre inquilini, con un corridoio centrale e un pianerottolo che dividevano in due quello che una volta era stato un grandioso palazzo vittoriano. Era riservato, pagava l'affitto in contanti settimanalmente e si assicurava di farsi gli affari suoi.

La consapevolezza che il suo misero stipendio non gli avrebbe mai permesso di sfuggire alla monotonia della sua vita quotidiana lo aveva portato a questo.

Complice di un omicidio e latitante.

Con ventimila sterline ordinate in pacchetti da cinquecento sterline che spuntavano da una busta imbottita strappata sul divano logoro dietro di lui.

Le sue mani tremarono mentre lasciava ricadere la tenda al suo posto.

La strada sottostante era silenziosa e poco illuminata. Nessuna luce brillava dalle case dall'altra parte della strada e nessun suono proveniva dagli altri appartamenti intorno a lui. Il suo vicino immediatamente dall'altra parte del pianerottolo aveva spento la televisione un'ora prima.

C'erano solo lui e i suoi pensieri.

Sbatté le palpebre per scacciare le lacrime.

Eli era sembrato sincero nell'assicurare che non sarebbe stato fatto alcun male alla ragazza quando aveva espresso l'idea per la prima volta.

«È un modo facile per fare un po' di soldi», aveva detto.

Nelson aveva deglutito a fatica l'ultimo sorso della sua lattina di birra, il liquido tiepido gli si era appiccicato in gola. Si era pulito la bocca con la manica e si era girato per vedere Eli che lo fissava, in attesa.

«Cosa?»

«Dico sul serio», aveva detto. «Ventimila sterline. Le avremmo entro quarantotto ore».

Nelson aveva guardato alle sue spalle. Il resto del gruppo si era sparso per il parcheggio e nessuno era a portata d'orecchio.

«E la polizia?»

«Non chiamano mai la polizia». Eli aveva scrollato le spalle. «Troppa paura. Troppo imbarazzo per il fatto che sia successo proprio a loro».

«Ma se lo facessero?»

«Allora ce ne andiamo. Gli diciamo dov'è la ragazzina e non diciamo altro. Nessuno saprebbe mai che siamo stati noi».

Nelson aveva socchiuso gli occhi. «L'hai già fatto prima?»

Eli aveva stretto le labbra, distogliendo lo sguardo mentre osservava i colleghi. «Una volta».

«Cos'è successo?»

Un sorriso aveva tremato all'angolo della bocca dell'altro uomo mentre i suoi occhi incontravano quelli di Nelson. «Ho guadagnato quindicimila sterline».

Nelson fece un passo indietro. «Davvero?»

Eli annuì.

«E non ti hanno mai beccato?»

«Sono qui, no?»

Quel giorno non era stato detto altro. Il capo di Eli si era avvicinato, lamentandosi che avrebbero dovuto fare più sforzi per socializzare con il resto del gruppo, e il pomeriggio era proseguito fino a sera, con i membri dello staff che diventavano gradualmente sempre più ubriachi.

Tranne Eli, ricordava ora Nelson.

Aveva sorriso, fatto conversazione, ma sembrava svolazzare ai margini della folla, osservando, quasi in attesa di qualcosa.

I turni di Eli erano cambiati la settimana successiva, e ci vollero quattro giorni prima che Nelson lo mettesse alle strette.

«Quanto sarebbe facile?»

«Molto».

Nelson si era infilato le mani in tasca. «Cosa dovrei fare?»

Ed Eli glielo aveva detto.

Nelson si era sentito sollevato dal fatto che non sarebbe stato coinvolto nel vero e proprio rapimento. Tutto ciò che doveva fare era effettuare un appostamento alla casa dei genitori e all'edificio industriale che Eli aveva scelto, e riferire. Poi ritirare i soldi. Eli aveva detto che si sarebbe occupato del resto.

Ora, si asciugò con rabbia le lacrime che gli offuscavano la vista.

Era sembrato tutto così semplice.

Aveva trascorso le ultime quattro ore camminando avanti e indietro nel piccolo appartamento. La sua mano aveva esitato sul cellulare, prima per chiamare Eli, poi la polizia. Ogni volta aveva ritirato la mano, maledicendo Eli, maledicendo sé stesso per essere stato così stupido, così avido.

Alla fine, era scivolato sul pianerottolo e giù per le scale. Si era seduto sull'ultimo gradino e si era infilato le scarpe, allacciandole strette.

Il suo stomaco brontolò dolorosamente. Tra un attacco di vomito e l'altro, il suo stomaco si era contorto e contratto così tanto da quando aveva visto il primo telegiornale che aveva a malapena lasciato il bagno per tutta l'ora successiva.

Come faceva Eli a sembrare così rilassato?

Si piegò in avanti e si tenne la testa tra le mani.

Se solo non fosse stato così disperato per i soldi. Se solo avesse fermato Eli prima che si arrivasse a questo punto.

Non aveva visto la ragazza, non era stato presente quando Eli l'aveva rapita e portata nell'edificio delle bioscienze. Eli gli aveva detto di stare alla larga, di dimenticarsi di tutto e semplicemente assicurarsi che i soldi fossero ritirati.

E ora lei era morta.

Nelson si alzò con le gambe tremanti, si chiuse la

giacca e uscì dalla porta d'ingresso, assicurandosi che non sbattesse dietro di lui. Corse lungo il vialetto, controllò la strada a sinistra e a destra, e si voltò in direzione del parco.

Mantenne un passo veloce, determinato a raggiungere la sua destinazione prima di cambiare idea. Con le tasche prive di chiavi di casa e cellulare, si sentiva stranamente liberato ora che la sua mente era determinata.

L'aria notturna era fresca, come se la città silenziosa fosse beata per la mancanza di traffico e pedoni.

Davanti, un gatto bianco e arancione attraversò furtivamente il marciapiede prima di tuffarsi nel santuario di una siepe di ligustro che delimitava una delle case più grandi della strada.

Alla fine della strada, Nelson girò a destra, e poi corse attraverso l'asfalto dissestato verso un vicolo tra una casa e una fila di garage.

Si fermò e si guardò alle spalle.

Nessuna ombra si muoveva tra i triangoli di luce sotto i lampioni, eppure i piccoli peli sulla nuca gli si rizzarono.

Rabbrividì, poi si voltò di nuovo verso la gola oscura del vicolo.

Il fetore di escrementi di cane pervase i suoi sensi mentre si affrettava lungo lo stretto passaggio, con l'ombra della casa alla sua destra che incombeva su di lui, bloccando qualsiasi luce naturale che la luna crescente avrebbe potuto offrire.

Una recinzione correva lungo tutta la proprietà, mentre alla sua sinistra il solido muro di mattoni dei garage si affacciava sul vicolo. Alla fine della recinzione e del muro di mattoni, il vicolo terminava, aprendosi in una piccola zona boscosa che confinava con il parco locale.

Si fermò per un momento, con le mani in tasca, mentre i suoi occhi si abituavano all'ambiente circostante e le forme familiari prendevano forma.

Le porte di legno del campo da calcio erano già marce quando era bambino e calciava un pallone dopo l'altro nella rete; l'altalena da cui suo fratello minore era caduto dopo una sfida di troppo, rompendosi il polso.

Sbatté le palpebre, e le porte del campo e l'altalena scomparvero.

La sua familiarità con la zona era ciò su cui Eli aveva fatto affidamento.

«Trova il posto perfetto per nasconderla», aveva detto.

Nelson lottò contro la sensazione di conati che gli artigliava la gola, e cercò di nuovo di non pensare a quanto terrorizzata doveva essere stata la ragazza.

Evitò lo spazio aperto del parco di fronte a lui e invece girò a sinistra, tenendosi vicino alla siepe di rovi che delimitava il perimetro.

Imprecò sottovoce quando il suo piede scivolò nell'ingresso poco profondo di una tana di coniglio, e poi soffocò una risata al pensiero che il suo piano potesse essere vanificato da una caviglia rotta.

No.

Avrebbe portato a termine questo compito. Lo avrebbe finito.

Il profumo di pacciame e fertilizzante si diffondeva oltre la siepe dagli orti in là, un aroma intenso di materia organica in decomposizione e qualsiasi sostanza chimica i giardinieri avessero aggiunto ai loro preziosi raccolti.

Detriti giacevano sparsi sulla siepe e sul sentiero che percorreva; rifiuti che i proprietari degli orti avevano deciso di non portare a casa e smaltire correttamente, preferendo invece gettarli via, fuori dalla vista.

Nelson abbassò lo sguardo quando il suo piede urtò qualcosa di legno, poi si chinò e raccolse la piccola cassetta.

Sarebbe tornata utile per ciò che aveva in mente.

Infilò di nuovo la mano destra nella tasca della giacca, le sue dita toccarono la carta piegata lì dentro.

Aveva agonizzato sulle parole, chiedendosi come spiegare il suo rimorso al fratello minore, e alla madre e alla moglie della ragazza e del marito morti.

La sua penna a sfera aveva lasciato cicatrici sulla superficie di legno del tavolino di poco valore, mentre volta dopo volta aveva strappato la pagina dal suo taccuino e ricominciato. Prima di lasciare l'appartamento, aveva messo le pagine indesiderate nel lavandino della cucina prima di dargli fuoco con un accendino di fortuna che teneva per le emergenze.

Il fetore aveva riempito la piccola stanza, ma era riuscito a impedire che l'allarme antifumo scattasse e svegliasse i vicini inzuppando le ceneri non appena avevano iniziato a fumare, prima di gettare i resti nello scarico.

Accelerò il passo.

Gli orti terminavano con un gruppo di capannoni costruiti con il retro in legno rivolto verso la siepe, e Nelson divenne consapevole del suono dell'acqua corrente.

Una brezza gli scompigliò i capelli.

Si chiese cosa avrebbe fatto Eli quando l'avesse scoperto, un attimo prima di rendersi conto che non sapeva nemmeno dove vivesse l'uomo. Avevano parlato solo al lavoro.

Quel pensiero lo fece fermare sui suoi passi.

Era stato questo il piano di Eli fin dall'inizio? Orchestrare il rapimento in modo che, se qualcosa fosse andato storto, Nelson si sarebbe preso la colpa?

La polizia era al suo appartamento in questo momento, bussando alla porta per entrare? Non era quello che faccvano? Raid nelle prime ore del mattino per cogliere i sospettati di sorpresa?

Si guardò di nuovo alle spalle.

Nessuno lo seguiva; il parco rimaneva silenzioso tranne per gli alberi che frusciavano nel vento leggero.

Strizzò gli occhi per guardare i quadranti del suo orologio.

Le quattro e mezza. Presto sarebbe sorto il sole.

I suoi occhi trovarono il palo in lontananza che segnava l'ingresso del parco.

Nessuno si muoveva nell'ombra.

Strinse i denti e marciò avanti, determinato.

Non sarebbe andato in prigione. *Non poteva* andare in prigione.

Perché è quello che sarebbe successo. Anche se avesse parlato loro di Eli, sarebbe stato comunque accusato in quanto complice.

Meglio farlo in questo modo, e dare a Eli la possibilità di ricominciare la sua vita e mettersi alle spalle questo errore.

Aveva la sua anziana madre di cui prendersi cura, dopotutto. Ecco perché Eli aveva detto di aver bisogno dei soldi.

Lei non avrebbe dovuto soffrire per l'errore di suo figlio.

Raggiunse il lago al perimetro lontano del parco, l'acqua lambiva le canne sulle rive poco profonde.

Riaffiorò un ricordo, di lui e suo fratello minore che usavano reti da pesca economiche, reti di plastica dai colori vivaci su bastoncini di bambù, per catturare insetti acquatici e piccoli pesci ogni estate, prima di restituire le creature all'acqua e guardarle scattare via.

La quercia era ancora lì, una maestosa, imponente chioma che sovrastava i salici vicini.

Si fermò, allungando il collo, ma non riusciva a vedere i rami più alti dal punto in cui si trovava.

Non importava. Il ramo che cercava era ancora lì, spesso e nodoso per l'età.

Robusto.

Tolse le mani dalle tasche, aprì la cerniera della giacca e srotolò la corda che aveva avvolto intorno alla vita.

Non voleva che nessuno dei suoi vicini si chiedesse dove stesse andando nel mezzo della notte con un pezzo di corda. Non sapeva cosa avrebbe detto loro se glielo avessero chiesto. Più semplice nasconderla alla vista, fino a quando non fosse stata necessaria.

Ci vollero tre tentativi per lanciarla abbastanza in alto da farla arcare sopra il ramo e cadere dall'altro lato, con l'estremità che serpeggiava verso di lui mentre stringeva l'altro capo. Fece ondeggiare la corda con la mano finché l'estremità più alta non cadde verso di lui, poi unì le due estremità e le annodò formando un cappio efficiente.

Lo lasciò a terra mentre andava a prendere la cassa di

legno, la posizionò sotto il ramo e controllò di nuovo il nodo.

La cassa traballò quando vi salì sopra, le sue gambe tremanti quasi cedettero sotto lo slancio aggiuntivo nel tentativo di mantenere l'equilibrio.

Si passò il cappio intorno al collo e regolò la lunghezza della corda.

Espirò e sentì parte della tensione della settimana passata abbandonare il suo corpo, provando allo stesso tempo un urgente bisogno di urinare.

«Troppo tardi per quello» mormorò, e scese dalla piattaforma di legno.

CAPITOLO 20

Kay batteva i piedi e si infilò le mani in tasca nel tentativo di cercare un po' di calore dalla giacca leggera che si era gettata sulle spalle quando era uscita dalla porta di casa alle sei del mattino.

Oltre il punto in cui si trovava, una sottile foschia si alzava dal lago mentre il sole infondeva calore alla giornata, e la fresca brezza che le aveva fatto venire i brividi al collo quando era arrivata iniziava ora a calare. Fece un respiro profondo di aria fresca e cercò di reprimere uno sbadiglio.

Adam era tornato tardi, quasi alle tre, e nonostante i suoi sforzi per infilarsi a letto senza disturbarla, lei si era girata e si era rannicchiata contro la sua schiena prima di riaddormentarsi.

Finché non aveva squillato il telefono.

Dopo aver sentito la notizia, si era trascinata fuori dal letto, dirigendosi verso il parco mentre era ancora buio.

Ora, si voltò al suono della voce di Barnes.

«C'è un biglietto d'addio».

Aveva lasciato gli investigatori della scientifica al loro lavoro oltre l'area transennata sotto l'albero e si stava dirigendo verso di lei, con gli orli dei pantaloni della sua tuta umidi per la rugiada mattutina che si aggrappava all'erba alta.

«Un biglietto?»

Lui sollevò il suo taccuino. «Dice: "Mi dispiace. Non volevo che morisse".»

«È tutto?»

«Sì». Barnes chiuse di scatto il taccuino, lo infilò in tasca e si girò verso l'albero. «Bastardo».

Kay non disse nulla. Sapeva cosa intendesse. Uccidendosi, l'uomo era sfuggito alla giustizia. Si morse il labbro. «Qualcosa che suggerisca che non si sia trattato di suicidio?»

«Sergente?»

«Beh, è un po' troppo conveniente, non credi?»

Lui scrollò le spalle. «Fa risparmiare dei soldi ai contribuenti». La sua testa si voltò verso un movimento alla loro destra. «È arrivato Lurch».

Lei guardò oltre la sua spalla. «Che sorpresa», disse, senza raccogliere l'umorismo nel soprannome che Barnes aveva dato all'ispettore capo.

«Vado a procurare qualcosa di caldo da bere», disse Barnes. «Buona fortuna».

«Grazie».

Barnes fece un cenno all'ispettore capo Larch mentre i due uomini si incrociavano, e Kay osservò la sua figura che si allontanava, chiedendosi quanto la sua squadra sapesse dell'indagine degli Standard Professionali e chi di loro le fosse ancora fedele. Intuiva che Barnes sarebbe stato leale con lei, ma avrebbe dovuto parlargli in privato; rendendo troppo pubbliche le sue alleanze, rischiava di rovinare le proprie opportunità di carriera se Larch se la fosse presa.

Costrinse i suoi pensieri a tornare al compito che aveva di fronte mentre Larch si avvicinava.

«È piuttosto reticente», disse lui. «Ha già preso il caffè?»

Lei accennò un piccolo sorriso. «Non sono così terribile. E no, non l'ho ancora preso».

«Allora, cosa la preoccupa?»

Lui la condusse verso il cordone, e osservarono la squadra forense al lavoro.

Uno degli investigatori della scientifica teneva le gambe dell'uomo e stava guidando il corpo in posizione su una barella mentre la corda si allentava.

Una scala era appoggiata contro il tronco dove uno degli investigatori si era arrampicato per tagliare la corda dal ramo, lasciando il cappio intorno al collo dell'uomo morto, pronto per l'esame autoptico che sarebbe stato effettuato.

«È troppo semplice», disse lei. «Troppo pulito».

«Non lo definirei pulito», disse Larch, inclinando la testa verso il corpo.

Il colore blu-violaceo del volto dell'uomo faceva poco per nascondere lo sguardo vitreo di orrore impresso nei suoi lineamenti. Lucas le aveva già detto che l'uomo non aveva legato il cappio correttamente; quindi, invece di una morte rapida causata da una frattura del collo, si sarebbe soffocato lentamente, e non sarebbe stato in grado di sollevare il proprio peso per impedirlo.

I pantaloni dell'impiccato puzzavano di urina e feci, e Kay non invidiava la persona a cui sarebbe stato assegnato il compito di pulirlo prima dell'autopsia.

Larch si spostò fino a trovarsi accanto a lei, i loro gomiti quasi si toccavano mentre osservavano la scena davanti a loro.

«Rimorso, senso di colpa: sono forti motivazioni per il suicidio», disse. «Il suo problema, detective, è che ha l'abitudine di saltare alle conclusioni sbagliate».

Lei deglutì, rifiutandosi di guardarlo.

Sapeva che avrebbe cercato di provocarla a un certo punto, di farla sembrare incompetente o inaffidabile, ma si sarebbe dannata piuttosto che lasciargli vedere quanto la facesse arrabbiare. Dopotutto, uno di loro doveva rimanere professionale.

«Capo», disse Kay, «con tutto il rispetto, quella prima scena all'edificio di bioscienze, era *orribile*». Rabbrividì. «Melanie ha sofferto molto. Quindi...» agitò la mano verso l'albero «...non riesco a concepire che qualcuno con così tanta cattiveria dentro si impicchi per rimorso».

Larch aggrottò la fronte. «Non c'è nulla che suggerisca che sia stato assassinato. Patente nel portafoglio. Biglietto d'addio in tasca. Nessun segno di omicidio».

Kay espirò. «Penso solo che qualcuno capace di fare ciò che ha fatto a Melanie non sceglierebbe di porre fine alla sua vita in questo modo».

Larch sbuffò e si allontanò mentre Barnes si avvicinava. «Beh, forse dovrà cambiare il suo modo di pensare a riguardo, sergente detective Hunter», disse, voltandosi. «Ci vediamo in centrale».

«Capo».

«Cosa voleva?» disse Barnes.

«Condividere la sua opinione sul movente», disse Kay. Prese l'altro caffè che lui le porgeva. «Grazie».

Barnes sorseggiò la sua bevanda calda, e poi usò il bicchiere da asporto per indicare la schiena dell'ispettore capo mentre si allontanava attraverso il parco verso il sentiero che portava alla strada e alla sua auto in attesa.

«Cosa ne pensa?»

«Suicidio».

«Beh, lo è, no?»

Kay sospirò. «Forse. Così sembra».

Il veicolo del medico legale si allontanò sobbalzando sull'erba dell'albero, passando accanto a due agenti in uniforme, lasciando la squadra della scientifica raccogliere ciò che poteva dall'area prima di andar via.

«Andiamo», disse Kay. «Torniamo in centrale. Non c'è altro da fare qui».

CAPITOLO 21

Kay alzò lo sguardo dal computer quando Sharp entrò nella sala operativa.

Aggrottò la fronte notando i suoi capelli bagnati, e poi allungò il collo per guardare fuori dalla finestra.

Nuvole scure si addensavano all'orizzonte, ma il temporale annunciato non era ancora arrivato.

Sharp si tolse la giacca, la gettò sull'angolo di una sedia e notò che lei fissava i suoi capelli bagnati.

«Doccia e cambio d'abiti», disse. «Ho dovuto farlo, dopo l'autopsia di Melanie Richards.»

Lei annuì comprensiva. Il fetore delle sale del patologo si attaccava ai vestiti, alla bocca e alle narici. Spesso solo una doccia calda riusciva a eliminarlo.

«È stato veloce.»

«Lo so», disse Sharp. Scrollò le spalle. «Caso di alto profilo, però. Aiuta. Qualcosa da segnalare qui?»

«Non ti sei perso nulla.» Kay sospirò e spinse indietro la sedia. «Stiamo esaminando i registri delle chiamate dell'anticrimine.»

«Qualcosa di interessante?»

«Non ancora, ma abbiamo appena iniziato.»

«Tu e il detective Barnes siete ancora convinti che ci fosse un complice? Qualcun altro coinvolto?»

«Coinvolto o che orchestrava tutto? Sì.»

«Movente?»

«Non lo so. Non ne sono sicura. Per ora.»

Sharp usò la sua tazza di caffè per indicare la fotografia di Guy Nelson sulla lavagna. «Allora, cosa è successo lì?»

Kay strinse le labbra. «Forse Nelson ha scoperto che Melanie era morta e non se lo aspettava. E se avesse creduto che doveva essere solo un rapimento, e una volta che Yvonne e Tony avessero consegnato i soldi, Melanie sarebbe stata restituita loro?»

«E il suo complice aveva altre idee, intendi? Che Melanie non sarebbe mai uscita viva da quell'edificio?»

«Sì.»

Sharp si grattò il mento, poi si guardò alle spalle. «Riuniamo tutti. Vi farò un resoconto dei risultati dell'autopsia.»

Attese che Kay facesse un cenno al resto della squadra e che tutti avessero avvicinato le sedie alla lavagna, poi si rivolse a Barnes.

«Perché non inizi tu dandoci un resoconto della perquisizione nell'appartamento di Nelson?»

«Capo.» Barnes si schiarì la gola. «Gli investigatori della scientifica sono rimasti lì per quattro ore in totale. Riferiscono di aver trovato un telefono cellulare, alcune buste paga, di un'officina vicino a Tonbridge Road, e una borsa di contanti.»

«Il riscatto?»

«Sì. Tutte le ventimila sterline.» Alzò il mento verso Kay. «Hai ragione. Li ho visti mentre li catalogavano come prova. Non sembra molto.»

«Forse ha chiesto solo quella somma perché una cifra più grande non sarebbe entrata nella busta imbottita da infilare nella cassetta postale», disse Gavin.

«Forse», disse Sharp. «Continua. Cosa mi dici del telefono?»

«I registri delle chiamate erano puliti», disse Barnes. «L'unico messaggio trovato era quello che Nelson aveva impostato come saluto della segreteria telefonica.»

«Abbonamento o ricaricabile?» chiese Kay.

«Ricaricabile», disse Barnes. «Abbiamo trovato uno scontrino dell'ultima ricarica che ha comprato al supermercato locale tre giorni fa. L'abbiamo passato alla squadra di analisi forense digitale.»

«Andrò a parlare con il proprietario dell'officina domattina», disse Kay. Controllò l'orologio. «Non ci sarà più nessuno a quest'ora.»

Sharp annuì. «E la telecamera nello scarico?»

«Non ne sono sicuro», disse Barnes. «Non aveva un computer a casa, il che è strano di questi tempi, e la scientifica non ha trovato app collegate a quella telecamera remota sul suo telefono.»

«Viveva da solo?»

«Sì. È stato trovato solo un set di vestiti, tutti della sua taglia. Non molto cibo nel frigorifero. Sembra che vivesse di pasti pronti per microonde.»

«Ok, se la scientifica riferisce qualcos'altro, fammelo sapere», disse Sharp.

«C'è un'altra cosa, capo», disse Kay, e fece un cenno verso Barnes. «Ian dice che non hanno trovato altri documenti nell'appartamento scritti in stampatello. Guy Nelson aveva una calligrafia piena di ghirigori.»

«Mi fa riflettere sulla lettera di addio, tutto qui, capo», disse Barnes, e strinse le spalle.

«È una buona osservazione», disse Sharp. «Ok, continuate a seguire questa linea d'indagine a meno che e fino a quando non possiamo escluderla.»

Rivolse la sua attenzione a Carys. «Com'è andata con le interviste agli altri residenti?»

«Ci sono altri due inquilini nella casa», disse lei. «L'appartamento al piano terra è vuoto da tre mesi. Il proprietario dice che c'è un nuovo inquilino che dovrebbe trasferirsi la prossima settimana, ma non sa se lo farà ora. Il contratto di Nelson scadeva ad agosto, e il proprietario ha detto che non aveva avuto problemi con lui nei due anni in cui ha vissuto lì. A volte era in ritardo con l'affitto, ma nient'altro.»

Controllò i suoi appunti. «La donna che vive all'ultimo piano usa una scala laterale separata per accedere al suo appartamento e vedeva raramente Nelson. Non è riuscita nemmeno a darne una descrizione accurata, quindi non credo che otterremo molto altro da lei. L'uomo che ha l'appartamento di fronte a quello di Nelson al piano intermedio lavora su turni, dice di essere rientrato dal lavoro questa mattina presto, verso le due e mezza, e stava per andare a dormire quando ha sentito la porta dell'appartamento di Nelson chiudersi e poi passi sulle scale. Ha detto che gli è sembrato insolito, perché di solito non lo sentiva uscire per andare al lavoro a quell'ora. Non ci ha fatto caso fino a quando non abbiamo bussato alla sua porta.»

«Va bene. Buon lavoro», disse Sharp. Fece un passo indietro e si appoggiò a una delle scrivanie, incrociando le braccia sul petto. «Mentre voi lavoravate su questi compiti, io sono andato ad assistere all'autopsia di Melanie Richards.»

La stanza cadde nel silenzio.

A nessuno piaceva dover assistere a un'autopsia, tanto meno a quella di una ragazza adolescente, e Kay era grata che Sharp si fosse assunto quel compito. Diceva molto sul modo in cui conduceva le sue indagini, spesso assumendosi i compiti peggiori.

Allungò la mano sulla scrivania su cui era seduto e prese il rapporto dell'autopsia, poi tirò fuori gli occhiali da lettura che teneva nel taschino della camicia, li aprì con un gesto e cominciò a leggere.

«Prima di tutto, nessun segno di rapporti sessuali, né tracce di droghe illegali, anche se questo va preso con le pinze perché se il nostro sospettato avesse usato una droga da stupro, a questo punto non sarebbe più rilevabile nel suo organismo.»

Sospirò e voltò pagina. «Tuttavia, in base ai risultati di Lucas, dubito molto che Melanie sia stata drogata per tenerla tranquilla, specialmente considerando il luogo in cui era stata tenuta. Sembra che il nostro sospettato fosse determinato ad assicurarsi che Melanie rimanesse cosciente e pienamente consapevole di quanto fosse grave la sua situazione.»

La squadra rimase in silenzio, pendendo dalle sue labbra.

Kay si morse il labbro inferiore, consapevole di trattenere il respiro.

«Lucas dice che Melanie non è morta per strangolamento», disse Sharp, e attese che la notizia venisse assimilata.

«Allora, come...» iniziò Barnes.

«Attacco cardiaco.»

Kay aggrottò le sopracciglia. «Qualche precedente medico di disturbi cardiaci?»

«No», disse Sharp. «Ma ciò che *è* interessante è la presenza di una grande quantità di insulina nel corpo di Melanie. Il medico di famiglia è stato contattato e ha confermato che Melanie non era diabetica.»

«Avrebbe aumentato il suo battito cardiaco», disse Kay.

«Esattamente», disse Sharp, e gettò la sua copia del rapporto sulla scrivania. «Quindi, si ipotizza che il terrore per la sua situazione, e il tentativo di mantenere l'equilibrio su quella scala sapendo che, se fosse scivolata sarebbe rimasta impiccata, avrebbero fatto schizzare alle stelle il battito cardiaco di Melanie. Tutto supportato in modo molto efficace dall'insulina.»

«Gesù», disse Kay. «L'ha spaventata a morte.»

CAPITOLO 22

L'odore di olio, grasso e sudore colpì Kay non appena si avvicinò alle grandi porte doppie del garage.

Una radio suonava in sottofondo, il ritmo martellante della hit di quell'estate risuonava, sovrastato solo dal colpo di una linea d'aria utilizzata per serrare ritmicamente i bulloni delle ruote.

Tre veicoli erano sollevati su cric idraulici, a diversi metri da terra, mentre gli uomini lavoravano sotto di essi.

Kay si riparò gli occhi e scrutò attraverso l'oscurità, cercando di capire quale di loro fosse il proprietario.

Ogni uomo indossava una tuta blu, con macchie di olio e grasso sul viso.

Arricciò il naso. Guardò in basso, notò un coprimozzo capovolto, pieno di mozziconi di sigaretta, e si allontanò verso aria più fresca.

Un cartello inchiodato al muro intimava ai visitatori di attendere prima di entrare nello spazio, avvertendo dei pericoli e delle limitazioni di responsabilità chiunque osasse ignorarlo.

Kay lesse due volte le lettere sbiadite prima di sentire dei passi avvicinarsi.

«Posso aiutarti?»

L'uomo che parlò si pulì le mani con uno straccio sporco, il viso perplesso.

Emerse dall'ombra, e lei dovette alzare il mento per guardarlo negli occhi.

«Lo spero», disse, e mostrò il suo distintivo. «Sto cercando il proprietario di questo posto».

Lui sorrise. «Sarei io». Tese la mano. «Sono Darren Phillips».

Il suo sguardo deve aver mostrato sorpresa, poiché il viso di lui si fece contrito. «Sì, lo so, lo dicono tutti, sembro troppo giovane per gestire questo posto». Scrollò le spalle. «Era l'attività di mio padre. Finché non ha avuto la demenza».

«Capisco», disse Kay. «C'è un posto dove possiamo parlare in privato?»

«E lontano da questo rumore, intendi?» Sorrise. «Certo, vieni con me nell'ufficio».

La guidò nell'officina, e Kay lo seguì attraverso un pavimento di cemento polveroso e macchiato d'olio fino a una piccola stanza che era stata creata sul retro dello spazio posizionando pannelli divisori in un quadrato e aggiungendo una porta.

Phillips la chiuse, bloccando parte del rumore, e fece cenno verso una sedia posizionata contro il muro.

Kay resistette all'impulso di spolverarla con la mano prima di sedersi, e posò la sua borsa sul pavimento prima di estrarre il taccuino.

Phillips si lasciò cadere su una sedia accanto a un

piccolo tavolo che sembrava fungere da scrivania, tavolo da picnic e deposito generale. «Di cosa si tratta?»

«Guy Nelson», disse lei.

Phillips sbuffò. «Non lo vedo da più di una settimana».

«Quando è stata l'ultima volta che l'hai visto?»

«Venerdì della settimana scorsa. Giorno di paga. Ha detto che voleva qualche giorno libero, cosa che gli ho concesso. Non è mai tornato». Scrollò le spalle. «L'azienda assume solo per lavori occasionali», spiegò. «Mantiene bassi i costi generali. Alcune persone sono più affidabili di altre». Fece un cenno verso i due uomini nell'officina. «Quei due sono con me da secoli, lavoravano per mio padre prima. Guy Nelson era qui solo da tre mesi».

«È stato trovato impiccato a un albero nel Mote Park questa mattina».

La mascella di Phillips si spalancò. «Era lui? Ho sentito al telegiornale che era stato trovato un corpo».

«Siamo nel bel mezzo di un'indagine per omicidio. Non abbiamo ancora rilasciato tutti i dettagli alla stampa». Lo fissò negli occhi. «E apprezzerei se questa conversazione rimanesse confidenziale al momento».

«Certo, certo». Phillips si appoggiò allo schienale della sedia, con un'espressione stordita sul viso. «Beh, non avrei mai detto che fosse tipo da suicidio». Si strofinò il mento. «Accidenti».

Kay fece un gesto verso i veicoli fuori dalle porte doppie. «Avete molti furgoni per corrieri qui».

«Papà aveva vinto l'appalto prima di ammalarsi a causa del lavoro eccessivo».

Kay scrutò attraverso la finestra tra l'ufficio e l'officina, e poi passò lo sguardo sull'auto sportiva che veniva abbassata sul pavimento su una delle piattaforme idrauliche.

«Alcune delle auto che ricevete qui devono valere parecchio. Cosa fate per assicurarvi che nessuno possa accedervi?»

Phillips indicò una cassaforte accanto alla porta dell'ufficio. «Tutte le chiavi sono lì dentro, tranne quelle dei veicoli su cui stiamo lavorando. Di notte, se siamo a metà di un lavoro, abbassiamo i cric, chiudiamo il veicolo e mettiamo le chiavi qui dentro fino al mattino dopo».

«Chi ha accesso alla cassaforte?»

«Tutti noi. Non c'è contante lì dentro», aggiunse. «È un deterrente in caso di intrusione». Indicò un portatile sulla scrivania. «Abbiamo anche telecamere all'esterno dell'edificio. Una sopra la porta d'ingresso, una sopra l'uscita di sicurezza sul retro, quella copre anche la finestra sul retro del capannone».

«Ti dispiace se do un'occhiata al fascicolo lavorativo di Nelson?»

«Suppongo che non sia un problema».

Si alzò dalla sedia con un lamento e si diresse verso uno schedario a due cassetti nell'angolo della stanza, tornando con una sottile cartellina di plastica.

«Grazie», disse lei, e sfogliò rapidamente. Le sue dita passarono sopra i soliti documenti, copie delle buste paga, moduli fiscali, termini di impiego. Si fermò alla pagina che elencava i dettagli di contatto di Guy Nelson. «Nessun contatto di emergenza fornito?»

«No. Ha detto che entrambi i suoi genitori erano morti. Ha una sorella in Nuova Zelanda, credo».

Kay annuì e prese nota mentalmente di scoprire quali

disposizioni erano state prese dal patologo per l'identificazione formale. Nulla era ancora arrivato sulla sua scrivania, quindi si chiese se la sorella fosse già stata contattata.

Chiuse il fascicolo e glielo restituì. «Com'era come dipendente?»

Phillips scrollò le spalle. «Discreto, suppongo. Arrivava in orario. Faceva il lavoro. Se ne andava».

Lei fece un cenno verso i due uomini nell'officina. «Socializzavate molto con lui?»

«Non proprio. Andiamo al pub quando chiudiamo qui il venerdì a volte». Aggrottò la fronte. «In effetti, sì. L'ultima volta è stata circa due mesi fa. Alcuni dei ragazzi della compagnia di corrieri hanno organizzato un barbecue e una partita di cricket. Ci siamo andati tutti».

Kay annotò i dettagli. «Dove?»

«Al deposito principale dei corrieri».

«Lo conosco. Hai i dettagli di qualche suo amico?»

Scosse la testa e tamburellò sulla cartella del personale appoggiata sul ginocchio. «Non ha mai menzionato nessuno. Credo preferisse stare a casa a giocare ai videogiochi. Sembra che fosse l'unica cosa di cui parlava durante le pause qui».

Kay chiuse di scatto il suo taccuino. «Va bene, penso che per ora queste siano tutte le domande che ho», disse, e gli porse un biglietto da visita. «Se le viene in mente qualcos'altro, non esiti a contattarmi».

«Lo farò». Si alzò e le aprì la porta. «L'accompagno all'uscita».

Kay prestò attenzione a dove metteva i piedi mentre attraversava il pavimento dell'officina.

Pile di pneumatici erano accatastate contro la parete interna frontale dell'edificio, mentre scatole di pezzi di ricambio e attrezzi riempivano uno scaffale d'acciaio su un lato.

Phillips alzò una mano e si fermò quando iniziò un rumore di ronzio. Lei si fermò accanto a lui e tamburellò con le dita sulla cinghia della sua borsa mentre aspettavano che il furgone più vicino venisse abbassato sul pavimento di cemento. Il macchinario si fermò e loro proseguirono.

«Grazie ancora per il suo tempo», disse, e strinse la mano a Phillips prima di tornare alla sua auto, con la mente in subbuglio.

Che razza di appassionato di videogiochi non avrebbe una console o un computer a casa?

CAPITOLO 23

Kay mise via il cellulare mentre la porta d'ingresso si apriva, e fece un cenno a Hazel mentre si spostava di lato.

«Come va?» mormorò.

Hazel scrollò le spalle. «C'è un po' di tensione tra lei e sua sorella», disse a bassa voce. «Credo che sarebbe più felice se sua sorella tornasse a casa, ad essere onesti».

Kay trattenne una risposta. Se sua sorella avesse avuto casa vicino a lei, a quest'ora starebbe preparando i bagagli per trasferirsi in un hotel. Molto probabilmente in un altro paese, tra l'altro.

Invece, frugò nella sua borsa ed estrasse il suo taccuino. «Qualche nuova riflessione sulle settimane precedenti al rapimento?»

«No. È arrabbiata, però. Credo che questo la stia aiutando a superare il dolore. È determinata a trovare il bastardo che ha fatto questo». Hazel si guardò alle spalle per assicurarsi che le porte del soggiorno e della cucina fossero chiuse. «Ha insistito per guardare la conferenza stampa, anche se per lei è stato incredibilmente sconvolgente. Ora vuole sapere quando arresteremo qualcuno».

Kay annuì. La reazione di Yvonne era naturale e molto comune tra le famiglie delle vittime. «Dov'è ora?»

«In soggiorno. Le ho fatto sapere che stavi arrivando. Ha suggerito a Dawn di andare a prendere alcune cose al supermercato circa cinque minuti fa. Dawn non era contenta, ma è andata».

Si scambiarono un sorriso d'intesa, e poi Kay seguì Hazel lungo il corridoio. Bussò alla porta e poi si diresse verso il soggiorno. «Vai pure», disse. «Vado a preparare del tè».

«L'avete preso?»

Yvonne si alzò dal divano, gli occhi pieni di speranza.

«Perché non ti siedi», disse Kay, mantenendo la voce calma, «e ti spiego a che punto siamo?»

L'altra donna si lasciò cadere di nuovo sulla morbida tappezzeria e sospirò. «Non avete niente, vero?»

Kay non rispose subito. Invece, posò la borsa a terra, si tolse la giacca, la appoggiò sul bracciolo della poltrona abbinata e si sedette. Aprì il suo taccuino.

«Quando hai ricevuto le telefonate dal rapitore di Melanie, Yvonne, ti ha mai indicato se stava lavorando da solo o con altri?»

«Perché?»

«Per favore, rispondi alla domanda».

Yvonne aggrottò la fronte e si morse il labbro. «Non riesco a ricordare. Tony era quello che parlava con lui, sai».

«Tony ha parlato sempre con la stessa persona?»

«Credo di sì».

«Quando sei andata nel posto dove Melanie era tenuta prigioniera, hai visto qualcun altro?»

Yvonne scosse la testa.

«Ok, tornando alle telefonate che hai ricevuto, hai mai sentito la voce dell'interlocutore?»

«No». Yvonne si appoggiò allo schienale e alzò un dito. «Aspetta. Sì. Solo quella volta. Ho strappato il telefono dalle mani di Tony e gli ho urlato contro». Tirò su col naso. «E poi lui... ha fatto del male a Melanie», degluti. I suoi occhi incontrarono quelli di Kay. «Di cosa si tratta?»

Hazel apparve sulla porta con un vassoio di tazze fumanti tra le mani e si fece strada sul tappeto verso di loro. «Ci sono stati sviluppi?» Porse una delle tazze a Yvonne, ne spinse un'altra verso Kay e si sedette.

«Questa mattina, all'alba, un jogger ha trovato un uomo impiccato a un albero a Mote Park, vicino a uno dei sentieri sopra il lago», disse Kay. «Una lettera di addio è stata trovata nella tasca della sua giacca».

La mano di Yvonne volò alla bocca e posò la tazza di tè sul tavolino di fronte a loro con un tonfo.

«La lettera indicava che era coinvolto nel rapimento di Melanie», disse Kay.

«Oh, mio Dio». Yvonne si alzò con le gambe tremanti, il viso pallido.

«Una somma di denaro è stata trovata a casa sua», aggiunse Kay, «corrispondente all'importo che hai indicato esserc stato pagato per assicurare il ritorno di Melanie».

«Bastardo», disse Yvonne, camminando avanti e indietro sul tappeto. «Tutto quello che volevo era che mia figlia tornasse a casa sana e salva. Lui ha preso lei, ha preso mio marito, e ora non avrà nemmeno giustizia per quello che mi ha fatto!»

«Yvonne, ho bisogno del tuo aiuto», disse Kay. Attraversò la stanza fino a dove Yvonne era in piedi, mettendo la mano sul braccio dell'altra donna. «Gli investigatori della scena del crimine hanno trovato un telefono cellulare nell'appartamento del sospettato». Fece un respiro profondo. «Ha il messaggio personale di segreteria registrato. Vorrei che lo ascoltassi. Per confermare che è l'uomo che hai sentito al telefono».

Gli occhi di Yvonne si spalancarono. «Perché?»

«Vogliamo essere sicuri», disse Kay.

CAPITOLO 24

Yvonne Richards si era offerta di presentarsi immediatamente alla stazione di polizia, con evidente disappunto di sua sorella.

«Non puoi andare!» aveva insistito. Si era girata all'ingresso per affrontare Kay, con una busta di plastica del supermercato che le sbatteva contro la gamba. «Dille tu che non sta abbastanza bene per andare.»

«Non essere ridicola» aveva detto Yvonne, mentre si avvolgeva una sciarpa intorno al collo e si infilava una giacca. «Resta qui. Non ci metterò molto.»

Con queste parole, aveva condotto Kay fuori di casa e attraverso il vialetto fino alla sua auto in attesa.

Mentre Yvonne si sistemava sul sedile del passeggero e Kay si immetteva sulla strada, aveva emesso un sospiro. «Beh, almeno questo mi fa uscire di casa per un po'.»

Kay si era morsa il labbro ed aveva emesso un non comprometente «Hmm.»

Si era risparmiata l'obbligo di rispondere ulteriormente grazie al traffico dell'ora di punta, e si era invece concentrata sul portare Yvonne in città fino alla stazione il più velocemente possibile.

Entrando nel parcheggio, aveva guidato il veicolo in uno spazio vicino all'uscita di emergenza sul retro della stazione e aveva spento il motore.

«Ci sono alcuni giornalisti che si aggirano davanti» aveva detto a Yvonne a mo' di spiegazione. «Ho pensato di usare la porta sul retro.»

«Grazie» aveva mormorato Yvonne.

Ora, erano in attesa in un ufficio adiacente alla sala operativa di cui Sharp si era impossessato. Kay aveva telefonato in anticipo per annunciare il loro arrivo, e lui si era precipitato a prendere una copia del messaggio vocale.

Non dovettero aspettare a lungo.

Kay aveva fatto accomodare Yvonne su una delle poltrone morbide accanto alla scrivania quando sentì dei passi avvicinarsi.

Sharp bussò due volte, poi entrò, fece un cenno a Kay e si presentò a Yvonne Richards.

«Signora Richards, mi dispiace molto per la perdita che ha dovuto sopportare questa settimana. La ringrazio per essere venuta.»

Kay ammirava sempre il modo in cui i modi di Sharp si ammorbidivano quando parlava con le vittime o le loro famiglie.

Aveva il dono di metterli a proprio agio, mostrando compassione ed empatia, mentre allo stesso tempo si assicurava di ottenere i risultati che cercava, senza apparire troppo duro.

«Va bene» disse Yvonne. «Voglio aiutare.» Lanciò uno

sguardo a Kay. «Kay ha detto che avete una registrazione vocale dell'uomo trovato morto questa mattina.»

«Esatto.» Sharp tirò fuori una chiavetta USB dalla tasca dei pantaloni, si sporse e la inserì nel lato del portatile sulla scrivania. Abbassò gli occhi su Yvonne. «Va bene se lo ascoltiamo adesso?»

Kay trattenne il respiro e attese la risposta di Yvonne.

Le spalle della donna si afflosciarono mentre studiava le sue mani in grembo, e Kay la sentì espirare, un respiro tremante che sembrava scuotere il suo corpo. Alla fine, Yvonne alzò la testa. «Non potete farlo senza di me, vero?»

«No» disse lui. «Non possiamo.» Tirò fuori la sedia accanto a Yvonne e si sedette, appoggiando i gomiti sulle ginocchia. I suoi occhi marroni penetrarono quelli di Yvonne. «Dobbiamo essere assolutamente sicuri di avere l'uomo giusto. Non mi darò pace, né Kay, né il resto della mia squadra, finché non saremo sicuri al cento per cento.» Si raddrizzò. «Mi dispiace, Yvonne. So che non sarà facile, e vorrei ci fosse un altro modo.»

La donna tirò l'orlo del suo cardigan, un filo sciolto si allungò nel mentre. «No, no» gracchiò. Si schiarì la gola. «Va bene.»

«D'accordo» disse Sharp. Si alzò e si chinò nuovamente sul portatile. «Per chiarezza, questo è un messaggio vocale trovato sul telefono cellulare dell'uomo. È il tipo di messaggio che si registra quando si vuole che qualcuno lasci un messaggio quando non si può rispondere alla chiamata, okay?»

Yvonne annuì. «Okay.»

«Lo ascolteremo una volta, tutto d'un fiato, e poi se hai bisogno di ascoltarlo di nuovo, dillo e basta.»

Kay si mise in piedi dietro Yvonne, con le braccia incrociate, facendo tutto il possibile per non camminare avanti e indietro per la stanza.

Sharp premette il pulsante "play" sullo schermo, e lei trattenne il respiro mentre il messaggio veniva riprodotto.

Sì, sono Guy Nelson. Non posso rispondere alla tua chiamata. Lascia un messaggio.

I suoi occhi incontrarono quelli di Sharp sopra la testa di Yvonne e lei alzò un sopracciglio.

È tutto?

Lui fece un piccolo cenno prima che il suo sguardo cadesse su Yvonne.

«Puoi farlo riascoltare?» chiese la donna.

«Certamente.»

Sharp si sporse e premette di nuovo il pulsante "play" mentre Kay si avvicinava a lui, con il cuore che le batteva forte.

Cercò di leggere l'espressione di Yvonne.

La donna era impallidita e stava rigirando la cinghia della sua borsetta tra le dita mentre ascoltava di nuovo.

La registrazione si fermò.

Il silenzio scese nella stanza.

Dopo qualche momento, Sharp tossì educatamente.

«Qualche pensiero, Yvonne?»

Yvonne si appoggiò allo schienale della sedia e alzò lo sguardo prima su Kay, poi su Sharp. Scosse la testa.

«Non è lui.»

CAPITOLO 25

Kay si spostò di lato e tenne la porta aperta per Yvonne, ringraziandola per il suo tempo.

«Accompagnerò la signora Richards all'uscita e farò chiamare un'auto per riportarla a casa. Raduna la squadra. Ci vediamo nella sala operativa tra dieci minuti», disse Sharp passandole accanto, poi le fece l'occhiolino. «Avevi ragione. Ben fatto».

Lei espirò. L'euforia di aver avuto ragione cedette rapidamente il posto alla realtà che non avevano ancora idea di chi stesse lavorando con Guy Nelson, e chi, con ogni probabilità, avesse orchestrato l'omicidio di Melanie.

Lasciò che la porta si richiudesse automaticamente e si affrettò verso la sala operativa.

Quattro volti si voltarono quando irruppe attraverso la porta.

Barnes aveva il telefono fisso all'orecchio, ma terminò rapidamente la chiamata mentre Kay si avvicinava alla lavagna.

«Yvonne Richards ha confermato che Nelson non è

l'uomo che li ha chiamati in relazione al rapimento di Melanie», disse.

Un silenzio scioccato riempì la stanza.

«Quindi, *stava* lavorando con qualcun altro?» disse Barnes.

Kay annuì. «Sì, e dobbiamo intensificare gli sforzi nell'esaminare quelle registrazioni delle telecamere a circuito chiuso, Gavin».

«Signora. Scusi, Kay». Le rivolse un timido sorriso.

Lei lo riconobbe con un cenno della mano. «Pensa fuori dagli schemi, Gavin. Pensa come il nostro assassino». Si voltò verso la lavagna e disegnò un punto interrogativo accanto alla fotografia di Nelson. «Chiunque egli sia».

«Siamo sicuri di cercare un uomo?» chiese Carys.

«Credo di sì», disse Kay. «Ma teniamo aperte tutte le opzioni».

«Bene», disse Sharp, entrando nella stanza e allentandosi la cravatta dal collo. «A che punto siamo?»

Arrotolò la cravatta e la gettò sulla sua scrivania prima di avvicinarsi alla lavagna. Si fermò, mani sui fianchi, e la fissò.

«Torniamo alle immagini delle telecamere», disse Kay. «Siamo solo a metà strada finora».

Sharp annuì. «Com'è andata al garage questa mattina?»

«È stato interessante», disse Kay. «Darren Phillips ha detto che Nelson era un fanatico totale dei videogiochi. Era l'unica cosa di cui parlava durante le pause. Eppure, non abbiamo trovato traccia di una console nel suo appartamento, giusto?»

Barnes scosse la testa. «Niente di niente».

«Quindi chi l'ha presa? O l'ha prestata a qualcuno?» disse Kay. «Phillips ha detto che era solo un dipendente occasionale, e l'ultima volta che l'ha visto è stato venerdì della settimana scorsa, il giorno di paga. A quanto pare, Nelson ha detto che si sarebbe preso una settimana di ferie. Non è mai tornato».

«D'accordo. Carys? Organizza un paio di agenti in uniforme e torna dai vicini dei Richards. Porta copie della foto di Nelson. Vedi se qualcuno lo riconosce», disse Sharp. «Ancora meglio, scopri se qualcuno di loro ha avuto modo di ricordare qualcuno che si comportava in modo sospetto nei dintorni della strada».

«Capo».

Sharp rivolse lo sguardo a Barnes. «Lo stesso per te. Torna all'appartamento di Nelson. Vedi se qualcuno ha notato una persona con un computer, portatile o altro, in qualsiasi momento nelle ultime due settimane».

«Capo? Se Guy Nelson aveva i soldi, significa che il nostro misterioso sospettato non si è preoccupato di andare lì a prenderli. Avrebbe sicuramente scoperto del suicidio del tizio, no?» disse Barnes, alzando le mani. «Quindi, qual è il suo movente?»

«Dobbiamo considerare la vendetta», disse Sharp. «Forse per qualcosa legato all'attività di Yvonne Richards. Kay, quando avremo finito qui, chiama Sheila Milborough. Scopri se l'azienda deve soldi a qualcuno, o ha ricevuto minacce ultimamente. Cose che non risulterebbero nei loro sistemi contabili».

Lei annuì. «Lo farò». Prese appunti su un blocco accanto a lei. «E il potere come movente? Lui, o lei», aggiunse, riconoscendo l'osservazione precedente di Carys, «si è dato molto da fare per organizzare tutto questo. Basandoci sul rapporto dell'autopsia, sembra che la sua intenzione fosse di spaventare Melanie a morte». Scrollò le spalle. «Mi chiedo semplicemente se fosse vendetta, perché non l'ha uccisa in qualche altro modo?»

«Troppo elaborato in questo modo, intendi?»

«Sì». Si appoggiò all'indietro e indicò le fotografie della struttura di bioscienze appuntate alla lavagna. «Ci è voluta molta pianificazione e preparazione. Di certo non ha agito d'impulso».

«Il potere è certamente una possibilità. Potrebbe esserci anche un elemento sessuale», disse Sharp. «Anche se l'autopsia conferma che Melanie non ha subito abusi sessuali».

«Ma c'era una telecamera lì», disse Kay. «La stava guardando tutto il tempo».

«La squadra di informatica forense ci ha fatto sapere qualcosa?»

«Non ancora», disse lei, e scarabocchiò di nuovo sul suo blocco note. «Li solleciterò».

«Va bene», disse Sharp. «Per ora basta così». Controllò l'orologio. «Ci riuniremo di nuovo alle sei».

CAPITOLO 26

Kay prese il suo taccuino e si accomodò sulla sedia, ricaricata dal rinnovato senso di urgenza che motivava la squadra.

Compose lo zero dal telefono sulla sua scrivania per una linea esterna e tamburellò con la punta della matita sul tavolo mentre aspettava una risposta.

«Richards Furnishings, posso aiutarla?»

Kay sorrise, riconoscendo la voce di Belinda. Evidentemente la ventenne stava già rimpiangendo la mancanza di una receptionist pomeridiana.

«Belinda?»

«Sì?»

«Sono la detective Hunter. Posso parlare con Sheila, per favore?»

«Oh. Sì. Un attimo.»

Kay allontanò il telefono dall'orecchio mentre un forte fruscio riempì la linea, e immaginò che Belinda avesse tenuto il ricevitore sulla spalla.

Tese le orecchie.

«È lei. La detective. Vuole parlare con te.»

Una pausa, poi…

«Un momento. Voglio dire, un attimo prego.»

Una serie melodiosa di *bip* arrivò sulla linea, e Kay alzò lo sguardo mentre Gavin si avvicinava.

«Che c'è?»

«Non riesco a trovare Sharp. Penso sia andato a una riunione. Quando hai un minuto,» disse, indicando con il mento verso il suo computer, «devo mostrarti una cosa. Sulle telecamere a circuito chiuso.»

«Va bene.» Alzò un dito mentre la voce di Sheila Milborough interruppe.

«Pronto?»

«Sheila? Sono il sergente detective Hunter. Mi dispiace disturbarla, ma mi chiedevo, in assenza di Yvonne in ufficio, se potesse aiutarmi.»

La donna rimase in silenzio per un attimo, poi parlò, con voce molto efficiente.

«Certamente, detective Hunter. Di cosa ha bisogno?»

Kay si morse il labbro. La donna era così assetata di pettegolezzi che sembrava pronta a sparare un razzo in cielo.

«Devo insistere che questa conversazione sia trattata con la massima riservatezza.»

«Naturalmente.»

Kay ne dubitava, ma continuò comunque. «Mi chiedevo se fosse a conoscenza di minacce fatte in mesi recenti riguardo all'azienda. Prima del rapimento di Melanie.»

Sheila trattenne il respiro, anche se di nuovo, Kay non intuì se fosse per lo shock o per l'eccitazione.

«Beh,» disse, alla fine, «non sono a conoscenza di nulla, questo è certo.»

«E per quanto riguarda eventuali debiti dell'azienda? Qualcuno che stia causando problemi in quel senso?»

«No. No, siamo molto fortunati con il nostro portfolio clienti.» Fece una pausa. «E usiamo una casella postale per la corrispondenza, quindi nessuno sa dove siamo.»

«È un bene,» disse Kay. Soddisfatta, cambiò argomento. «Come state affrontando la situazione? Dev'essere difficile in questo momento.»

«Oh, stiamo bene,» disse Sheila con disinvoltura. «Sì, c'è molto da fare, ma le giornate passano velocemente, sa?»

Kay terminò la chiamata e lasciò cadere la penna.

Si guardò alle spalle.

Gavin era scomparso, sospettava fosse uscito per una pausa sigaretta, così cercò il numero della squadra dei crimini informatici nell'elenco interno e lo compose.

«Pronto?»

«Andy Grey,» sorrise. «Sono Kay.»

«Accidenti, bella, sei tornata al lavoro?»

«Certamente.»

«Sapevo che non avrebbero trovato nulla su di te,» disse lui.

Lei sorrise. «Viste le capacità di sorveglianza del tuo dipartimento, spero che questo commento sia basato su un'osservazione personale.»

Un silenzio scioccato riempì l'aria prima che l'esperto di informatica forense scoppiasse in una risata e imprecasse. «Molto divertente. Cosa vuoi?»

«Quell'impianto di telecamere che abbiamo portato

dalla scena del crimine di Melanie Richards. Qualche progresso?»

«Ah, la ragazza nel tombino,» disse Grey, distrattamente. «Aspetta. Non ho lavorato su quello, quindi il rapporto potrebbe essere ancora con l'amministrazione. Due secondi.»

Kay attese, sentendo il suono dei tasti del computer che venivano premuti.

«Ho una copia della bozza finale sullo schermo. Era un impianto di sicurezza domestica di base, di quelli che puoi installare in casa tua e poi guardare dal cellulare o da un portatile. Molto comune, quindi difficile da rintracciare se non al negozio che lo vende. Puoi controllare con loro, ma...»

«Pensiamo sia stato acquistato online.»

«Allora sei fregata.»

«Grazie.» Sospirò. «C'è qualche possibilità di rintracciare il luogo da cui veniva guardato?»

«Questa è la Polizia del Kent,» disse Grey. «Hai visto troppi film di James Bond.»

«Nessuna impronta digitale o altro?»

«La Scientifica ha detto che era impossibile ottenere qualcosa dalla superficie. Era stato accuratamente pulito con...»

«Candeggina. Sì. Ovvio.»

Ringraziò l'esperto di informatica forense e riattaccò. Si strofinò le tempie, poi si alzò e si stiracchiò prima di notare che Gavin era tornato. «Gavin. Volevi dirmi qualcosa?»

«Potresti venire a dare un'occhiata a questo?»

Si avvicinò al suo computer. «Che succede?»

Lui mostrò un documento. «Questa è una delle chiamate arrivate tramite l'appello anticrimine dopo l'apparizione televisiva di Sharp. Una donna ha riferito di aver visto un furgone delle County Deliveries entrare nella zona industriale dove si trova l'azienda di bioscienze. Ha detto di averlo visto un paio di mattine, ma poi anche una volta a tarda notte, giovedì scorso.»

Kay aggrottò le sopracciglia. «Cosa ci faceva lei in giro a quell'ora di notte?»

«È un'infermiera. Usa la zona industriale come scorciatoia per tornare a casa.»

«Un furgone del corriere?»

«Sì, lo so.»

«Hai controllato le immagini delle telecamere?»

Lui indicò lo schermo. «Sì. Mi ci sono voluti un paio di tentativi per trovarlo, anche dopo aver chiamato l'infermiera per avere un'idea degli orari, ma è lì.»

«Dov'è questa telecamera?»

«Su Westmead Road.» Toccò lo schermo. «L'ingresso della zona industriale è proprio lì.»

«Fallo partire.»

Gavin fece clic sul pulsante "play" e la registrazione iniziò.

Effettivamente, nell'immagine sgranata della telecamera a circuito chiuso, un furgone emerse dalla zona industriale, dirigendosi verso la telecamera. Sul lato opposto della strada, passò una piccola utilitaria bianca.

«È lei,» disse Gavin.

Kay rimase in silenzio.

Sentì Barnes terminare la telefonata a cui stava

rispondendo prima di unirsi a loro, sfiorandole il gomito con il suo. «Avete trovato qualcosa?»

Lei indicò lo schermo in risposta.

Il furgone si avvicinò alla telecamera, poi svoltò a destra. Mentre lo faceva, Kay riuscì a vedere chiaramente il logo della società di corrieri stampato sul fianco.

«Si riesce a vedere il volto del conducente?»

«No. Indossa un cappellino da baseball calato sulla fronte. Nessun segno distintivo o tatuaggio sulle mani. Non si vedono orologi o fedi nuziali.»

«Numero di targa?»

Gavin girò il suo taccuino verso di lei. «Sì.»

«Che succede?» disse Sharp entrando nella stanza.

«Abbiamo le immagini delle telecamere di sorveglianza di un furgone del corriere che lascia la zona industriale la sera di giovedì scorso», disse Kay. «Gavin stava esaminando i registri delle chiamate dell'appello anticrimine. Un'infermiera ha segnalato di aver visto un furgone del corriere entrare e uscire dalla zona in tre occasioni, una di notte. Questo è l'evento notturno.»

Gavin riprodusse il video mentre la squadra guardava in silenzio.

Quando finì, Sharp annuì. «Buon lavoro.»

«Suppongo ci siano stati sviluppi?»

Si voltarono tutti quando l'ispettore capo Larch entrò dalla porta e si avvicinò dove erano seduti.

«Sharp?»

«Angus.» Sharp si allontanò dal computer e aggiornò l'ispettore capo.

«Capo? Quando ero all'officina stamattina, avevano molti furgoni per i corrieri lì. Darren Phillips ha detto che suo padre aveva vinto l'appalto prima di cedergli l'attività», disse Kay. Indicò lo schermo fermo. «Non può essere una coincidenza.»

«Dovremo interrogare formalmente lui e i suoi dipendenti», disse Larch.

«Chiamerò anche il deposito di County Deliveries», disse Kay. «Per scoprire a chi è assegnato quel furgone.»

«Ancora meglio, Hunter, scopra a chi è assegnato e lo porti qui per l'interrogatorio», disse Larch.

Lei lanciò uno sguardo a Sharp. «Capo?»

«Potrebbe essere un po' affrettato, Angus, con tutto il rispetto», disse Sharp.

«Fatelo», disse Larch, sporgendo il mento. «Abbiamo bisogno di risultati qui, signore e signori, e in fretta.»

Controllò l'orologio. «Ho una riunione con il sovrintendente capo. Mi unirò a voi al prossimo briefing per un aggiornamento.»

Kay lo guardò allontanarsi e imprecò sottovoce.

Sharp si strofinò il mento, poi sospirò. «Procedi con cautela, Kay.» Indicò l'immagine ferma sullo schermo. «Questo è tutto quello che abbiamo al momento.»

«Capisco.»

«Allora vai.»

CAPITOLO 27

Eli si allontanò dal furgone parcheggiato nella piazzola, l'erba alta sfiorava l'orlo dei suoi pantaloni.

La siepe incolta alle sue spalle forniva un'ampia copertura dalla strada, e qualsiasi automobilista di passaggio avrebbe semplicemente pensato che il furgone fosse stato temporaneamente abbandonato mentre il conducente si prendeva una pausa.

Spostò la pesante borsa di tela sulla spalla, un tintinnio di metallo gli giunse alle orecchie mentre l'attrezzatura scivolava, e accelerò il passo.

Nel cielo, un corvo solitario planava sulle correnti d'aria, il suo grido lamentoso si allontanava mentre volava verso i margini della periferia urbana.

Eli annusò l'aria.

Un sentore di ozono riempiva l'atmosfera, promessa delle forti piogge previste per i giorni successivi.

Strinse i pugni e cercò di ignorare il dolore sotto la cintura.

Presto, sarebbe stato il momento.

Mentre si dirigeva verso il cancello d'ingresso chiuso con un lucchetto, estrasse una chiave dalla tasca. Gli edifici erano stati abbandonati durante la costruzione, lo sviluppatore aveva esaurito i finanziamenti prima che il complesso potesse essere completato. Ora, i palazzi abbandonati attendevano una risoluzione tra le banche e il comune, e rimanevano in stato di abbandono in attesa del loro destino.

I progetti erano facilmente accessibili dal sito web del comune, ed Eli aveva trascorso la sua settimana di ferie a studiarli nei minimi dettagli mentre ignorava le suppliche pietose di Melanie.

Una volta memorizzati i progetti, li aveva bruciati, riempiendo di fumo il vecchio laboratorio per animali.

Melanie aveva urlato, convinta che l'edificio fosse in fiamme, e lui si era trascinato fino al buco e si era sdraiato, ascoltando i suoi singhiozzi.

Ora, aprì il lucchetto che aveva procurato, allentò la catena intorno alla recinzione e si intrufolò.

Ignorò i cartelli di cantiere che intimavano di stare fuori e si mosse rapidamente attraverso il sito, la cui disposizione aveva memorizzato.

I soldi dello sviluppatore si erano esauriti una volta che l'impresa edile aveva iniziato a scavare le fondamenta e scoperto un antico labirinto di sistemi di drenaggio vittoriani che attraversavano il terreno. Ne erano seguite discussioni, attribuzioni di colpe, e i lavori si erano fermati.

Questo era successo sei mesi fa.

Eli spinse da parte un telo di plastica, il materiale

crepitò sotto il suo tocco prima che lo lasciasse ricadere al suo posto.

Il piano terra del primo dei due palazzi ospitava poco più di un pavimento di cemento grezzo. Sopra la sua testa, la struttura in cemento e acciaio di quelli che sarebbero stati i piani delle unità abitative giaceva aperta, il cielo grigio si oscurò per l'imminente pioggia.

Eli girò intorno a un pilastro, scavalcò una pila di tubi di plastica abbandonati e abbassò la borsa a terra.

Aprì la zip, frugò all'interno ed estrasse una grande torcia. L'accese e si rimise la borsa in spalla. Fece scorrere il fascio di luce a destra e a sinistra, e poi trovò ciò che stava cercando in un angolo buio dello spazio.

I gradini di cemento conducevano a quella che avrebbe dovuto essere un'uscita di sicurezza da e per il parcheggio sotterraneo. L'accesso dall'esterno era impossibile, l'impresa edile l'aveva barricato per paura che i ragazzi del posto si facessero male o, più probabilmente, vandalizzassero il posto.

Invece, il parcheggio e le profondità nascoste dell'edificio erano accessibili solo attraverso questi gradini, e ora Eli li scese, con la mano libera appoggiata al muro per mantenersi in equilibrio.

Dopo pochi istanti, si ritrovò nel parcheggio stesso. Il fascio della torcia non riusciva a raggiungere l'estremità dello spazio, ma Eli si orientò rapidamente e si affrettò verso l'angolo sinistro.

Un cancello di metallo era stato inserito nel muro, inaccessibile fino a due giorni prima, quando Eli aveva usato una fiamma ossidrica per forzarne le cerniere. Ora, posò la torcia sul pavimento rivolta verso di esso, avvolse le dita intorno all'acciaio e lo tirò di lato.

L'acqua luccicava sulla superficie ruvida.

Recuperò la torcia e si infilò sotto l'ingresso basso entrando in un breve corridoio che scendeva ripidamente sotto il livello del seminterrato.

Il fascio di luce rimbalzò sul muro di mattoni rossi, scheggiato e consumato, prima di fermarsi su un vicolo cicco.

Un'ampia apertura si spalancava nel pavimento del passaggio, un ingresso a un labirinto secolare.

Eli lasciò cadere la borsa ai suoi piedi e si accovacciò, poi appoggiò gli avambracci sulle ginocchia e ispezionò l'apertura.

Un costante *gocciolio* d'acqua gli giunse alle orecchie.

«Perfetto» mormorò.

CAPITOLO 28

Kay allentò la cintura di sicurezza mentre Barnes entrava con il veicolo anonimo nel parcheggio visitatori del deposito di County Deliveries.

Nonostante l'ora tarda, erano ancora disponibili diversi posti.

Scendendo dall'auto, Kay esaminò con lo sguardo la struttura bassa di fronte a lei.

Alla sua destra, un'alta recinzione metallica separava il parcheggio visitatori da un'area piena dei familiari profili rossi dei furgoni dei corrieri. Alla sua sinistra, un'area di parcheggio separata era riservata ai dipendenti. Mentre osservava, due furgoni entrarono nell'area riservata, e i conducenti si affrettarono sull'asfalto verso il retro del deposito.

Barnes si fermò a metà strada nel parcheggio e l'aspettò. «Pronta?»

Lei annuì. «Parliamo prima con il responsabile del deposito», disse, «e non menzioniamo subito i nostri sospetti sul furgone, d'accordo?»

«Mi sembra una buona idea.»

Chiuse a chiave l'auto e seguì Barnes verso le porte a doppi vetri all'ingresso dell'edificio.

Un semplice banco reception occupava la parete posteriore della piccola area, si registrarono mentre la receptionist telefonava al responsabile del deposito per avvertire del loro arrivo.

Si voltò al suono di una porta che si chiudeva alla sua destra.

Un uomo si avvicinò a loro, con la mano tesa.

«Sono Bob Rogers. Sono il responsabile del deposito. Di cosa si tratta?»

Kay presentò sé e Barnes. «C'è un posto dove possiamo parlare in privato?»

«Certamente. Seguitemi. C'è una sala riunioni qui vicino che possiamo usare.»

Seguirono l'uomo lungo un breve corridoio che attraversava la parte anteriore dell'edificio. Si fermò e tenne aperta una porta alla sua sinistra per Kay, che guidò il gruppo in una stanza disadorna.

Era evidente che non venisse usata molto; un sottile strato di polvere copriva il tavolo rotondo al centro, e restavano solo tre sedie, le altre senza dubbio erano state prese e portate in altri uffici. Un telefono da scrivania era stato posizionato su un piccolo mobile nell'angolo.

Il responsabile del deposito indicò le sedie. «Accomodatevi. Come posso aiutarvi?»

Kay gli passò il suo biglietto da visita e attese che Barnes facesse lo stesso.

«Vorrei farle alcune domande sui furgoni che usate qui», disse. «Innanzitutto, i veicoli sono assegnati a un corriere particolare? O vengono assegnati in base all'ordine di arrivo?»

Rogers tirò fuori una sedia e si sedette. Si grattò il mento. «I furgoni sono assegnati a un percorso particolare. Quindi il corriere che fa quel percorso usa lo stesso furgone ogni giorno.»

«Cosa succede alla fine della giornata?» disse Kay. «Dove vengono tenute le chiavi?»

«Quando le persone tornano dai loro turni, consegnano le chiavi. Tutte le chiavi sono tenute in un posto sicuro.» Aggrottò la fronte. «Di cosa si tratta?»

Kay ignorò la sua domanda. «Che misure di sicurezza avete qui? Il cancello di sicurezza è presidiato di notte?»

«No. Il cancello viene chiuso a chiave dalla sicurezza alle sei di sera.»

«C'è solo un cancello?»

«Sì», disse Rogers.

«E la recinzione è sicura?»

Lui aggrottò la fronte. «Credo di sì.»

«Non sembra sicuro.»

«Le guardie di sicurezza lo controllano ogni settimana. Non ho ricevuto comunicazioni che la recinzione non sia sicura.»

«E le telecamere di sicurezza?» chiese Barnes.

«Abbiamo telecamere su ogni lato dell'edificio.»

«Qualcuna delle telecamere copre il parcheggio dove sono i furgoni?» chiese Kay.

«Di solito c'è una telecamera che copre il parcheggio. Ma si è rotta un paio di settimane fa.» Rogers si grattò il lato del naso e si appoggiò allo schienale della sedia. «Il nostro responsabile degli acquisti non è ancora riuscito a procurarsi i pezzi. Il fornitore gli ha detto che ci vorrà un'altra settimana. Non l'ho detto a tutti, perché non voglio che il personale lo sappia. Sono per lo più affidabili, ma non vorrei rischiare, sa com'è.»

«Come si è rotta la telecamera?»

Rogers alzò le spalle. «Ragazzini, immagino. L'obiettivo è stato distrutto.»

«Ha denunciato questo alla polizia?» chiese Kay.

Il suo sguardo cadde sul pavimento. «No. Non l'ho fatto.»

«Mi servirà una copia dell'ordine d'acquisto.»

Rogers sospirò, poi prese il telefono. «Colin? Potresti stampare una copia dell'ordine d'acquisto che hai fatto per i pezzi della telecamera e portarmela?»

Ripose il telefono sulla base.

«Chi altro ha accesso al posto dove sono tenute le chiavi?» disse Kay.

Rogers la guardò sconcertato. «Nessuno. Prima che arrivassi io, le chiavi venivano lasciate nell'area di smistamento. Ora sono tenute in una cassaforte nel mio ufficio, e la chiudo quando lascio il deposito.»

Barnes si sporse in avanti. «Qualcuno potrebbe aver avuto accesso alla cassaforte prima che lei lasciasse l'ufficio?»

«Anche se andassero nel mio ufficio, non conoscono la combinazione...» Si interruppe con il bussare alla porta. «Avanti.»

Kay si girò mentre la porta si apriva, e un uomo robusto entrò, il viso un brutto pasticcio di piaghe, il suo ingresso annunciato da un forte mix di nicotina e odore corporeo che invase lo spazio nel momento in cui chiuse la porta dietro di sé.

«Quell'ordine d'acquisto che volevi, Bob», disse, e consegnò un foglio di carta.

«Grazie, Colin. Può andare.»

L'uomo squadrò Kay mentre lasciava la stanza, e lei resistette all'impulso di rabbrividire.

«Chi è?» chiese, mentre la porta si chiudeva.

Rogers fece una smorfia. «Colin Broadheath. Si occupa di tutti gli acquisti e la programmazione della manutenzione per il deposito.»

Kay si girò sulla sedia e guardò i furgoni nel parcheggio oltre la finestra. «E la manutenzione?» chiese. «La fate in sede?»

«No», disse Rogers. «Usiamo un'officina locale.»

«Quale?»

«Phillips Repairs.»

«Possiamo dare un'occhiata al registro di manutenzione per favore?»

«Certamente. Aspettate qui.»

Rogers uscì dalla stanza e chiuse la porta. Barnes si girò sulla sedia per rivolgersi a lei.

«Che ne pensi?»

Kay sospirò. «Non lo so. Almeno sappiamo che tutti i veicoli qui appartengono a Darren Phillips, ma se tutte le chiavi dei furgoni sono conservate in una cassaforte sicura qui, e Rogers chiude a chiave il suo ufficio di notte, se sta dicendo la verità, allora dobbiamo scoprire se c'era un altro modo per accedere ai furgoni. Anche Phillips tiene le chiavi in una scatola chiusa a chiave mentre i veicoli sono presso la sua sede, quindi questo esclude che qualcuno possa averle prese lì».

Alzò un dito al suono di passi nel corridoio esterno, e poi la porta si aprì.

Rogers entrò con un grande libro dalla copertina rigida tra le mani. Chiuse la porta e posò il libro sul tavolo.

«È un po' antiquato», disse, «ma teniamo ancora il registro di manutenzione in forma cartacea oltre che nel sistema».

Kay frugò nella sua borsa ed estrasse una fotografia del furgone scattata dalle telecamere di sicurezza della zona industriale. La fece scivolare sul tavolo verso Rogers.

«Questa è stata scattata poco dopo l'una e mezza di giovedì notte», disse.

Le sopracciglia di Rogers si alzarono. «È impossibile».

«Questo furgone è stato in officina di recente?»

Rogers socchiuse gli occhi per leggere il numero di targa, poi sfogliò le pagine del registro, con la fronte corrugata. Si fermò e fece scorrere l'indice lungo la pagina di sinistra.

«Ecco qui», disse. «Sei settimane fa. Aveva bisogno di una nuova pompa dell'acqua».

«Per quanto tempo è rimasto in officina?»

«Tre giorni. Hanno dovuto ordinare i pezzi dal fornitore. Non ne avevano uno in officina perché avevamo portato un altro veicolo un paio di giorni prima con lo stesso problema».

«A quale percorso è assegnato questo furgone? Chi è l'attuale autista?»

«Un attimo. Vado a controllare».

Kay represse un sospiro mentre l'uomo spariva di nuovo dalla stanza.

Barnes tamburellò con le dita sulla superficie del tavolo.

Kay lo fulminò con lo sguardo.

«Scusa», disse lui, e smise.

Entrambi si voltarono sui loro sedili quando Rogers tornò stringendo un foglio stampato.

Lo porse loro. «Ecco qua».

Kay prese il foglio da lui e ne esaminò il contenuto prima di passarlo a Barnes.

Attese, e poi lui alzò la testa. Kay incrociò il suo sguardo, poi si voltò di nuovo verso Bob Rogers e batté il dito sulla pagina.

«Vorremmo scambiare due parole con Neil Abrahams, per favore».

CAPITOLO 29

Kay si fece da parte e lasciò entrare Neil Abrahams nella sala interrogatori prima di lei.

Sharp si alzò da una delle sedie al tavolo e indicò il posto di fronte.

«Se vuole accomodarsi, signor Abrahams. Sono l'ispettore capo Devon Sharp e condurrò io questo interrogatorio».

Abrahams tirò indietro la sedia, si sedette e intrecciò le mani sul tavolo, spostando lo sguardo tra Sharp e Kay. Deglutì, un suono udibile, e il suo pomo d'Adamo sobbalzò nella gola.

Sharp si sporse e premette il pulsante "registra" sulla macchina sotto il pannello smerigliato della finestra, e osservò l'uomo seduto di fronte. Una volta finito di recitare l'avvertimento formale, si appoggiò allo schienale. «Per favore, confermi il suo nome completo, indirizzo e occupazione per la registrazione».

«Neil Jonathan Abrahams. Quattordici Bolt Drive,

Maidstone. Sono un corriere». Fece una pausa. «Di cosa si tratta?»

Kay aprì il fascicolo del caso e spinse tre grandi fotografie prese dalle immagini delle telecamere a circuito chiuso sul tavolo.

«Riconosce questo furgone?» chiese Sharp.

Abrahams aggrottò la fronte. «Um, sì, è un furgone da corriere».

«Guardi il numero di targa».

Prese una delle foto dal tavolo e la tenne più vicina. Il suo viso impallidì. «Questo... questo è impossibile».

«Per favore, ci dica cosa stava facendo al Westmead Industrial Estate giovedì scorso all'una e mezza del mattino», disse Sharp.

«Non ero lì!»

Kay osservò gli occhi dell'uomo scorrere sulle altre due fotografie, poi lui girò bruscamente la testa verso Sharp.

«Non posso spiegarlo. Quella zona industriale non rientra nemmeno nel mio percorso». Sbuffò, un'esplosione nervosa dalle sue labbra. «E perché dovrei guidare lì intorno di notte?»

«Speravamo ce lo potesse dire lei», disse Sharp.

Abrahams si appoggiò allo schienale della sedia ed espirò. «Quella sera ero fuori con degli amici», disse, indicando la più scura delle tre foto.

«È in grado di fornire i dettagli di un alibi?» chiese Kay.

«Sì, posso farlo».

Gli passò un foglio di carta e una penna, e attese

mentre lui scriveva due nomi e numeri di cellulare, con la mano tremante.

Lo prese e si precipitò fuori dalla stanza, consegnando i dettagli a Barnes che aspettava nel corridoio. «Mandami un messaggio non appena hai qualcosa», disse. «È urgente».

Tornò nella sala interrogatori e prese posto accanto a Sharp.

«Da quanto tempo fa il corriere?»

«Otto anni».

«E dove è la sua base?»

L'uomo scrollò le spalle. «Un po' ovunque. La maggior parte dei paesi qui intorno».

«Ha mai lavorato fuori dalla zona di Maidstone?»

«No».

Sharp si sporse in avanti. «Neil, ha idea di come qualcuno potesse guidare il suo furgone visto che le chiavi sono tenute al sicuro?»

L'autista del corriere scosse la testa. «No. Il deposito è recintato e ha telecamere di sicurezza, quindi se qualcuno lo avesse preso, sarebbe stato visto».

«Ho capito che le piaceva flirtare con Melanie Richards quando aiutava alla reception di Richards Furnishings», disse Kay.

«Cosa?» Abrahams si ritrasse sulla sedia. «Aspetti, no. Non l'ho uccisa io! Era solo un po' di divertimento».

«Lei ha, cosa, quindici anni più di lei?» disse. «E pensava di poterla affascinare, è così?»

«Lo ha illuso?» chiese Sharp. «È andata così? Ha accettato di incontrarla e qualcosa è andato storto? Ha perso la pazienza e ha deciso di darle una lezione?»

«No, no, non l'ho mai incontrata!» Abrahams si sporse in avanti, macchie di sudore che apparivano sotto le braccia.

Il telefono di Kay vibrò, e lei controllò il messaggio prima di metterlo da parte.

«L'agente Barnes ha parlato con le due persone che ha fornito come alibi per giovedì notte», disse. «Nessuno dei due può confermare la sua presenza dopo le undici».

Indicò la marca temporale ferma in basso nella fotografia delle telecamere a circuito chiuso. «Questo è il suo furgone all'una e trenta del mattino».

Abrahams mosse la mascella, ma rimase in silenzio.

«A meno che non possa darci il nome di un alibi solido per i suoi spostamenti tra l'uscita dal pub alle undici e la sua apparizione qui», Sharp batté sulla foto, «due ore e mezza dopo, Neil, la sua situazione non è delle migliori, vero?»

«Perché era anche al Westmead Industrial Estate la mattina di venerdì e sabato?» aggiunse. «Che mi dice di queste due angolazioni diurne?»

«Non ero lì!»

«Neil, abbiamo due suoi amici che non possono confermare i suoi movimenti dopo le undici di quella notte, e prove che il suo furgone era nella stessa zona dove è stato trovato il corpo di Melanie», disse Kay.

«Non ero io, lo giuro».

«Allora dov'era tra le undici e l'una e mezza di giovedì notte?» chiese Kay.

«Io... non posso dirlo».

Kay toccò il furgone nella fotografia. «Questo è lei, vero, Neil?»

«Non sono io».

«E allora chi diavolo è?» Sharp sbatté la mano sulla scrivania, e Abrahams sobbalzò sulla sedia.

«Non ne ho idea».

Sharp si sporse e strappò la cartella da sotto il gomito di Kay. Ne estrasse un'altra fotografia e la spinse davanti ad Abrahams.

«È orgoglioso di questo?»

Gli occhi di Abrahams si allargarono quando il suo sguardo cadde sull'immagine.

«Oh mio Dio», sussurrò, e si ritrasse, l'orrore che gli contorceva i lineamenti.

«Ora, non so quale sia il tuo giochetto malato, Neil», ringhiò Sharp, «ma voglio sapere dove sei sparito dopo le undici di giovedì, e voglio sapere perché il tuo furgone è stato fotografato mentre lasciava il Westmead estate all'una e mezza».

Abrahams si passò una mano tremante sulla bocca, il viso pallido. Finalmente distolse lo sguardo dall'immagine del corpo senza vita di Melanie e parlò, la sua voce poco più di un mormorio.

«Non ero al Westmead estate quella notte perché ero in un motel vicino a Hollingbourne con qualcun altro», disse.

Gli occhi di Kay caddero sull'anello alla mano sinistra di Abrahams. «Avremo bisogno di un nome», disse.

«Non posso», implorò Abrahams. «Anche lei è sposata».

«Nome», disse Kay, sporgendosi in avanti. «Al momento, lei è l'unico sospettato per il rapimento e l'omicidio di una giovane ragazza».

«Oh Dio». Abrahams si asciugò gli occhi, poi le diede il nome e un numero di cellulare.

Kay si mosse verso la porta, chiudendola dietro di sé.

Compose il numero e alzò lo sguardo mentre Barnes si avvicinava.

«Allora?» disse lui.

«Ho un nuovo alibi».

Alzò un dito mentre la chiamata riceveva risposta.

«Sandra Clark? Sono il sergente detective Kay Hunter della Polizia del Kent. Mi risulta che lei conosca Neil Abrahams». Fece una pausa e ascoltò. «Sì, mi ha dato il suo numero. Francamente, non m'interessa della sua relazione con il signor Abrahams, signora Clark. Può dirmi se era con lei giovedì sera? A che ora è arrivato?»

Attese. «Era lì? A che ora se n'è andato? E venerdì mattina e sabato mattina?» Annuì a Barnes. «Grazie, signora Clark. È tutto».

«Ci vediamo nella sala operativa», disse all'agente dopo aver terminato la chiamata, e spinse la porta della sala interrogatori.

«Grazie, signor Abrahams», disse. «La signora Clark conferma che lei era con lei tra le undici e le due della notte in questione».

«Bene», disse Sharp. «Ora che abbiamo chiarito questo, qualcuno ha accesso alle chiavi del suo furgone?»

«No», disse Abrahams. «Quando finiamo i nostri turni, tutte le chiavi vengono riconsegnate e tenute in una cassaforte nell'ufficio del responsabile del deposito finché non ne abbiamo di nuovo bisogno».

«E lei guida lo stesso furgone ogni giorno?»

Abrahams annuì. «Sì. Da quattro mesi. Il mio percorso

è cambiato, quindi mi è stato assegnato un furgone diverso».

«Perché?»

«Non lo so. Prima facevo il giro intorno a Larkfield, ma c'è stato un riassetto interno o qualcosa del genere, e ora faccio quello per Harrietsham».

Kay toccò le fotografie della telecamera a circuito chiuso. «E qui?»

Abrahams scosse la testa. «Non ho mai avuto un percorso lì, no. In effetti, nessuno di noi lo fa più di questi tempi, credo che l'ultima azienda che aveva un ritiro da quelle parti abbia chiuso mesi fa».

CAPITOLO 30

Kay si appoggiò al muro del corridoio e osservò le figure di Sharp e Abrahams che si allontanavano mentre il corriere veniva accompagnato fuori dalle sale degli interrogatori.

«Mi scusi, sergente?»

Si voltò al suono della voce di Gavin. «Che c'è?»

Lui si spostò di lato per far passare uno degli impiegati amministrativi e abbassò la voce. «Ho controllato le riprese delle telecamere a circuito chiuso del deposito del corriere. Bob Rogers aveva ragione. La telecamera sopra l'area di parcheggio sicura è stata danneggiata da dei ragazzi.»

«Come?»

«C'è un terreno accidentato con un paio di cassonetti industriali dall'altra parte della recinzione esterna. Abbiamo le riprese di un gruppo di quattro giovani che si arrampicano su uno dei cassonetti per salire sulla recinzione. Rompono la telecamera lanciandole delle pietre, ma poi sembrano perdere interesse.» Scrollò le spalle. «Sono ripresi da un'altra telecamera mentre se ne vanno per la stessa via da cui sono arrivati dopo circa cinque minuti.»

«Identità?»

«Già trasmesse», sorrise. Controllò l'orologio. «Dovrebbero essere prelevati nei prossimi quindici minuti circa. Li accuseremo di vandalismo.»

«Grazie, Gavin.»

Lui annuì e si diresse verso la sala operativa, lasciando Kay ai suoi pensieri.

Se erano stati dei ragazzi, e non l'autista del furgone di Neil Abrahams, a rompere la telecamera, allora doveva esserci un'altra spiegazione per il veicolo visto nella zona industriale la notte del rapimento di Melanie.

Persa nei suoi pensieri, ci volle un momento prima che sentisse i passi dietro di lei.

«Di nuovo nei guai, Hunter?»

Si fermò, chiuse gli occhi per un istante, poi si voltò.

L'ispettore capo Larch era in piedi nel corridoio, la sua grossa mole occupava gran parte dello spazio su entrambi i lati.

«Capo?»

Il suo labbro superiore si arricciò in un ghigno. «Non capisco proprio come faccia Sharp a sopportarla», disse, avvicinandosi. «Non è esattamente una che fa gioco di squadra, vero?»

«Mi dispiace, capo, non capisco.»

«Forse se avesse raccolto le prove correttamente riguardo a questo caso, non avremmo sprecato tempo prezioso portando dentro un innocente per l'interrogatorio, eh?»

«Ma...»

«Ispettore capo Larch, posso esserle d'aiuto?»

Kay quasi sospirò di sollievo al suono della voce di Sharp.

L'ispettore capo Larch si girò sui tacchi. «No, Sharp. Non può.»

Kay si spostò di lato mentre lui le passava accanto e spariva lungo il corridoio, la porta del suo ufficio si chiuse sbattendo.

«Problemi?»

«Sembra che aver portato dentro la persona sbagliata per l'interrogatorio sia tutta colpa mia.»

Sharp ridacchiò. «Non lascerà andare facilmente quell'indagine fallita sugli Standard Professionali, vero?»

«Non sembra proprio. Sembra che abbia anche influenzato la sua memoria», disse, cercando di fare dell'umorismo. «Dopotutto, era stata una sua idea portare dentro l'autista del furgone.»

«Tieni duro. Troverà qualcun altro da tormentare prima o poi.»

Riuscì a fare un sottile sorriso, poi si mise al passo con lui. «Cosa facciamo adesso?»

Sharp aprì la porta della sala operativa e il resto della squadra si interruppe a metà conversazione.

Sharp controllò che la porta si fosse chiusa dietro Kay, poi si strappò la cravatta dal collo. «Beh, quella è stata una delusione stratosferica, non è vero?»

Barnes guidò il mormorio di assenso che rimbalzò sulle pareti. «E ora, capo?»

«Riunione di squadra», disse Sharp. «Al pub. Tra dieci minuti. Il primo giro lo offro io.»

CAPITOLO 31

Emma Thomas barcollò sui suoi tacchi troppo alti e fece un passo indietro per lo shock quando il taxi le sfrecciò davanti, schizzandola, con la luce sul tetto che lampeggiava spegnendosi.

«Maledizione.»

Si scostò i capelli dal viso e rabbrividì, poi si sistemò la borsa sulla spalla, si strinse le braccia al petto e scese dal marciapiede.

Era riuscita a sgattaiolare fuori di casa tre ore prima, inosservata.

Nel momento in cui la voce di sua madre si era affievolita e i toni bassi della risposta del suo patrigno si erano quietati, aveva contato i minuti finché non aveva sentito il suono del suo russare costante filtrare attraverso la porta chiusa della loro camera da letto.

I genitori di Tanya erano via a Ibiza per una vacanza last-minute economica, e le ragazze avevano pianificato una serata in discoteca a Maidstone.

«Ti tirerà su di morale», aveva insistito Tanya.

Emma ci aveva pensato per qualche secondo, e poi aveva accettato. Quale modo migliore per dimenticare il suo dolore per un po' se non ballare, bere e magari flirtare innocentemente?

Ora, si pentiva della sua avventatezza.

Tanya era caduta in un'auto con un ventenne con cui aveva una relazione altalenante da tre mesi e alcuni suoi amici, aveva lanciato a Emma un allegro saluto con la mano da sopra la spalla mentre atterrava, ridacchiando, sopra di lui sul sedile posteriore, e poi la portiera dell'auto si era chiusa sbattendo e il veicolo era partito.

Era rimasta in cima a Gabriel's Hill cercando di evitare gli sguardi lascivi dei gruppi di uomini che le barcollavano accanto prima di scomparire lungo High Street, e poi aveva imprecato quando le prime grosse gocce di pioggia avevano colpito il marciapiede ai suoi piedi.

Aveva aspettato un taxi per un'altra mezz'ora, ma era inutile: la città era semplicemente troppo affollata a quell'ora di notte con tutti i locali che si svuotavano contemporaneamente.

A quel punto, ne aveva avuto abbastanza di aspettare, la pioggia aveva iniziato a cadere più forte, e così aveva cominciato a camminare verso Bearsted, il *tac-tac* dei suoi tacchi presto rallentò mentre i piedi le dolevano.

Emma era arrivata fino al ponte ferroviario che attraversava Ashford Road prima che si formassero delle vesciche sui suoi talloni e sulle dita dei piedi.

Si era strappata le scarpe dai piedi e ora stava in piedi con i cinturini appesi a un polso mentre camminava a piedi nudi sul marciapiede, infelice.

Tirò su col naso e si asciugò il naso con il dorso della mano.

Alzò gli occhi dal marciapiede al suono di un veicolo in avvicinamento. Un'auto scura le sfrecciò accanto, le luci posteriori si allontanarono mentre girava la curva, uno schizzo sonoro lasciato dietro di sé e, nello stesso momento, una pozzanghera d'acqua esplose sul marciapiede davanti a lei.

Si ritrasse dal nuovo assalto.

«Bastardo», biascicò.

Nel suo stato di ebbrezza, i suoi pensieri tornarono a Melanie, e rabbrividì.

Non aveva mai considerato Yvonne Richards ricca, ma cosa ne sapeva lei? La donna viveva in un sobborgo della città a un paio di chilometri da dove viveva Emma, e lei e suo marito guidavano auto anonime, niente di troppo vistoso, semplicemente veicoli che non avevano più di un paio d'anni.

I rapimenti capitavano solo alle persone ricche, no?

Allora, perché Melanie?

Emma rabbrividì di nuovo e cercò di camminare più veloce. Mise da parte il pensiero di cosa potesse star calpestando e invece si strofinò le mani per cercare di scaldarsi.

Maledisse la sua stessa stupidità. In questo momento, avrebbe potuto essere rannicchiata nel suo letto, ad ascoltare la pioggia che batteva sul tetto di paglia del cottage ampliato.

Deglutì.

Vince, il suo patrigno, si comportava molto meglio con lei rispetto a quanto aveva fatto suo padre.

Non voleva mettersi nei guai sgattaiolando fuori stanotte, semplicemente aveva trovato troppo soffocante stare intorno a sua madre così tanto in questi ultimi giorni.

Tutto ciò che voleva fare ora era tornare a casa, intrufolarsi di nuovo nel letto e svegliarsi con l'odore di Vince che cucinava una delle sue famose colazioni.

Il suo stomaco brontolò al pensiero.

Un lampione ondeggiava sopra la sua testa, il vento faceva oscillare la struttura metallica da un lato all'altro. Avvicinò il polso al viso e cercò di leggere l'ora sul quadrante del suo orologio. Era ormai passata l'una. Non c'era modo di prendere un taxi adesso.

Abbassò il braccio e cercò di accelerare il passo. Dietro di lei, il suono di un altro veicolo in avvicinamento attirò la sua attenzione.

Si voltò a guardare e vide i fari di un furgone mentre schizzava attraverso l'acqua che copriva la strada sotto il ponte ferroviario. Inciampò e rivolse di nuovo l'attenzione al marciapiede davanti a sé.

Sentì il veicolo rallentare mentre si avvicinava. Una parte di lei voleva che si fermasse, che l'autista le offrisse un passaggio. L'altra parte era preoccupata. Nessuno sapeva dove si trovava.

Ora il veicolo si stava avvicinando, l'autista manteneva il passo. Si allontanò dal bordo del marciapiede, lontano dalla strada, guardò di lato e notò che il finestrino del passeggero si abbassava.

«Vuoi un passaggio?»

«Sto bene», disse, e si voltò per andarsene.

«Ascolta», disse l'autista, la sua voce sovrastava la

pioggia, «abito poco più avanti. Ti bagnerai tutta. Lascia che ti dia un passaggio.»

Sembrava allettante.

Sentì il suono del freno a mano che veniva tirato, e poi lo sbattere della portiera del conducente.

All'improvviso, lui era in piedi accanto a lei, torreggiando su di lei mentre si spostava da un piede all'altro, indecisa sul da farsi.

Si guardò intorno. Non c'era nessun altro in giro. Non si sentiva alcun veicolo. I suoi occhi incontrarono quelli di lui. Aggrottò le sopracciglia.

«Ti conosco, vero?»

Prima che potesse reagire, la mano di lui scattò e le afferrò il polso.

«Ciao, Emma. Ti stavo cercando.»

Teneva quella che sembrava una siringa nell'altra mano, e poi gliela conficcò nello stomaco.

Lei gridò per la sorpresa e il dolore.

«Lasciami andare!»

Un sorriso maligno balenò sul suo viso, una frazione di secondo prima che le sue braccia la avvolgessero e la tirassero verso il veicolo.

Si dimenò, cercando di colpirlo con i piedi, ma fu inutile. Era semplicemente troppo forte. Mentre lottava, sentì il suono di una porta metallica che cigolava sui cardini e aprì la bocca per urlare. Il palmo di lui sul suo viso la zittì prima che potesse emettere un grido.

Continuò a dimenarsi, ma i suoi sforzi diminuirono mentre la droga si faceva strada nel suo corpo.

L'uomo la spinse con forza, e lei cadde nel retro del

furgone, battendo la testa sulla superficie metallica del pavimento.

Mentre l'oscurità la avvolgeva, cercò disperatamente di aggrapparsi agli ultimi momenti di coscienza, il terrore prese il sopravvento.

Questo doveva essere stato ciò che aveva provato Melanie.

CAPITOLO 32

Kay si svegliò da un sonno agitato al suono di uno squillo persistente accanto al suo orecchio.

Ancora assonnata, aprì gli occhi.

Le giunse il rumore dell'acqua corrente e, prima che potesse scostare le tende per vedere quanto stesse piovendo forte, l'acqua si fermò, e si rese conto che Adam era già sveglio e stava usando la doccia della stanza.

Lo squillo continuava.

Allungò la mano, facendo cadere un libro tascabile dal comodino, e afferrò il cellulare.

«Pronto?»

«Ehi, sorellina. Pensavo non avresti mai risposto!»

Kay represse un gemito mentre la testa ricadeva sul cuscino. «Ciao, Abby.»

«Ti ho svegliata?»

«Sì.»

«Scusa.»

Kay si strofinò gli occhi. «Quanto sei dispiaciuta?»

Sua sorella rise. «Sono le sei del mattino. Non ricordo l'ultima volta che ho potuto dormire fino a tardi!»

Un grido di gioia esplose dal telefono, e Kay lo allontanò bruscamente dall'orecchio, accigliandosi.

«Anche Charlotte ti dice "buongiorno".»

Kay trattenne una risposta brusca. Charlotte aveva sei mesi. Nonostante le affermazioni di sua sorella sulle meravigliose capacità linguistiche di sua figlia, non poteva fare a meno di pensare che probabilmente la bambina avesse appena sporcato il pannolino e stesse festeggiando.

Adam emerse dal bagno in una nuvola di vapore.

Il cuore le balzò alla sua vista, e lui sorrise, prima di mettersi a esibire i muscoli come un culturista mentre Kay si ficcava il lenzuolo in bocca cercando di non scoppiare a ridere.

«Non è buffa?» disse sua sorella.

«Cosa? Ah, sì.»

«Comunque», disse sua sorella, con un tono che diventava serio, «io e Silas ci chiedevamo quando ti rivedremo. Devono essere passati tipo quattro *mesi* dall'ultima volta che ci siamo visti, no?»

«Davvero?»

Kay deglutì, temendo ciò che sarebbe seguito.

«Sì, proprio così», disse sua sorella. «Emily compie tre anni il prossimo fine settimana, ci credi? Non ho idea di quanto sia volato il tempo. Mamma verrà, e ci saranno alcuni miei amici con i loro marmocchi.»

Rise, un trillo aspro fece rizzare i peli sulle braccia di Kay.

«Quindi», disse Abby, «tu e Adam dovete venire. Non accetterò un no come risposta», rise.

«Ehm, sì, sorellina?»

«Oh, non ci provare nemmeno, Kay», la rimproverò sua sorella. «Mamma aveva detto che avresti fatto così.»

Kay sospirò. Poteva visualizzare il labbro inferiore di sua sorella sporgere, come faceva sempre da bambina quando non otteneva ciò che voleva. Poteva immaginarla battere il piede, con un capriccio pronto a esplodere da un momento all'altro.

«Abby, sono nel bel mezzo di un'indagine per omicidio», disse, concentrandosi per mantenere la voce calma. «Non posso promettere nulla al momento.»

«Per l'amor del cielo», disse Abby, alzando la voce. «È il dannato compleanno di tua nipote.»

La bambina iniziò a piangere.

«Ecco, hai fatto piangere anche Charlotte adesso.»

Kay notò Adam che la fissava, tutta l'allegria sparita dai suoi occhi, e scosse la testa.

«Mi dispiace, sorellina. Devo andare. Devo essere al lavoro tra un'ora.»

Chiuse la chiamata prima di sentire la risposta di sua sorella, fece scivolare il telefono sul comodino e chiuse gli occhi.

Si morse il labbro, arrabbiata per le lacrime che le scorrevano sulle guance.

«Ehi, ehi.» Adam strisciò sul letto e si rannicchiò accanto a lei, avvolgendola con le braccia e baciandole i capelli.

«Mi dispiace», sussurrò lei. «So che anche tu stai soffrendo.»

Lui non rispose, ma la strinse più forte.

«Semplicemente non so come dirglielo ora», disse lei,

reprimendo un altro singhiozzo. «Cristo, eccomi qui, mentre cerco di dimostrare ai miei superiori che sono in grado di essere un ispettore capo, quando non riesco nemmeno a gestire la situazione con mia madre e mia sorella.»

Adam allentò la presa, poi le sollevò il viso verso di sé. I suoi occhi brillavano.

«Quando ti sembrerà il momento giusto, glielo dirai», disse. Le baciò la fronte. «Fino ad allora, siamo solo tu ed io, piccola.»

Kay si morse il labbro. «Non ricordo molto dopo che siamo arrivati all'ospedale. Quando sono andata a intervistare Yvonne Richards lì, riuscivo a ricordare gli odori e i suoni, ma nient'altro.»

«Sai bene quanto me che è il modo in cui il tuo corpo affronta la situazione. Puoi ricordare solo frammenti.»

«E tu? Cosa ricordi?»

«Di essere completamente impotente mentre ti portavano via. Sembrava passata un'eternità prima che qualcuno venisse a prendermi. Non c'era nessun posto dove andare. Sono finito seduto sul pavimento del corridoio, aspettando e basta.» Si asciugò gli occhi. «L'unico pensiero che continua a tormentarmi è che sono stato troppo vicino dal perdere anche te.»

Kay gli prese il viso tra le mani. «Ma non è successo.»

Lui la tirò a sé, stringendola forte. «Grazie a Dio», disse, chiudendo gli occhi.

«Ti amo.»

«Ti amo anch'io.»

Rimase così per un momento, con il viso contro il suo

petto che si alzava e abbassava. Si rannicchiò più vicina. «Hai un buon profumo.»

«Davvero? Pensavo ti fossi ormai abituata all'essenza di cacca di cavallo.»

CAPITOLO 33

Eli ignorò i rumori soffocati che echeggiavano sui mattoni umidi e frugò nel contenuto della borsa in finta pelle della ragazzina.

Il rosa acceso della sua superficie offendeva i suoi sensi. Era troppo brillante, troppo economico, troppo femminile.

Il senso di colpa si insinuò nelle sue vene mentre lavorava. Sua madre lo aveva sorpreso una volta a frugare nella sua borsa.

La borsa di sua madre era nera, la pelle screpolata e consumata, con una cerniera che aveva lottato contro i suoi sforzi nel tentativo di aprirla, agganciando la fodera finché non era riuscito a liberarla.

Gli odori di sigaretta si aggrappavano all'interno, una puzza chimica si mescolava con la puzza di birra stantia delle sue visite notturne al pub locale. Allora riusciva ancora a uscire di casa regolarmente, non ostacolata dai danni che l'alcol le avrebbe causato nei successivi vent'anni.

Non sapeva ancora dire cosa lo avesse spinto ad aprire la borsa quel giorno. Sapeva che, se fosse stato scoperto, le conseguenze sarebbero state terribili, ma c'era qualcosa di emozionante nello scoprire di più sulla vita privata di sua madre.

Per un bambino di sette anni, era semplicemente troppo allettante.

Aveva trovato un pacchetto di caramelle alla menta forte usato a metà, un fazzoletto di carta appallottolato, una confezione di preservativi e il suo portafoglio. Le sigarette non si vedevano da nessuna parte, ed era stato allora che i peli sulla nuca gli si erano rizzati.

Aveva sentito il sapore della bile sulla lingua, ma non prima di aver rimesso tutto con cura nella borsa, prestando attenzione alla cerniera quando l'aveva richiusa, e si era voltato.

Lei era in piedi, appoggiata allo stipite della porta aperta sul retro, le dita della mano destra che tenevano una sigaretta come se fosse appoggiata a un bancone, in attesa di essere abbordata.

«Hai trovato qualcosa, piccolo stronzo?»

La sua voce si posò da qualche parte tra il suo cuore e il suo stomaco. Scosse la testa e abbassò lo sguardo sul pavimento.

Il suo tacco schiacciò a morte la sigaretta sul gradino posteriore, il suono gli raggiunse le orecchie mentre valutava se scappare e affrontare la batosta più tardi, o farla finita subito.

Si mosse troppo velocemente perché potesse prendere una decisione.

Alzò gli occhi per affrontarla nello stesso momento in cui la sua mano aperta si avvicinò al suo orecchio.

Crollò a terra, il dolore insopportabile, ma lei non se ne accorse. Invece, lo tirò in piedi e mirò pugni al suo viso e alle spalle. Alzò le mani in difesa e cercò di bloccare le mani che si muovevano troppo velocemente perché lui potesse contrastarle. I bordi della sua vista si oscurarono e sprofondò sul pavimento, ondate di nausea lo consumavano.

Lei aveva rinunciato allora, e gli aveva sferrato un calcio nel sedere che aveva colpito il coccige facendolo guaire, poi aveva afferrato la sua borsa dal piano di lavoro ed era uscita furiosa dalla stanza.

Aveva aspettato di sentire la porta d'ingresso sbattere prima di iniziare a strisciare verso il lavandino della cucina, lenendo i lividi con acqua fredda e assicurandosi che nessuna goccia di sangue cadesse sul pavimento coperto di linoleum economico.

Si asciugò le guance, arrabbiato che le lacrime gli offuscassero la vista. Poteva ancora ricordare ogni singolo pugno e calcio di quel giorno, e di tutti gli altri giorni.

Non c'era da meravigliarsi che suo padre l'avesse lasciata quando Eli aveva solo cinque anni.

Non era mai riuscito a capire perché non potesse mai reagire. Sapeva che era l'alcol a renderla così, ma non aveva nessun altro posto dove andare.

Questo gli era stato reso molto chiaro.

Molto chiaro.

Eli tirò su col naso e guardò il colore beige che ora gli macchiava le dita.

Una delle sue insegnanti delle scuole medie gli aveva suggerito di usare il trucco per coprire i lividi quando aveva sentito i bulli una mattina nel cortile della scuola.

Lo aveva preso da parte, gli aveva messo in mano un piccolo tubetto dall'aspetto innocuo e gli aveva chiuso le dita intorno. «Prova questo», gli aveva detto. «Forse, se non li vedono, ti lasceranno in pace».

Lui aveva annuito, grato e leggermente confuso. Ci erano voluti altri tre giorni prima che sua madre lasciasse la casa abbastanza a lungo da permettergli di provare la crema fondotinta. Era rimasto stupito dai risultati e, sebbene il bullismo non fosse cessato completamente, l'alcolismo di sua madre era una barzelletta ricorrente alla scuola media, almeno non sarebbe risaltato così tanto.

Strinse il pugno. Fino a quando Melanie Richards e la sua stupida amica, incoraggiate dal padre della ragazza, avevano iniziato a prenderlo in giro perché indossava il trucco.

Non era colpa sua. Quel giorno pioveva e quando la donna più anziana che lavorava nel magazzino gli aveva dato un asciugamano per asciugarsi i capelli dopo essere corso dal furgone, aveva inavvertitamente rimosso anche il trucco dalle braccia e dal viso.

Aveva abbassato l'asciugamano per vedere Melanie che lo fissava, a bocca aperta, prima di scoppiare a ridere e indicare il trucco sull'asciugamano a quella bestia di suo padre e a una sua amica. L'amica si era girata e aveva sollevato il suo smartphone, pubblicando il suo disagio e imbarazzo in una storia dei social media.

La donna più anziana che gestiva il magazzino era

arrossita, aveva strappato il telefono dalla mano della ragazza e cancellato l'immagine, con grande rancore delle adolescenti. Aveva cercato di sdrammatizzare e gli aveva detto di non preoccuparsi mentre lo accompagnava alla porta con i pacchi.

Lui aveva sorriso, le aveva detto che non era niente.

Aveva represso la furia fino a quando non aveva attraversato il piazzale per raggiungere il suo veicolo. Aveva gettato i pacchi nel retro del furgone, incurante del contenuto, e aveva giurato vendetta.

Avrebbe mostrato loro cosa succedeva ai bulli. Forse non poteva controllare sua madre, ma poteva difendersi lontano dalle sue grinfie.

Un altro gemito raggiunse le sue orecchie.

Eli controllò alle sue spalle. La ragazza aveva sbattuto la testa contro qualcosa, e lui non sapeva cosa. C'era sangue sul lato del suo viso e, mentre era ancora incosciente, aveva controllato e trovato un taglio sotto i capelli. Soddisfatto che non fosse pericoloso per la vita, si rilassò. Lo desiderava, ma alle sue condizioni.

Frugò nella borsa e ne estrasse il contenuto, allineandolo lungo la copertura di plastica di una stretta mensola di mattoni che correva lungo il muro accanto a lui.

Rossetto, telefono cellulare, portafoglio... niente banconote, solo spiccioli... una piccola scatola di tamponi, e...

Le sue dita si avvolsero intorno a un oggetto sottile e, mentre lo estraeva, si rese conto che era una fotografia istantanea, del tipo che le persone scattavano nelle cabine fotografiche per le foto del passaporto.

Il suo pollice sfregò sul volto dell'uomo nella fotografia, e un sorriso gli increspò l'angolo della bocca.

Le cose stavano andando ancora meglio di quanto avesse immaginato.

CAPITOLO 34

Kay e Barnes si voltarono al suono della porta che si apriva alle loro spalle.

«Grazie per averci ricevuto con così poco preavviso» disse Kay.

Bob Rogers le strinse la mano. «Nessun problema. Userò la sala riunioni qui» disse alla receptionist.

«Mi dispiace, Bob» disse lei. «David l'ha prenotata per la prossima ora.»

Rogers fece una smorfia. «Va bene. Dovremo usare il mio ufficio.» Fece loro cenno. «Venite.»

Passò il distintivo, tenne la porta aperta per loro, e poi li guidò lungo un corridoio senza finestre.

A metà strada circa, aprì la porta del suo ufficio e li fece entrare. «Scusate il disordine. Sto cercando di mettere insieme alcune statistiche per la sede centrale.»

Indicò le sedie di fronte alla sua scrivania. «Accomodatevi.»

Si spostò dietro la scrivania, chiuse un computer

portatile e lo spinse da parte prima di raccogliere i documenti sparsi sulla scrivania.

«Se non lo faccio ora, finirò per farlo stasera a casa.»

«Ci dispiace interrompere il tuo lavoro» disse Kay, «ma speravo che potessi aiutarmi.»

«Certo» disse Rogers, e si sedette. «Di cosa hai bisogno?»

Kay frugò nella sua borsa, tirò fuori una fotografia e la porse a Rogers. «Conosci quest'uomo?»

Rogers aggrottò la fronte guardando l'immagine e si grattò il mento. «Mi sembra familiare.»

«Si chiama Guy Nelson» disse Kay. «Lavora nell'officina di Darren Phillips.»

Rogers sbuffò. «Ecco perché lo riconosco. Sì, ora ricordo.»

«L'hai mai visto lontano dall'officina?»

Rogers le restituì la fotografia. «Solo una volta, credo. Abbiamo fatto un barbecue qualche settimana fa, per alcuni dei nostri fornitori.» Indicò con il pollice in direzione del parcheggio. «Era tutto molto informale. Un paio di ragazzi hanno portato i barbecue da casa, e io ho pagato il conto per il cibo.» Sorrise. «Abbiamo dovuto spostare i furgoni perché alcuni di loro hanno deciso di voler usare il parcheggio per una partita di cricket.»

Si appoggiò allo schienale della sedia. «Qual è il problema?»

Kay rimise la fotografia nella borsa. «Posso confermare che Neil Abrahams ci ha fornito un alibi e non è un sospettato nelle nostre indagini, ma mi preoccupa che, nonostante tu tenga le chiavi del furgone nella tua cassaforte qui, e Darren Phillips faccia lo stesso, qualcuno sia andato in giro con un furgone di County Deliveries. E mi piacerebbe molto parlare con quella persona in relazione alle nostre indagini su Melanie Richards.»

Le sopracciglia di Rogers schizzarono verso l'alto. «Ma nessuno dei nostri furgoni è stato rubato. Quindi come è possibile?»

«O qualcuno ha accesso a quelle chiavi a tua insaputa» disse Kay, «o qualcuno ha accesso ai furgoni ed è riuscito a duplicare le targhe del veicolo che guida Neil Abrahams.»

Sfogliò il suo taccuino. «Per quanto tempo tenete i veicoli?»

«Che intendi?»

«La maggior parte dei veicoli là fuori sembrano abbastanza nuovi. Quanto spesso li cambiate?»

«Ogni cento cinquanta chilometri. O ogni cinque anni. A seconda di quale condizione si verifichi per prima, a meno che un veicolo non sia coinvolto in un incidente.» Alzò la mano. «Non ne abbiamo avuti da un bel po', grazie al cielo.»

«Come vi sbarazzate di quelli vecchi?»

«Se sono ancora considerati idonei alla circolazione, li mettiamo all'asta. Il resto viene rottamato.»

«E i documenti per questi?»

«Tutti alla sede centrale» disse Bob.

«Quando si è tenuta l'ultima asta?» disse Barnes.

«Circa dodici settimane fa.»

«Chi gestisce l'asta?»

«Una società vicino a Sheerness. Gestiscono anche tutte le aste per i furgoni postali, i veicoli della polizia, quel genere di cose.»

«Hai un contatto?» disse Kay.

Scrisse il nome e il numero di telefono che Rogers recuperò da un'agenda accanto al suo telefono.

«Quanto tempo ci vorrà per ottenere i documenti dell'ultima asta dalla sede centrale?»

«Li chiamerò questo pomeriggio per voi. Il tizio che gestisce il dipartimento non è in ufficio la mattina. Una volta che farò la richiesta, ci vorranno alcuni giorni.»

Kay si alzò in piedi. «Aspetteremo tue notizie.»

Kay gettò la sua borsa sotto la scrivania e accettò con gratitudine la tazza fumante di caffè da Gavin.

«Bene» disse, soffiando sulla superficie del liquido caldo. «Partendo dal presupposto che il furgone di Neil Abrahams fosse in officina per la nuova pompa dell'acqua, e considerando la possibilità che, mentre era lì Guy Nelson abbia replicato le targhe, sono tornata al deposito dei corrieri con Barnes. Parlando con Bob Rogers, sembra che il nostro sospettato potrebbe essere riuscito a mettere le mani su un furgone da corriere messo all'asta. L'ultima asta si è tenuta circa dodici settimane fa.»

«Almeno questo spiega in parte il veicolo nelle immagini delle telecamere a circuito chiuso» disse Gavin. «Inoltre, se il sospettato ha comprato un furgone da corriere all'asta, non avrebbe dovuto preoccuparsi di riverniciarlo o altro per farlo sembrare un vero furgone da corriere. E avrebbe potuto facilmente creare degli adesivi da mettere sul lato con il logo.»

«Esattamente.»

Kay si sporse in avanti e mosse il mouse per riattivare il computer. Aprì una nuova pagina web, digitò su una schermata di ricerca generale e sorseggiò il suo caffè mentre la connessione internet caricava i risultati.

«Hai i registri dell'asta precedente?» Gavin si spostò intorno alla scrivania in modo da poter vedere lo schermo.

«No» disse Kay. «Rogers chiamerà il suo collega alla sede centrale questo pomeriggio e li richiederà per noi. Potremmo averli non prima di un paio di giorni.» Controllò l'orologio. «Abbiamo qualche minuto prima del briefing pomeridiano. Diamo un'occhiata veloce a qualcosa.»

Cliccò il sesto nome nei risultati della ricerca. «Questa è la società che gestisce le aste dei furgoni per loro.»

Cliccò sull'indirizzo del sito web e mosse il mouse avanti e indietro mentre si connetteva.

La pagina si caricò alla fine e lei scorse la home page, passando in rassegna il gergo commerciale finché non trovò quello che cercava.

«Ecco qui. Furgoni ex-County Deliveries. Vediamo quanti ne hanno in vendita prima della prossima asta. Almeno ci darà un'idea dei numeri prima che arrivino quei registri.»

Cliccò sul link e poi gemette quando la pagina finì di caricarsi.

Gavin si strozzò con il suo caffè. «Cristo, devono essercene circa cinquanta.»

Kay imprecò sottovoce. «Niente è mai facile, vero?»

CAPITOLO 35

Allentò la cravatta e la gettò sulla scrivania, poi attraversò a grandi passi la stanza fino alla porta e girò la chiave nella serratura.

Spense le luci, abbassò la tenda sulla finestra inserita nella porta. Il suo respiro era già pesante mentre tornava verso la scrivania e passava la mano sulla superficie del portatile.

Allungò la mano e tirò il cordoncino delle tende della finestra. Aveva già controllato una volta, prima di chiudere a chiave la porta, ma sapeva che le paranoie erano utili.

Inoltre, faceva parte delle sue abitudini, un modo per darsi un ritmo prima di assaporare il piatto principale.

Afferrò il telefono fisso dalla base e mise la cornetta da parte, prima di mettere la mano in tasca e controllare che il cellulare fosse spento.

Non era professionale, soprattutto perché era di turno, ma aveva una scusa pronta se ne avesse avuto bisogno.

Era pronto.

Accese il computer, selezionò un programma collegato a una scorciatoia visualizzata sullo schermo.

Un gemito di piacere gli sfuggì dalle labbra.

Eccola lì, e la qualità dell'immagine era perfetta.

Si passò la lingua sul labbro inferiore e si sporse in avanti, con la mano tremante mentre premeva un tasto per attivare lo zoom.

L'illuminazione del luogo gettava un bagliore iridescente sulla pelle della ragazza, ma anche da qui poteva vedere l'effetto dell'insulina.

Il sudore sgorgava da ogni poro, e sapeva che in quel momento il battito cardiaco della ragazza stava accelerando, spingendone il muscolo al limite.

Alzò gli occhi dallo schermo e ascoltò.

La pioggia continuava a martellare il tetto dell'edificio, e le previsioni indicavano che il diluvio non si sarebbe placato per almeno altri due o tre giorni.

Il tempismo fu incredibile.

Appoggiò il gomito sulla scrivania e si sostenne il mento mentre il suo sguardo tornava sulla ragazza.

Il suo dito toccò di nuovo la tastiera e riportò l'obiettivo della telecamera alla posizione originale.

Aggrottò le sopracciglia alla vista del sangue sulla sua spalla e strinse il pugno.

Le regole erano che non si doveva vedere sangue intorno alla testa, al collo o alle spalle. Avrebbe distolto l'attenzione dello spettatore dal vedere il terrore nei suoi occhi quando si fosse resa conto della sua situazione.

Tuttavia, la ferita sembrava lieve.

Si era annotato di menzionarlo, comunque.

Per la prossima volta.

La ragazza spostò il peso e si sforzò contro i lacci ai polsi. Il movimento era debole, e dopo averci provato ancora una volta, si arrese.

Controllò l'orologio. Non c'era bisogno di preoccuparsi, pensò. La droga da stupro avrebbe impiegato ancora un'ora o giù di lì per uscire dal suo organismo.

Sarebbe diventata più combattiva man mano che gli effetti svanivano.

Lo sperava.

Passò amorevolmente una mano sulla tastiera.

L'ultima era stata incredibile. Che ricordi!

Aveva visto il fuoco nei suoi occhi, fino al momento in cui il suo cuore aveva ceduto ed era scivolata dal piolo della scala, la sua volontà di sopravvivere quasi più forte del panico.

Questa volta, beh, avrebbe dovuto aspettare e vedere, no?

Allungò la mano e passò un dito sull'immagine del suo corpo tremante, poi si appoggiò allo schienale della sedia e gemette.

Un'ombra passò davanti alla porta dell'ufficio, poi si fermò.

Si coprì la bocca con la mano e trattenne il respiro.

Lo avevano sentito?

Chiuse di colpo il laptop con l'altra mano.

Non aveva mai testato la sua teoria secondo cui il bagliore dello schermo non si sarebbe visto attraverso la combinazione di vetro smerigliato e tenda di stoffa, e ora si pentiva silenziosamente di questa svista.

La maniglia della porta girò, prima di essere rilasciata, e l'ombra si allontanò.

Espirò e riaprì il portatile.

Il piccolo orologio nell'angolo in basso a destra attirò la sua attenzione. Certo, le addette alle pulizie stavano facendo il loro giro.

Le sue spalle si rilassarono di nuovo e i suoi occhi si fissarono sulla ragazza sullo schermo.

Si agitò sulla sedia mentre il tessuto dei pantaloni si tendeva all'inguine, e si sistemò per guardare.

CAPITOLO 36

Eli controllò lo specchietto retrovisore.

La strada alle sue spalle era stata vuota nell'ultimo chilometro, il morbido bagliore arancione della città che svaniva all'orizzonte mentre una pioggerellina costante cadeva sul parabrezza.

Si sporse in avanti e armeggiò con la radio. Odiava la musica pop allegra che la solita stazione locale trasmetteva durante il giorno, e sembrava che la loro programmazione notturna presentasse lo stesso ripetitivo ciarpame. Persino il presentatore aveva esaurito le energie da oltre un'ora e aveva ridotto la sua chiacchiera a banalità, offrendo solo un controllo dell'ora dopo i tre annunci obbligatori che andavano in onda ogni venti minuti.

Trovò invece una stazione che trasmetteva musica classica e si appoggiò allo schienale del sedile.

Girò il polso finché non furono visibili i quadranti luminosi del suo orologio. Il suo turno iniziava tra quattro ore, prima dell'alba, ed era ansioso di dormire almeno un paio d'ore. Bob Rogers aveva già fatto un commento all'inizio della settimana sullo stato dei suoi occhi incavati così presto dopo una presunta vacanza, e lo preoccupava che il suo aspetto fosse stato notato in quel modo. Faceva del suo meglio per stare fuori dai piedi mentre era al deposito, non volendo attirare l'attenzione su di sé, eppure se non fosse stato attento, sarebbe stato più del suo uso di trucco per nascondere i lividi sul viso e sulle braccia a dare alla gente un motivo per fissarlo.

Doveva solo andare avanti.

Soprattutto ora.

Passò il dorso della mano sotto il naso e tirò su col naso.

Il nuovo sito era perfetto.

Aveva setacciato internet, tracciando la storia della struttura precedente. Abbastanza lontano dalla città da scoraggiare i ragazzini dall'intrufolarsi; la recinzione di sicurezza messa in origine attorno all'edificio dagli appaltatori era rimasta intatta.

Finché Eli non se ne era occupato.

Il furgone sobbalzò su una serie di buche, e gli attrezzi nel retro sbatacchiarono sul pavimento metallico.

Tolse lentamente il piede dall'acceleratore.

Aveva dovuto improvvisare, ovviamente. La ragazza era più grande dell'ultima; ossa massicce, avrebbe detto sua madre, e doveva assicurarsi che fosse al sicuro durante il giorno.

La madre sarebbe stata a casa per le sei; il padre bloccato al lavoro almeno fino alle otto o alle nove se le sue abitudini riflettevano quelle delle settimane precedenti. E la ragazza aveva l'abitudine di rimanere fuori fino a tardi con gli amici, spesso tornava dopo che i suoi genitori si erano messi a letto.

Non stasera, però.

Un calore gli attraversò il grembo, e deglutì cercando di ignorare la sensazione.

Erano passati cinque giorni da quando la ragazza e suo padre erano morti, e il ricordo lo eccitava.

All'inizio, aveva voluto dare una lezione a entrambi.

Poi, quando la ragazza Richards si era risvegliata dal sonno indotto dalla droga per ritrovarsi nella buca, legata alla scala fatiscente, e aveva cercato di urlare attraverso lo straccio che le copriva la bocca, il terrore nei suoi occhi lo aveva quasi mandato in estasi sessuale, e aveva dovuto fare tutto il possibile per voltarsi e combattere l'urgenza di eiaculare.

Lei aveva visto lo sguardo nei suoi occhi però, e nonostante il passamontagna che copriva i suoi lineamenti, aveva percepito che lo aveva riconosciuto. Aveva iniziato a respirare pesantemente, ansimando dietro lo straccio sporco mentre lui girava intorno alla buca, il suo sguardo non lasciava mai il suo.

«Sai perché sei qui?» le aveva chiesto.

Lei aveva scosso la testa.

«Lo scoprirai» aveva detto lui.

I suoi occhi si erano spalancati con speranza quando si era chinato e le aveva tolto lo straccio ruvido dalle labbra, ma poi si era raddrizzato e aveva avvolto le dita intorno al coperchio dello scarico, e lei aveva iniziato a tendere le corde che le legavano caviglie e polsi alla scala.

Aveva cercato di supplicarlo mentre trascinava la pesante griglia d'acciaio sulla buca, e aveva farfugliato parole che lui non riusciva a capire, né aveva bisogno di farlo.

Poi, mentre la griglia cadeva al suo posto e i suoi passi si allontanavano verso la porta, le sue urla soffocate gli erano giunte alle orecchie, e un sorriso gli aveva increspato la bocca prima di spegnere le luci.

Si era accampato nel sito del vecchio laboratorio di sperimentazione animale, sicuro che le pareti insonorizzate che un tempo camuffavano gli stridii di dolore di quelle povere anime mascherassero i pietosi tentativi del suo ostaggio di comunicare con lui.

Eli aveva dovuto aspettare solo altre quarantotto ore prima che i genitori della ragazza tornassero dalle vacanze.

Stava guidando lungo la strada verso la casa mentre un taxi era entrato nel loro vialetto, e aveva rallentato fino a fermarsi a metà del vicolo per guardarli uscire dal veicolo, già litigavano mentre pagavano l'autista e trascinavano le loro valigie oltre la soglia.

Aveva aspettato finché il taxi non era scomparso dalla vista prima di mettere in moto il furgone e scivolare oltre la casa, con il sudore sui palmi delle mani e il cuore che batteva all'impazzata.

Era tornato nella zona industriale il più velocemente possibile, con gli occhi che saltavano tra la strada e il cruscotto, terrorizzato all'idea di essere fermato per eccesso di velocità.

Raggiunto il laboratorio abbandonato un'ora dopo, aveva camminato avanti e indietro nell'atrio, cercando di combattere l'adrenalina che gli scorreva nelle vene.

Alla fine, si era tirato il passamontagna sul viso, aveva attraversato a grandi passi la stanza fino alla porta d'acciaio della camera, l'aveva spalancata e si era accovacciato accanto alla griglia d'acciaio.

Puzzava.

Era stata nella buca per quasi tre giorni ormai, e un fetore di feci e paura emanava dal sottosuolo.

All'inizio si era ritratto, prima di allungare la mano e sollevare la griglia dal suo alloggiamento.

Lei aveva sbattuto le palpebre nella luce, la voce rauca.

«Per favore. Lasciami andare.»

L'aveva ignorata e aveva estratto un piccolo coltello dalla tasca posteriore dei jeans.

Lei aveva aperto la bocca per urlare, e poi aveva serrato le labbra quando lui aveva allungato la mano e aveva tagliato le corde che le tenevano la mano destra.

«I tuoi genitori sono tornati. Faremo una telefonata.»

Le lacrime le avevano riempito gli occhi, accumulandosi prima di scorrere sulle guance sporche.

Lui aveva teso un telefono cellulare con carta prepagata. «Componi il numero del cellulare di tuo padre.»

Una mano tremante era uscita dalla buca, e poi lei aveva picchiettato sullo schermo con l'indice.

Lui si era portato un dito alle labbra. «Non una parola. Sarò l'unico a parlare. Hai capito?»

Lei aveva annuito, il viso carico di aspettativa. «Sì».

«Se fai qualcosa, non rivedrai mai più i tuoi genitori».

Era impallidita, ma aveva annuito di nuovo.

Lui si era raddrizzato e aveva effettuato la chiamata, lasciandola in vivavoce.

Aveva squillato quattro volte prima che un uomo senza fiato rispondesse.

«Mel? Sei tu? Siamo a casa. Dove sei?»

«Mel è con me», disse Eli.

Era seguito un momento di silenzio, poi...

«Chi parla?»

«Basta domande. Fai esattamente come ti dico e la riavrai viva».

«La prego», aveva supplicato il padre. «Non le faccia del male».

Eli aveva sentito un'altra voce in sottofondo, femminile, e si era reso conto che la madre stava chiedendo all'uomo con chi stesse parlando. «Falla tacere. Non mi ripeterò».

Aveva dato al padre le istruzioni sul denaro, dove lasciarlo, e di non rivolgersi alla polizia.

L'uomo aveva accettato, con la paura evidente nel lamento di assenso alle istruzioni.

Durante la seconda telefonata, tuttavia, c'era stata una colluttazione all'altro capo della linea prima che la voce della donna tagliasse l'aria.

«Cosa hai fatto a mia figlia, brutto animale?»

Lui aveva stretto le labbra. «Vi era stato detto di stare zitti. Non state ascoltando. Forse avete bisogno di un messaggio più forte».

Si era chinato e aveva posato il telefono sul pavimento piastrellato, poi si era raddrizzato e si era avvicinato al buco. Aveva alzato il coltello. «Dammi la mano».

La ragazza aveva piagnucolato e scosso la testa, cercando di allontanarsi da lui.

La sua mano era scattata, afferrandole il polso destro, e l'aveva sollevato sopra la sua testa.

Dietro di lui, poteva sentire le voci dei genitori, che urlavano, supplicandolo di riprendere il telefono.

Li aveva ignorati e aveva alzato il coltello.

Le urla della ragazza avevano echeggiato sulle pareti piastrellate mentre le tagliava il mignolo, prima di gettarlo nel buco.

Il sangue era zampillato dalla ferita aperta, schizzando sul pavimento.

Le aveva voltato le spalle e aveva raccolto il telefono.

«Avete le vostre istruzioni. Assicuratevi di obbedire».

Le sue dita si strinsero sul volante mentre il ricordo lo travolgeva.

I genitori erano isterici quando aveva terminato la chiamata, e ci era voluta un'ora per fasciare il dito della ragazza e poi pulire il pavimento.

Aveva agito d'impulso, ma le istruzioni erano sempre chiare.

Niente sangue.

Si era scusato naturalmente, una conversazione telefonica imbarazzante che lo aveva fatto rabbrividire. Dopo di che, aveva chiamato Guy Nelson con la conferma del riscatto e dove sarebbe stato trovato.

Da quel giorno, aveva guardato il replay del video sul portatile che aveva preso da Nelson, ma non era lo stesso, sapeva esattamente come erano terminati gli ultimi momenti della sua vita.

Aveva bisogno di nuovo materiale.

Materiale *dal vivo*.

Eli stirò il collo da un lato all'altro, controllò il tachimetro e girò a destra nella stretta corsia che saliva attraverso i campi aperti verso casa.

La sua dose successiva era pronta.

Un'improvvisa scarica di interferenze dalla radio,

prima che i fari si spegnessero e il furgone precipitasse nell'oscurità.

Eli sterzò bruscamente a sinistra, le sospensioni sobbalzarono sul morbido ciglio della strada mentre portava il veicolo a una frenata scivolosa.

Rimase seduto per un momento, scioccato, poi imprecò e colpì il volante con un pugno.

CAPITOLO 37

Bernard Coombs raccolse la manica del suo giubbotto di pile con il pugno, si sporse sul volante e strofinò il leggero strato di condensa che si era attaccato al parabrezza.

Il suo respiro formava una nuvola di vapore davanti al naso, e rabbrividì mentre ritraeva la mano, avvolgendo le dita attorno al volante prima che il veicolo trentennale attraversasse una pozzanghera, con le vecchie sospensioni che scricchiolavano mentre le ruote affondavano di diversi centimetri in una profonda buca.

Imprecò sottovoce e maledisse l'officina locale per non avergli restituito quel giorno, come promesso, la sua Range Rover di due anni di vita.

Alzò di un'altra tacca i tergicristalli, poi socchiuse gli occhi attraverso la pioggia che assaliva il fascio giallo dei fari, e toccò i freni.

Davanti, un furgone era uscito di strada, col muso nel fosso mentre il portellone posteriore sporgeva pericolosamente sulla carreggiata, con uno degli sportelli posteriori socchiuso e quello del conducente spalancato.

Rallentò ulteriormente, il veicolo era al buio tranne per i catarifrangenti ad ogni estremità del paraurti posteriore che brillavano di rosso mentre si avvicinava.

Sterzando il veicolo più verso il centro della corsia per evitare una collisione, mantenne una traiettoria rettilinea mentre superava il furgone, e allungò il collo per guardare attraverso il finestrino del passeggero.

Tirò un sospiro di sollievo quando il bordo del fascio dei fari gli concesse uno scorcio attraverso la porta aperta del conducente, dove una figura giaceva prona sui sedili, lavorando sotto il cruscotto.

Il suo sguardo si spostò sui quadranti illuminati del suo orologio da polso.

Le dodici e quarantacinque.

Per una frazione di secondo, considerò l'idea di proseguire. Dopotutto, la figura non era ferita.

Poi subentrò il senso di colpa, e portò il fuoristrada sulla sinistra, frenò bruscamente e spense il motore.

La pioggia martellava sul tetto, un frastuono assordante che non sembrava così forte mentre sfrecciava lungo la strada.

Allungò la mano e aprì il vano portaoggetti, le sue dita si chiusero intorno alla torcia che teneva lì per le emergenze, poi sollevò il cappuccio della sua giacca e si lanciò nella notte.

Il vento sbatteva lo sportello, e lui lottò per rimanere in piedi mentre il suo pollice premeva l'interruttore della torcia. Il fascio di luce attraversò lo spazio tra il suo veicolo e il furgone dietro, per poi cadere sui piedi della figura che sporgevano dalla porta del conducente.

Coombs tenne il fascio basso mentre si avvicinava alla

figura fradicia, e si strinse la giacca più stretta intorno al petto.

«Stai bene?»

Si rese conto che era un uomo, di corporatura snella, e solo un paio di centimetri più basso di lui, e rivolse una silenziosa preghiera di ringraziamento che non fosse una donna bloccata qui da sola. L'uomo indossava una felpa con cappuccio, che gettava un'ombra sui suoi lineamenti alla luce della torcia.

La sua risposta fu portata via da una raffica di vento, e Coombs si mise la mano dietro l'orecchio.

«Puoi ripetere?»

«Si è bruciato un fusibile.»

Coombs indicò il vano portaoggetti dove la figura stava lavorando, poi vi puntò la torcia.

L'uomo gli fece un pollice in su poco convinto, e tornò a concentrarsi sul lavoro che aveva per le mani.

Coombs osservò mentre l'uomo estraeva abilmente un fusibile alla volta, lo teneva in alto verso la luce, e poi lo sostituiva prima di passare al successivo.

Annusò l'aria.

La raffica di vento successiva portò con sé un distinto aroma di sudore dalla figura accanto a lui, e fece un passo a sinistra, mantenendo il fascio della torcia concentrato sul vano portaoggetti.

L'uomo lavorava in silenzio, un mento barbuto sporgeva da sotto il cappuccio della sua giacca, non faceva alcun sforzo per iniziare una conversazione.

Nel giro di un minuto o due, il fusibile malfunzionante era stato localizzato, e la figura estrasse dalla tasca un ricambio del colore giusto.

«Lo fa sempre. Un corto circuito intermittente brucia i fusibili» disse. «Tengo dei ricambi.»

«Saggio.»

Non appena l'uomo inserì il fusibile sostitutivo, i fari del furgone si accesero.

«Aspetta» disse Coombs. «Vado a controllare le luci dei freni.»

Senza aspettare una risposta, si seppellì più a fondo nelle pieghe della sua giacca e si affrettò lungo il furgone, il fascio della torcia oscillava alternativamente tra l'asfalto bagnato e i pannelli del veicolo.

Era contento che l'uomo fosse riuscito a riparare il furgone, il pensiero di dover offrire un passaggio a lui e cercare di fare conversazione educata mentre lo guidava verso la sua destinazione lo riempiva di terrore in quanto introverso. Si era fermato per aiutare perché era la cosa giusta da fare in quelle circostanze, ma non aveva alcun desiderio di prolungare l'incontro.

Girò intorno alla porta aperta, il suono del vano portaoggetti che veniva riassemblato gli giunse alle orecchie.

Un momento dopo, entrambe le luci dei freni si accesero.

Si chinò e guardò attraverso la lunghezza del furgone.

«Tutto bene» gridò al conducente. «Prova le frecce.»

Coombs fece un passo indietro, allontanandosi dalla porta aperta e annuì tra sé mentre prima la freccia sinistra, e poi la destra lampeggiarono. «Ok.»

Allungò la mano per chiudere la porta, e poi si fermò.

Il fascio della torcia vacillò, e lui sbatté le palpebre.

Una macchia scura copriva l'angolo posteriore del

furgone più vicino ai cardini della porta, e aggrottò la fronte mentre i suoi occhi percorrevano un motivo striato che si estendeva sul pavimento del veicolo.

Il furgone ondeggiò mentre il conducente si girava sul sedile, il suo viso ancora in ombra. «Tutto a posto?»

Coombs deglutì. «Sì. Tutto bene.»

Sbatté la porta e si affrettò lungo il furgone verso il suo veicolo, alzando una mano in segno di saluto al conducente prima che l'uomo potesse uscire dal sedile del guidatore.

Raggiungendo il suo fuoristrada, spense la torcia con il pollice, la gettò sul sedile del passeggero e scivolò dietro il volante, chiudendo a chiave la porta.

I suoi occhi trovarono lo specchietto retrovisore, e quasi gridò.

La figura era in piedi davanti al furgone, la sua silhouette circondata dall'alone dei fari che brillavano dietro di lui, le mani nelle tasche della felpa.

Coombs allungò la mano verso la chiave d'accensione, e poi maledisse il motorino d'avviamento mentre tossiva.

«Dai» lo esortò.

Controllò lo specchietto.

La figura aveva iniziato a camminare verso il fuoristrada, il suo profilo si ingrandiva.

Coombs girò di nuovo la chiave d'accensione e sussultò quando il motore si avviò.

Mentre ingranava la marcia, rilasciò il freno a mano e schiacciò l'acceleratore a tavoletta, scivolando fuori dal ciglio della strada e sull'asfalto prima di riprendere il controllo.

Suonò il clacson una volta, poi espirò, sorpreso di aver trattenuto il respiro.

Il suo battito cardiaco pulsava dolorosamente tra le costole, e si costrinse a fare un paio di respiri profondi. Nonostante l'aria fredda, il sudore gli colava dalla fronte, e si asciugò il viso con il dorso della mano.

Un coniglio schizzò via dai fari. Quando abbassò lo sguardo sul cruscotto, vide che stava guidando trenta chilometri oltre il limite di velocità.

Controllò gli specchietti.

Il furgone era rimasto fermo, scomparendo in lontananza.

Coombs allentò la pressione sull'acceleratore, strinse le dita attorno al volante e si ripromise di arrivare a casa intero.

CAPITOLO 38

Kay sedeva alla sua scrivania, cercando di reprimere la frustrazione per la mancanza di progressi.

Le chiamate al numero anticrimine avevano iniziato a diminuire, il che significava che la squadra poteva mettersi al passo con le piste attivate fino a quel momento, ma indicava anche che l'opinione pubblica stava iniziando a perdere interesse.

Stavano perdendo tempo prezioso. Il periodo cruciale per raccogliere informazioni era ormai passato, e la memoria delle persone tendeva a svanire rapidamente.

Aprì la finestra del browser Internet sul suo computer e riaprì il link al sito d'aste che aveva trovato il giorno prima.

I suoi occhi scorsero nuovamente l'elenco dei veicoli in vendita e notò che c'erano nuovi annunci rispetto all'ultima ricerca. Modificò la stringa di ricerca per escludere i furgoni più grandi fino a quando non le rimasero veicoli che assomigliavano a quello che avevano visto nelle riprese delle telecamere a circuito chiuso.

Nonostante questo c'erano ancora otto pagine di veicoli.

Notò che alcuni erano in vendita da privati. Si chiese se chiedere a Carys di sollecitare a Bob Rogers i registri delle aste dalla sua sede centrale, ma poi scartò l'idea. Carys l'avrebbe informata quando fossero arrivati i registri. Doveva solo aspettare.

Sbatté le palpebre e rilesse l'inserzione in fondo alla seconda pagina.

«Interessante», mormorò, e cliccò sull'annuncio.

Era stato inserito dall'officina di Darren Phillips. Premette il pulsante di stampa, e poi si avvicinò alla scrivania di Carys con il foglio.

«Puoi metterti in contatto con Darren Phillips e chiedergli di fornirci i dettagli di tutti i veicoli d'asta che ha venduto per conto di County Deliveries negli ultimi tre mesi?»

«Lo farò». Carys aggrottò la fronte. «Pensavo che tutti i loro veicoli fossero venduti da quella società di Sheerness?»

«Esatto. E non ha nemmeno fornito l'informazione quando gli ho parlato l'altro giorno. Fammi sapere cosa scopri».

«Sergente?»

Kay guardò oltre la spalla per vedere Gavin Piper che spuntava dallo stipite della porta. «Che c'è?»

«C'è un tizio alla reception. Voleva parlare con l'ispettore Sharp, ma al momento è in riunione. Ha visto Sharp in TV alla conferenza stampa su Melanie Richards. Sembra agitato, quindi ho pensato che potesse parlare con lei».

«Chi è?»

«Bernard Coombs. Dice di essere un agricoltore della zona di Coxheath. Sostiene di avere informazioni che potrebbero riguardare il rapimento di Melanie Richards».

«Nessun problema», disse Kay. «Arrivo subito».

———

Kay fece accomodare Bernard Coombs nella sala interrogatori e lasciò la porta socchiusa.

«Inizieremo appena si unirà a noi il detective Barnes», disse, togliendosi la giacca. La appese allo schienale di una delle sedie e indicò il posto di fronte, lasciando cadere un fascicolo sul tavolo tra loro. «Prego, si accomodi».

Coombs si sedette, si sistemò sulla sedia e sospirò. «Non posso fare a meno di pensare che stia esagerando».

Kay sorrise. «Lasci decidere a noi. È molto meglio dirci qualcosa che la preoccupa piuttosto che lasciarselo rodere dentro. Altrimenti continuerà solo a preoccuparsene».

Lui annuì. «Vero».

La porta venne spinta, e apparve Barnes con tre tazze di caffè in polistirolo bilanciate tra le mani.

Kay chiuse la porta mentre lui distribuiva le bevande sul tavolo, poi prese posto accanto a lui. Allungò la mano verso il suo caffè e vi soffiò sopra.

«Allora», disse, mentre Barnes apriva il suo taccuino, «perché non ci racconta cosa ha visto? Il nostro impiegato alla reception ha detto che stava viaggiando vicino a Straw Mill Hill dopo la mezzanotte di ieri, come mai?»

«Ho un piccolo gregge di pecore lassù. Una o due

mostrano segni di infezione, quindi sono andato a controllarle». Coombs si appoggiò allo schienale della sedia, stringendo la tazza di caffè al petto. «Ho trovato un palo della recinzione rotto mentre ero lì, quindi era buio pesto quando ho finito di ripararlo. Ha iniziato a piovere appena sono arrivato, e il sentiero era piuttosto scivoloso. Mi ci è voluta un'eternità per attraversare il campo fino alla strada».

Kay aprì la cartella di manila e dispiegò una mappa in formato A3 della zona. «Può mostrarmi dov'è quel campo, e dove si è fermato ad aiutare l'uomo con il furgone?»

L'agricoltore posò la tazza e tirò a sé la mappa, poi si infilò la mano nella tasca della giacca e tirò fuori un paio di occhiali da lettura.

«L'ingresso del campo è qui», disse, puntando il dito sulla pagina. Attese che Kay segnasse una piccola croce con la penna accanto al suo dito, poi lo spostò sulla mappa. «E questa è la strada che stavo percorrendo quando mi sono imbattuto nel furgone in panne». Batté due volte sulla pagina. «Qui».

Kay aggiunse un'altra croce.

«Quella strada è spesso usata dagli automobilisti?» chiese. «Sembra un po' stretta».

Coombs scrollò le spalle. «L'ho sempre usata per andare da casa ai campi. A volte è una scorciatoia durante il giorno se c'è un incidente sulla strada principale, ma non vedo spesso qualcuno lì a quell'ora di notte».

«Va bene, quindi lei stava guidando. Che ora era?»

L'agricoltore scosse la testa. «Erano circa le dodici e quarantacinque. Ricordo di aver guardato l'orologio un attimo dopo aver visto il furgone fermo al lato della strada. Mi chiedevo chi potesse essere in giro a quell'ora di notte».

Kay annuì, compiaciuta che il ricordo dell'agricoltore fosse nitido. «Continui. Mi racconti cosa è successo, come lo ricorda, e io le farò eventuali domande alla fine».

L'agricoltore annuì, si schiarì la gola e poi continuò. «Ho rallentato per superare il furgone, la strada è davvero stretta lì. All'inizio ho pensato che potesse aver avuto un incidente, ma poi ho notato che la portiera del conducente era aperta, e una figura era sdraiata sui sedili anteriori. Non riuscivo a vedere molto perché era così buio, ma ero contento che non fosse una donna lì fuori da sola». Fece una pausa per bere un sorso di caffè. «Ho parcheggiato davanti, ho preso una torcia e sono tornato indietro per vedere se potevo essere d'aiuto. L'uomo stava cercando di lavorare nel buio totale. Tutte le luci del suo furgone si erano spente, e ha detto che era qualcosa legato a uno dei fusibili. Ne aveva uno di ricambio e li stava provando tutti».

Coombs posò la tazza di caffè e si appoggiò con gli avambracci sul tavolo, la fronte corrugata. «Non pensavo ci fosse niente di strano finché non sono tornate le luci. Gli ho detto che avrei controllato i fari posteriori per lui, aveva lasciato il portellone posteriore aperto, presumo per prendere attrezzi e cose del genere; comunque, le luci sono tornate e stavo per chiudere il portellone quando ho guardato in basso e ho visto del sangue sul pavimento del furgone.»

«Come fa ad essere sicuro che fosse sangue?» chiese Barnes.

«Sono un agricoltore. Ne ho visto parecchio di sangue in vita mia. So cosa ho visto.»

Kay alzò la mano per calmarlo. «Cosa è successo dopo?»

«L'uomo era al posto di guida» disse Coombs. Rabbrividì. «Non lo so. C'è stato qualcosa che è *cambiato* nel momento in cui mi sono fermato per chiudere il portellone, come se avesse capito che avevo visto qualcosa.» Deglutì. «Mi ha chiesto se andava tutto bene. Ho detto di sì, ho sbattuto il portellone e sono tornato alla mia macchina il più velocemente possibile.» Scosse la testa. «Non volevo trattenermi. Mentre stavo avviando il motore, è sceso dal furgone. Ha iniziato a camminare verso di me, così sono partito più velocemente che potevo.»

«Può descriverlo?»

Coombs aggrottò la fronte. «Era magro. Non riuscivo a vedergli gli occhi, era troppo buio. Alto circa un metro e ottanta, suppongo. Non sono riuscito a vedere i capelli. Indossava una felpa con il cappuccio.»

Kay resistette all'impulso di sospirare. «Ha visto di che colore era il furgone, dato che era buio?»

L'agricoltore annuì e mise la mano in tasca. «Ho fatto di meglio» disse, e le passò un foglio di carta piegato, poi lo indicò. «Il numero di targa.»

«Grazie.» Kay guardò l'orologio. «A che ora è arrivato a casa?»

«Verso l'una e un quarto.»

«Sono le dieci e quarantacinque del mattino. Cosa le ha fatto cambiare idea sulla denuncia?»

L'agricoltore sospirò. «All'inizio ho cercato di convincermi che non fosse niente. Ma ho visto i notiziari su quella ragazza che era stata uccisa.» Strinse le spalle. «Non lo so. C'era qualcosa nel modo in cui quell'uomo si comportava. Mi è sembrato losco.»

«Ha menzionato dove era stato o dove stava andando?»

«No. Niente. Le uniche volte che mi ha parlato è stato per spiegarmi dei fusibili e poi per chiedermi se andava tutto bene quando ero vicino al portellone posteriore del furgone. Nient'altro.»

«Signor Coombs, credo che per ora abbiamo abbastanza elementi da esaminare, soprattutto perché ci ha fornito il numero di targa» disse Kay. «Il detective Barnes qui presente preparerà una dichiarazione basata sulla nostra conversazione che lei potrà leggere e firmare. Le va bene aspettare mentre lo facciamo?»

«Certamente.»

«Grazie» disse Kay. Strinse la mano all'agricoltore e recuperò la sua giacca e la cartella. «La lascio con il detective Barnes, e la contatterò se avremo bisogno di parlare di nuovo con lei.»

Si scusò e si affrettò a tornare nella sala operativa, consegnando il numero di targa a Gavin mentre passava.

Sharp si girò sulla sedia per guardarla mentre lei lasciava cadere la cartella sulla sua scrivania.

«Allora?»

«Stiamo sicuramente cercando qualcuno che è del posto e conosce la zona» disse Kay, tamburellando con la penna sulla scrivania mentre fissava la grande mappa sul muro. I due luoghi che l'agricoltore aveva indicato erano stati aggiunti, trascritti dalle annotazioni che aveva fatto durante l'interrogatorio. Si sporse finché non riuscì a vedere Gavin seduto al suo computer. «Qualcosa su quel numero di targa?»

«Non ancora. Il computer è dannatamente lento questa mattina e, a quanto pare, c'è un arretrato di richieste dal fine settimana.»

«Appena possibile, allora.»

Sharp si strofinò il mento. «Pensi che sia il nostro uomo?»

Kay aggrottò la fronte. «Se non lo è, ha comunque delle spiegazioni da dare.»

CAPITOLO 39

Una nuova ondata di energia avvolse la squadra e mentre Kay esaminava attentamente una mappa ingrandita dell'area in cui Bernard Coombs aveva riferito di aver visto il furgone dello sconosciuto, sentì la familiare scarica di adrenalina dovuta all'aspettativa di una svolta nel caso.

Carys si fece strada tra le scrivanie verso Kay e sollevò un fascio di documenti pinzati.

«Ho ricevuto via email i registri delle aste da Darren Phillips», disse. «Nessuno dei furgoni che ha venduto localmente negli ultimi tre mesi è il nostro veicolo».

«Quanti ne ha venduti qui intorno?»

«Ho parlato con i proprietari dei tre che c'erano», disse Carys. «Uno è stato acquistato da un commerciante del mercato di Whitstable che ha un alibi solido, uno è stato demolito in un incidente d'auto cinque settimane fa, e l'altro è stato comprato da una coppia di anziani vicino a Wrotham Heath che salva i levrieri. Hanno anche loro un alibi: erano a casa della figlia a Croydon la settimana scorsa».

«Va bene», disse Kay. «Valeva la pena provare».

Mentre l'agente detective si allontanava, Kay percepì la delusione dell'altra donna. Sembrava che ogni volta che sentivano di essere vicini a una svolta, finivano per fare due passi indietro. Tuttavia, questo accadeva spesso nelle indagini di questa natura.

Si scrollò le spalle e sfogliò gli appunti che aveva preso fino a quel momento.

Un brusio di voci riempiva la sala operativa: voci alte al telefono, grida attraverso l'ufficio tra i membri della squadra, e in qualche modo, da qualche parte in mezzo a tutto ciò, la suoneria di un cellulare tagliò l'aria con una melodia pop-rock degli anni Ottanta.

Kay si voltò a guardare oltre la spalla a un forte grido di gioia.

Gavin gettò il suo cellulare sulla scrivania e girò la sedia per affrontare il resto della squadra.

«Eli Matthews», disse. «Ventisei anni. Il furgone è registrato in una strada vicino a Queens Road».

Kay aggrottò le sopracciglia. «Lì ci sono per lo più negozi e uffici, no?»

«Sì, ma c'è anche un blocco di garage di proprietà del comune all'estremità più lontana», disse Gavin, e sollevò gli appunti che aveva preso. «Ed è lì che il furgone è registrato».

«Bel lavoro», disse Sharp. «Bene, voi tutti: voglio che scopriate tutto quello che potete su Eli Matthews. Abbiamo l'indirizzo di dove tiene il suo veicolo, ma dove vive? Scoprite se è già nei sistemi nazionali. Se non lo è, controllate con altre divisioni qui vicino, solo per essere sicuri».

Si avvicinò a Kay. «Puoi occupartene tu? Il sovrintendente capo ha chiesto a me e all'ispettore capo Larch di informarla su questo caso, e sono già in ritardo».

«Certo, nessun problema».

«Okay, chiamami se hai bisogno di me».

———

Kay allungò le braccia sopra la testa e fece una smorfia quando un muscolo della spalla ebbe uno spasmo.

La sala operativa era stata tranquilla negli ultimi venti minuti, dato che aveva mandato tutti fuori per una pausa pranzo di mezz'ora. Avevano tutti bisogno di un po' d'aria fresca, e mentre guardava fuori dalla finestra verso l'ingresso della stretta strada acciottolata di Gabriel's Hill, si chiese se non dovesse seguire il consiglio e fare una breve passeggiata, nonostante il tempo inclemente.

Invece, si avvicinò alla lavagna, con gli occhi che scorrevano sulle varie parole e linee che si intrecciavano sulla superficie.

Il suo sguardo cadde sulle fotografie di Melanie Richards. Una, una normale adolescente che sorrideva alla macchina fotografica, con l'uniforme scolastica appena stirata e immacolata. La seconda, un'anima torturata la cui vita era stata troncata da un essere malvagio che non meritava di aggirarsi libero per la zona.

«Sergente, deve vedere questo».

Kay distolse lo sguardo dalla lavagna al tono eccitato della voce di Barnes.

Lui indicò lo schermo del suo computer. «Eli Matthews è un corriere».

«Come lo sai?»

«Il suo nome è apparso nel sistema per i controlli di polizia», disse. «Ha fatto domanda nel Suffolk, ma siccome è di qui, ha dovuto ottenere l'autorizzazione dalla polizia del Kent per la sua candidatura con la County Deliveries di Ipswich a causa della natura confidenziale di alcune delle aziende con cui hanno contratti».

Il cuore di Kay saltò un battito. «Stampa una copia della sua fotografia». Si tolse la giacca dallo schienale della sedia e se la mise sulle spalle. «Carys, vieni con me». Diede una pacca sulla spalla a Barnes mentre passava di corsa.

«Ben fatto. Parleremo con Yvonne Richards, vediamo se lo riconosce. Se lo fa, lo porteremo dentro per interrogarlo. Vai a cercare Sharp e chiedigli di essere pronto nel caso avessimo bisogno che richieda un'autorizzazione di perquisizione per quel garage».

CAPITOLO 40

Eli mise il bicchiere di plastica sotto il getto d'acqua calda e fissò con sguardo assente il liquido marrone che schizzava dalla macchina, con il vapore che si alzava davanti ai suoi occhi.

La sua mano si allungò verso il piccolo cestino di vimini sul bancone alla sua sinistra e prese due bustine di zucchero. Sbatté le palpebre, prese il bicchiere e si avviò verso uno dei tavoli di plastica bianca contro la parete del bar.

Era consumato dalla stanchezza.

Tra il lavoro di prima mattina e l'assicurarsi che il cantiere fosse pronto, aveva dormito meno di qualche ora nell'ultima settimana, e questo cominciava a notarsi.

Il suo capo gli aveva già parlato in privato il giorno prima, chiedendogli se andava tutto bene. In qualche modo, qualcuno aveva notato un po' di tempo fa i lividi sulle sue braccia e sul viso, e l'aveva segnalato. Aveva cercato di coprirli al meglio, con l'imbarazzo che gli scorreva nelle vene, facendolo contorcere ogni volta che uno dei suoi colleghi gli passava accanto abbassando lo sguardo.

Era riuscito a evitare sua madre negli ultimi giorni, lei era addormentata, svenuta, quando lui tornava a casa, e lui si intrufolava dalla porta d'ingresso alla sua stanza, chiudendo la porta a chiave prima di crollare in un sonno agitato.

Gli faceva male la schiena e tirò fuori dalla tasca una confezione di antidolorifici.

Era abituato al peso della maggior parte delle scatole che sollevava quotidianamente, ma la ragazza era stata più pesante, e quando aveva cercato di divincolarsi dalla sua presa mentre la trasportava attraverso il cantiere, aveva sentito uno spasmo muscolare percorrergli la schiena. Aveva imprecato sottovoce. Nella fretta di portare avanti i suoi piani, si era precipitato e aveva commesso un errore con il dosaggio. Era riuscito a malapena a trascinarsi attraverso il tunnel e ad immobilizzarla prima che le sue palpebre si aprissero e lei lo fissasse con gli occhi spalancati.

L'aveva colpita una frazione di secondo dopo che aveva aperto la bocca per urlare, il suo grido interrotto prima che potesse echeggiare sulle piastrelle di mattoni.

Si era dimenata mentre le legava i polsi sopra la testa, contorcendosi e muovendosi da un lato all'altro.

In silenzio, le aveva avvolto un bavaglio intorno alla testa, riempendole la bocca con il materiale ammucchiato.

Poi aveva preso gli aghi, e le urla soffocate della ragazza avevano echeggiato sulle pareti mentre lui ne inseriva uno, poi l'altro in rapida successione in una vena del suo braccio, prima di appoggiarsi alla parete opposta, ammirando il suo operato.

Il suo respiro affannoso aveva riempito lo spazio, alternandosi al suo mentre cercava di riprendere fiato dopo lo sforzo.

Aveva sentito un ghigno allargarsi sul suo volto mentre la osservava.

Il terrore le riempiva gli occhi, il viso così pallido da brillare quasi nella luce fioca della lanterna da campeggio che aveva appeso al soffitto del tunnel.

«Sai cosa è successo all'ultima ragazza» aveva detto, e si era raddrizzato. «Quali pensi che siano le tue possibilità?»

Si era girato allora, risalendo l'inclinazione del tunnel verso l'uscita del parcheggio sotterraneo, le grida frenetiche e soffocate della ragazza presto silenziate dalle curve e dai tornanti del percorso. Aveva dovuto fare tutto il possibile per non girarsi e prenderla subito, ma doveva aspettare.

Doveva essere perfetto.

Spinse la confezione di nuovo in tasca, inghiottì le due pillole bianche con il primo sorso di caffè e ignorò il successivo spasmo che gli afferrò i muscoli della schiena mentre sibilava tra i denti.

La necessità di continuare superava qualsiasi rimpianto, comunque.

Avvolse le mani intorno alla tazza calda e chiuse gli occhi.

«Stai bene?»

Si svegliò di soprassalto al suono di una voce femminile.

Lei era in piedi sopra di lui, con un'espressione di preoccupazione sul viso, uno strofinaccio in mano.

«S-sto bene» riuscì a dire, e si strofinò una mano sul viso. Aveva solo appoggiato la testa sulle braccia per cinque minuti.

«Sembra che tu abbia bisogno di una vacanza» sorrise la donna, e tornò a pulire i tavoli.

Eli controllò l'orologio. Aveva dormito solo per pochi minuti, ma non poteva permettersi di attirare l'attenzione su di sé.

Non ora.

Il suo turno finiva tra un'ora, ed era in anticipo sulla tabella di marcia.

Si alzò, gettò il bicchiere di caffè in un cestino e ignorò la cameriera mentre usciva dal bar e si affrettava verso il suo furgone da corriere.

Mentre apriva la portiera e saliva al posto di guida, il suo sguardo vagò verso le nuvole che scorrevano nel cielo.

«Presto» mormorò.

CAPITOLO 41

Kay corse dall'auto attraverso il vialetto di ghiaia, dirigendosi il più velocemente possibile verso il riparo del portico d'ingresso.

Suonò il campanello e si scrollò l'acqua dal completo, sperando di non avere un aspetto così miserabile come si sentiva dopo la bagnata. Alzò lo sguardo verso il cielo grigio, chiedendosi se la pioggia degli ultimi giorni segnalasse la fine di un'estate che non era nemmeno iniziata.

Si voltò quando la porta si aprì.

Yvonne Richards si fece da parte e le fece cenno di entrare.

«Salve», disse Kay. «Dov'è l'auto di Dawn?»

Yvonne strinse le labbra. «Se n'è andata», disse, poi alzò le spalle. «L'ho mandata a casa.»

«Oh, capisco.»

Hazel apparve dalla cucina, con la fronte corrugata. «Buongiorno, sergente.»

«Buongiorno, Hazel.»

Kay chiuse la porta dietro di sé ed estrasse la fotografia di Eli Matthews dalla sua borsa. «Riconosce quest'uomo?»

«Non ne sono sicura», disse Yvonne.

«È un autista addetto alle consegne», disse Kay. «L'ha mai visto prima?»

Yvonne scosse la testa. «Come ho detto, non posso esserne certa.»

«Forse l'ha visto qui, vicino alla casa?»

«Non riceviamo pacchi qui», disse Yvonne. «E tutta la nostra posta personale va a una casella postale a Downswood.»

«E all'azienda?»

Yvonne si morse il labbro. «Mi dispiace, non mi occupo molto del lato amministrativo. È per questo che pago le persone.»

Kay trattenne un sospiro esasperato. «Nessun problema. Andrò lì adesso.»

———

Carys aveva combattuto una battaglia persa con i tergicristalli tra la residenza dei Richards e l'azienda di arredamento.

Parcheggiò il più vicino possibile all'edificio, e le due si affrettarono nel magazzino mentre un tuono riempiva l'aria.

Nonostante tutte le luci del soffitto fossero accese, la mancanza di luce diurna donava un'atmosfera cupa allo spazio, e ci volle un momento perché gli occhi di Kay si abituassero.

«Beh», disse una voce familiare, «è una di quelle

giornate di pioggia in cui le anatre sono felici e noi cerchiamo di non finire nelle pozzanghere.»

Sheila Milborough spuntò da dietro una pila di scatole, con un rotolo di nastro adesivo in mano.

Si diressero verso di lei.

«Ho ancora qualche domanda per te, Sheila», disse Kay. «Hai un minuto?»

«Certo», disse Sheila. Posò il nastro adesivo e si pulì le mani sul davanti dei jeans. Indicò un vecchio divano in fondo al magazzino. «Vieni, possiamo sederci là.»

Le condusse oltre una fila di scaffali metallici e tirò fuori una vecchia sedia di legno malconcia, indicando alle due detective di accomodarsi sul divano.

«Sheila, l'ultima volta che abbiamo parlato, hai menzionato che Melanie di solito flirtava con Neil Abrahams, il corriere, vero?» disse Kay, mentre si sedeva.

La donna si sporse in avanti sulla sedia e annuì. «Sì. Erano molto amichevoli.» Si appoggiò allo schienale e alzò le spalle, con un'espressione abbattuta. «Non so. Pensavo che forse, col tempo, sarebbe potuto nascere qualcosa tra loro.»

Kay represse uno sbuffo. Considerati gli attuali problemi coniugali di Abrahams, non ne sarebbe stata sorpresa. Tirò fuori la fotografia di Eli Matthews. «Riconosce quest'uomo?»

Sheila arricciò il labbro. «Sì. È stato qui alcune volte.» Restituì la fotografia. «È un corriere anche lui. Faceva il giro del mattino, ma c'è stata una sorta di cambio turno al deposito due mesi fa. Neil è passato alla nostra consegna mattutina, e lui», disse, indicando la fotografia tra le dita di Kay, «è diventato il nostro ritiro pomeridiano.»

«Problemi con lui?»

Sheila si mise le mani dietro la testa e si rifece la coda di cavallo. Sospirò mentre abbassava le mani in grembo. «C'è stato un incidente», disse, accigliandosi. «In tutta onestà, non ci ho più pensato dopo. Ho solo detto loro di non essere cattivi. Perché?»

Kay si raddrizzò. «Puoi dirmi cosa è successo?»

«È stato qualche mese fa. Avevamo avuto uno di quei temporali del tardo pomeriggio.» Sheila fece un cenno con la testa verso le porte aperte del magazzino. «Niente di simile a questo, solo un'ora o giù di lì di pioggia. Ero di sopra a sistemare gli ultimi ordini da spedire; quindi, dovevano essere le quattro e mezza circa? Melanie era seduta di sotto alla reception, e ho sentito la porta d'ingresso aprirsi. Sono corsa giù perché non volevo perderlo, avevamo della roba urgente da spedire.»

«Il poveretto era fradicio, deve essersi inzuppato correndo dentro e fuori da aziende come questa, così ho preso l'asciugamano dal bagno di sotto perché lo usasse», disse. «Quando si è asciugato le braccia, c'era una macchia sull'asciugamano. Sembrava trucco, sai, quando sei stata fuori fino a tardi e non te lo togli così macchia la federa?»

Kay annuì, ma non disse nulla.

«Comunque», disse Sheila. «Ho notato allora che aveva tutti questi orribili lividi sulle braccia, e uno sul viso. Prima che potessi dire qualcosa, le ragazze hanno iniziato a ridere di lui, poverino. Tony è sceso in quel momento e si è unito, e poi Emma ha fatto una foto con il suo cellulare.» La donna più anziana scosse la testa. «Una cosa terribile da fare.»

«Cosa è successo alla foto?»

«Melanie le stava dicendo di metterla sui social media», disse Sheila. «Appena l'ho sentito, ho strappato il telefono a Emma e ho cancellato la fotografia.»

«E quest'uomo?»

Sheila sospirò. «Ha preso i pacchi ed è andato via. Non riuscì a tornare al furgone abbastanza in fretta.»

«Cosa è successo la volta successiva che è venuto?»

Sheila abbassò lo sguardo sulle sue mani. «Mi dispiaceva per lui. Così mi sono assicurata che Melanie ed Emma fossero tenute lontane dall'area della reception a quell'ora del giorno in futuro. Poi ha smesso di venire qui dopo un paio di giorni, e l'altro tipo ha ricominciato a ritirare i pacchi.»

«Sei stata molto utile, Sheila, grazie mille», disse Carys.

Si alzarono entrambe, e Kay lisciò le pieghe dei suoi pantaloni prima di dare un'occhiata al magazzino. «Come ve la cavate?» disse. «Riuscite a gestire la situazione senza Yvonne?»

Sheila alzò le spalle. «Ce la faremo», disse, e agitò il dito verso la fotografia nella mano di Kay. «Tu concentrati solo sul trovare chi ha fatto questo alla sua famiglia.»

Kay annuì. «Ti terremo informata.»

«E adesso?» disse Carys, mentre sbloccava l'auto.

Kay si abbassò sul sedile del passeggero e fissò le finestre dell'ufficio.

«Credo che dobbiamo parlare con Eli Matthews.»

CAPITOLO 42

Kay alzò un dito per zittire Carys quando la porta alle loro spalle si aprì e comparve un uomo che indossava una camicia a maniche corte e pantaloni casual.

«Sono Damien Ashe, il responsabile delle Risorse Umane», si presentò l'uomo. «Temo che Bob non sia disponibile al momento, ma farò del mio meglio per aiutarvi in ogni modo possibile».

Kay resistette all'impulso di strappargli i documenti dalle mani. A meno che Eli non fosse stato incriminato, non avrebbe avuto accesso al suo fascicolo personale. Poteva solo sperare che i suoi superiori avrebbero fornito loro quante più informazioni legalmente possibili.

«Va bene, signor Ashe», disse. Controllò l'orologio. «Quando torna Eli dal suo giro di consegne?»

«Tra una ventina di minuti».

«Da quanto tempo lavora qui?»

«Circa diciassette mesi».

«Ci sono stati problemi con il suo impiego?»

«Non proprio. È un po' taciturno», disse Ashe. «Tende

a non partecipare agli eventi sociali. Organizziamo qualche barbecue in estate sul retro del deposito, o qualche bevuta al pub magari ogni paio di mesi». Scrollò le spalle. «Se si presenta, di solito se ne sta in disparte. Capisce cosa intendo?»

Kay annuì. «Secondo lei, perché si comporta così?»

«Non saprei. Forse è timido?»

«Come arriva al lavoro Eli?»

«Ha un motorino. Lo parcheggia sul retro del deposito. Uno vecchio, tra l'altro. Mi sorprende che funzioni ancora».

«Quando Eli è stato trasferito dal Suffolk, sono stati segnalati problemi?»

«Nessuno. Curriculum esemplare. Come qui».

«È originario del Kent, però, vero?», disse lei. «Ha idea del perché si trovasse a Suffolk?»

Ashe scosse la testa.

«Era di base qui prima di andare a Suffolk?»

«No. Il Suffolk è stato il suo primo impiego con County Deliveries». Sollevò un foglio dal fascicolo che aveva in mano, scorrendo rapidamente il contenuto con lo sguardo. «Prima lavorava in una tipografia qui nel Kent». Rimise a posto il foglio e spostò un telefono dal suo lato del tavolo prima di lasciar cadere il fascicolo su di esso. «Sono falliti due anni fa».

«Prima o dopo che Eli se ne andasse?»

«Dopo».

«Bene, La ringrazio per averci fornito alcune informazioni su Eli, lo apprezziamo molto», disse Kay. «Ovviamente, devo chiederle di non parlare di questa conversazione con nessun altro».

«Certamente. È nei guai?»

«Stiamo semplicemente cercando il suo aiuto per alcune domande che abbiamo», disse Kay. «L'unico indirizzo che abbiamo in archivio non è quello di residenza, quindi abbiamo pensato di venire qui».

«Vive con sua madre. Non ho problemi a darvi quell'indirizzo». Scrollò le spalle. «Ve lo dirà comunque».

«Grazie», disse Kay, mentre lo osservava scrivere l'indirizzo su un post-it prima di consegnarglielo.

Lo passò a Carys, reprimendo l'eccitazione che stava crescendo.

Se i datori di lavoro conoscevano l'indirizzo di casa di Eli, allora sembrava che l'indirizzo del garage chiuso fosse un segreto che Eli teneva nascosto sia ai suoi datori di lavoro, che forse a sua madre.

La domanda era, perché?

Kay resistette all'impulso di tirare fuori il telefono e controllare se avesse perso chiamate o messaggi. Avrebbe sentito la vibrazione nella borsa se Barnes avesse chiamato con la notizia che la loro autorizzazione di perquisizione era stata concessa. Mentalmente, incrociò le dita e sperò che i poteri di persuasione di Sharp avessero funzionato sul sovrintendente a cui aveva richiesto la documentazione. Erano stati frettolosi, sì, ma dato che la teoria di Kay sul coinvolgimento di due persone nel rapimento e nel successivo omicidio di Melanie Richards stava prendendo forma, alcuni dei suoi colleghi cominciavano a chiedersi se avesse ragione.

Il telefono sul tavolo della sala riunioni squillò. Ashe si sporse e rispose.

«Pronto? Bene. Grazie. Glielo dirò». Riattaccò. «Matthews è tornato dal suo turno».

«Qual è la consuetudine quando qualcuno rientra?» disse Kay.

«Dipende. Eli tiene un cambio di vestiti qui, quindi una volta consegnate le chiavi, probabilmente si cambierà prima di andare a casa».

«D'accordo», disse lei. «Gli daremo un paio di minuti».

Si rese conto che dopo l'urgenza che aveva trasmesso al responsabile delle Risorse Umane nell'ultima mezz'ora, probabilmente si sarebbe chiesto il motivo delle sue istruzioni, ma era fondamentale non affrettarsi ora.

Avvicinare Eli nel momento in cui fosse tornato al deposito e portarlo via per l'interrogatorio avrebbe solo causato una scenata, e sapeva che fino a quando non avesse potuto dimostrare il contrario, doveva essere trattato come un uomo innocente.

Ashe guardò l'orologio. «Bene, dovrebbe essere nello spogliatoio ora, quindi se volete seguirmi».

Kay e Carys lo seguirono fuori dall'ufficio, girando a sinistra invece che a destra lungo il corridoio, e oltre le porte doppie che conducevano all'ufficio smistamento. Il corridoio terminava in fondo, e presero la diramazione di sinistra. Secondo i calcoli di Kay, si stavano dirigendo verso il parcheggio del personale.

I mattoni non pitturati lasciarono il posto a due porte separate, una contrassegnata per gli uomini, l'altra per le donne.

«Questi sono gli spogliatoi», disse Ashe. Indicò la porta degli uomini, poi incrociò le braccia e rimase in piedi in mezzo al corridoio, come se non sapesse cosa fare dopo.

«Possiamo proseguire da qui», disse Kay, e tese la mano. «Presumo che possiamo uscire attraverso il parcheggio del personale?»

L'uomo sembrò sollevato. «Sarebbe meglio. Di solito non abbiamo membri del pubblico che vengono alla reception a quest'ora del giorno, ma non si sa mai. Sarebbe certamente un po'...»

«Imbarazzante? Sì, capisco», disse Kay.

Lo osservarono allontanarsi, poi Carys si appoggiò al muro di fronte alla porta dello spogliatoio, e Kay bloccò il corridoio in direzione del parcheggio.

Il suo battito cardiaco si rifiutava di calmarsi.

Sapeva di avere ragione. Sapeva che Eli Matthews era il secondo rapitore che stavano cercando. Sapeva che era responsabile dell'omicidio di Melanie e della morte di suo padre.

Il suo telefono vibrò nella borsa, e imprecò sottovoce. Lo tirò fuori e indicò lo spogliatoio con il pollice.

Carys annuì.

«Sì?» mormorò nel telefono.

«Ce l'abbiamo».

Espirò, allentando parte della tensione dal collo e dalle spalle. «Saremo in strada a breve», disse.

«Vi aspettiamo».

Terminò la chiamata.

Carys inarcò un sopracciglio.

«Possiamo andare», disse Kay.

Entrambe si voltarono al suono della porta dello spogliatoio maschile che si apriva, e l'uomo della fotografia apparve.

Un'espressione confusa si diffuse sui suoi lineamenti.

«Eli Matthews?»

«Sì?»

«Sono il sergente detective Kay Hunter, e questa è la mia collega, l'agente detective Carys Miles». Lo informò dei suoi diritti, citando l'avvertenza mentre osservava il suo viso in cerca di una reazione.

I suoi occhi si strinsero. «Di cosa si tratta?»

«Vorremmo farle alcune domande in centrale riguardo al rapimento e all'omicidio di Melanie Richards». Kay indicò l'uscita. «Abbiamo un'auto che ci aspetta».

Eli lasciò che la porta si chiudesse dietro di lui e seguì Carys mentre lo guidava verso il parcheggio sul retro dell'edificio.

Mentre si affrettavano verso il veicolo, le loro scarpe sguazzarono nelle pozzanghere. Kay gli posò una mano sul braccio per guidarlo verso l'auto, ma lui la scostò con uno sguardo di disapprovazione.

Lei scrollò le spalle, aprì la portiera posteriore e attese che salisse.

Mentre la chiudeva, aggrottò le sopracciglia.

Una macchia color beige copriva la verniciatura dove era stata la sua mano. Voltò il palmo e lo fissò, poi se lo avvicinò al naso e annusò.

«Interessante», mormorò.

CAPITOLO 43

Quando Kay tornò nella sala operativa dopo aver registrato Eli Matthews con il sergente di custodia, i suoi colleghi erano raggruppati a un'estremità della stanza, seduti sulle scrivanie se non c'erano sedie disponibili.

Nonostante i suoi difetti, l'ispettore capo Larch aveva finalmente convinto i suoi pari a ottenere più risorse, e così la squadra era cresciuta di altre tre persone, tutto personale amministrativo che avrebbe aiutato Sharp a tenere aggiornata la crescente mole di scartoffie.

Sharp annuì mentre Kay si appoggiava alla sua scrivania.

«Hunter, ottimo lavoro. Parleremo della strategia per l'interrogatorio tra un momento». Rivolse nuovamente l'attenzione al resto della squadra.

«Compiti per ora, Barnes, contatta i nostri colleghi del Suffolk. Scopri se ci sono stati rapimenti o omicidi irrisolti simili a quello di Melanie Richards. Debbie può aiutarti a seguire eventuali piste. Carys, chiama il deposito di County Deliveries a Ipswich dove Eli era precedentemente impiegato. Vedi se ci sono stati problemi con la sua storia lavorativa lì».

Gli occhi di Sharp si spostarono su un punto dietro Kay, e lei si girò di scatto.

«Va bene se mi unisco a voi?»

Una donna snella sulla cinquantina con i capelli grigi corti tagliati in un bob alla moda si affacciò dalla porta, con un taccuino stretto al petto.

«Entra pure, Fiona», disse Sharp. «A tutti, per chi non ha ancora conosciuto Fiona Wilkes, è la nostra specialista senior in interrogatori».

Un mormorio di saluti attraversò la stanza prima che Sharp ponesse fine alla riunione.

«Va bene, tutti. Al lavoro. Abbiamo bisogno di quante più informazioni possibili il prima possibile. L'ispettore capo Larch sta attualmente parlando con il sovrintendente capo per ottenere altre dodici ore per trattenere Matthews, ma finché non riceviamo altre istruzioni, abbiamo ventiquattro ore entro le quali incriminarlo. Una richiesta per un'ulteriore autorizzazione di perquisizione relativa all'indirizzo di residenza di Matthews è attualmente in fase di revisione, e Larch ha indicato che dovrebbe essere approvata entro la prossima ora o giù di lì».

Mentre la squadra si disperdeva tornando alle proprie scrivanie, Sharp fece cenno a Kay.

«Vieni con me e Fiona nel mio ufficio. Voglio iniziare il primo interrogatorio entro un'ora».

Sharp si fece da parte e lasciò passare le due donne prima di chiudere la porta e fare loro cenno di prendere le due sedie di fronte alla sua scrivania.

Si fece strada tra la scrivania e uno schedario, e si

abbassò fino a potersi appoggiare a un mobiletto basso di legno contro il muro.

«Okay, Fiona, hai avuto modo di esaminare quello che abbiamo finora su questo tizio e le nostre ragioni per averlo portato qui per un interrogatorio formale. Qualche pensiero iniziale?»

La specialista in interrogatori si schiarì la gola e aprì il suo taccuino.

«Ho dato un'occhiata agli estratti del fascicolo personale di Eli fornito da David Ashe», disse, con il suo morbido accento del Somerset che mascherava la stratega astuta sotto la superficie. «E state avendo a che fare con una persona molto intelligente. Anche se non ha terminato alcuna istruzione superiore, il processo di colloquio utilizzato da County Deliveries, e le successive revisioni con il suo manager dal punto di vista dello sviluppo di carriera, indicano una personalità astuta».

«Bravo a dare l'impressione di essere ingenuo, mentre in realtà non lo è, forse?» disse Kay.

«Non lo escluderei», disse Fiona. «Come dici tu, Devon, lo avrete per ventiquattro ore, e si spera che vi concederanno le dodici ore extra in più, quindi il mio consiglio sarebbe di usare questo primo interrogatorio per stabilire i fatti e valutare la sua personalità, vediamo come reagisce inizialmente prima di iniziare a metterlo sotto pressione». Rabbrividì. «Tenendo presente il modo in cui l'assassino ha posto fine alla vita di Melanie Richards, se Matthews è colpevole, allora è meticoloso e potrebbe a sua volta pensare di essere intoccabile e che non abbiamo abbastanza elementi per incriminarlo formalmente».

«Gli parliamo delle perquisizioni fin dall'inizio?» disse Sharp.

Fiona tamburellò con la penna sul lato del suo taccuino per un momento. «Sì. Vediamo quale sarà la sua reazione a questo, ma non insistete. Lasciagli qualcosa di cui preoccuparsi se necessario, tra il primo e il secondo interrogatorio».

«D'accordo», disse Sharp, e si raddrizzò prima di sbottonarsi la giacca e appenderla allo schienale della sua sedia. «Faremo un interrogatorio stasera e poi un secondo a metà mattinata. Questo ci darà il tempo di vedere quali informazioni arrivano dal Suffolk e dalle perquisizioni al deposito e alla casa. Entro quel momento, si spera che Larch avrà ottenuto le dodici ore extra per continuare il nostro interrogatorio».

«Cosa ne pensi?» disse a Kay, mentre Fiona si faceva strada tra le scrivanie e lasciava la sala operativa.

Lei espirò e si scrocchiò il collo. «Quando lo abbiamo prelevato dal deposito, gli ho messo la mano sul braccio per aiutarlo a salire in macchina. Ha ritirato bruscamente il braccio, ma mi è rimasta una sostanza sulla mano dopo. Trucco».

«Trucco? Intendi, come quello che ti metti in faccia?»

«Sì. Sheila Milborough a casa di Yvonne Richards ha detto che è per questo che Melanie lo prendeva in giro».

«Perché?»

«Me lo sono chiesta anch'io, ma quando siamo arrivati alla stazione, le sue maniche erano abbassate».

Sharp aggrottò la fronte. «L'unica ragione per cui indosserebbe del trucco è per nascondere qualcosa. Come un livido».

«È quello che penso anch'io. Ma io sbatto contro le cose continuamente. Lo facciamo tutti. Perché nasconderlo usando del trucco?»

«Dipende da come ti sei fatto il livido».

«Esattamente».

«È una pista». Controllò l'orologio. «Okay. Vado a vedere se è arrivata l'approvazione per l'autorizzazione alla perquisizione della casa della madre. Iniziamo con l'interrogatorio». Si voltò, e poi guardò oltre la sua spalla. «Puoi guidare tu questo. Ti farà bene rimetterti in carreggiata».

«Grazie, capo».

Lui annuì. «Prendiamo il nostro uomo. Ci vediamo nella sala interrogatori uno».

CAPITOLO 44

Kay attese che Sharp premesse il pulsante "registra", e poi dichiarò chiaramente chi fosse presente nella stanza.

Era stato richiesto un avvocato d'ufficio per Eli Matthews, ed entrambi gli uomini sembravano a disagio per le circostanze in cui erano stati messi insieme.

Eli indossava una tuta, i suoi vestiti erano stati rimossi per l'analisi forense nello stesso momento in cui Harriet aveva prelevato i tamponi dalle sue mani.

Kay si chiese brevemente quanto avrebbe resistito il giovane avvocato d'ufficio prima di cambiare idea sulla pratica del diritto penale, e poi rivolse la sua attenzione al sospettato.

«Dichiari il suo nome, età e occupazione ai fini della registrazione, per favore.»

«Elijah Matthews. Ventotto anni. Autista addetto alle consegne.»

«Ora Le leggerò i suoi diritti formali», disse Kay, e recitò le parole a memoria. «... ha capito?» concluse.

Eli annuì.

«Ho bisogno che lo dica ad alta voce ai fini della registrazione, per favore», disse Kay.

«Sì.»

«Grazie.»

Il linguaggio del corpo di Eli rimase rilassato, con un'espressione quasi languida sul viso. I suoi occhi percorsero pigramente il corpo di Kay, ma lei mantenne la sua compostezza e ignorò i suoi tentativi di metterla a disagio. Non era il primo sospettato a cercare di intimidirla, e sicuramente non sarebbe stato l'ultimo. Era per questo che indossava sempre una giacca doppiopetto. Sapeva che lui non poteva vedere nulla di interessante.

Eli intrecciò le mani sulla scrivania e alzò un sopracciglio.

«Signor Matthews...»

«Eli, per favore.»

«Signor Matthews, dov'era giovedì scorso tra le undici di sera e l'una e mezza?»

«A casa.»

«Per favore, confermi l'indirizzo.»

Eli sospirò e ripeté l'indirizzo.

«Quella è la casa di sua madre?»

Lui si accigliò. «Sì.»

«E sua madre potrà fornirle un alibi per quell'ora?»

«Ne dubito», sogghignò. «Era ubriaca in quel momento. Come al solito.»

Kay notò con la coda dell'occhio che l'avvocato annotava qualcosa. «Possiede un furgone, signor Matthews?»

Lui sbatté le palpebre. «Sì.»

«E dove tiene questo furgone, signor Matthews?»

Lui la fulminò con lo sguardo. «In un deposito. Sulla Queens Road.»

«Per cosa usa il furgone?»

Lui scrollò le spalle. «Questo e quello.»

«Elabori, per favore, signor Matthews.»

Lui espirò, con uno sbuffo impaziente che mandò della saliva sulla superficie della scrivania, e incrociò le braccia. «Perché vuole saperlo?»

Kay si appoggiò allo schienale e allontanò il suo taccuino dalla goccia di liquido. «Risponda alla domanda, per favore. Per cosa usa il furgone?»

«Per aiutare gli amici. Trasportare roba. Cose del genere.»

«Che tipo di roba?»

Lui alzò gli occhi al cielo. «Mobili e cose così.»

«Quando l'ha usato l'ultima volta?»

«Non lo so», disse. «Forse qualche settimana fa.»

«Chi stava aiutando in quel momento?»

«Non mi ricordo.»

Sharp fece scivolare sul tavolo la fotografia della telecamera a circuito chiuso che mostrava il furgone mentre attraversava la zona industriale. «È questo il suo furgone?»

Eli guardò l'immagine e poi sorrise. «No», disse strascicando le parole. «Non è il mio.»

«Cosa è successo al suo braccio, signor Matthews?» disse Kay, abbassando la voce.

«Eh?»

«Il suo braccio destro. Quando L'abbiamo prelevata al deposito prima, ho posato la mia mano sul suo braccio per accompagnarla all'auto. Quando ho tolto la mano, c'era del trucco su di essa.» Indicò le sue maniche lunghe. «Da allora ha abbassato le maniche della camicia. Cosa c'è che non va sul suo braccio?»

Eli sogghignò, sciolse le braccia e sbottonò il polsino del polso destro.

«Ho sbattuto il braccio», disse. Arrotolò la manica e sollevò il braccio, girandolo per farle vedere.

Effettivamente, un livido bluastro-viola copriva la parte inferiore dell'avambraccio.

«Sembra doloroso.»

Lui scrollò le spalle e poi riabbassò la manica.

«Come si è fatto male?»

«L'ho sbattuto caricando il furgone la settimana scorsa.»

«Quale furgone?»

Lui la fulminò con lo sguardo. «Quello del lavoro.»

«Non l'ha denunciato?»

Lui sbuffò. «Certo che no. Non è niente di serio.»

«Perché ha cercato di coprirlo con del trucco?»

I suoi occhi lampeggiarono. «Non volevo che nessuno facesse storie.»

«Dov'era tra le quattro e mezza e le otto di martedì mattina della settimana scorsa?» disse Sharp.

«A casa.»

«Sua madre…»

«No. Non potrebbe. Era ubriaca.»

«Perché si è trasferito nel Suffolk?»

«Avevo bisogno di un cambio di scenario.»

«Ma è rimasto solo per due anni. Perché?»

«Non mi piaceva lo scenario.»

Sharp spinse due documenti sul tavolo verso Eli.

«Signor Matthews, queste sono copie di autorizzazioni di perquisizione approvate e firmate da un magistrato», disse.

Eli aggrottò le sopracciglia, con un'espressione confusa sul viso. «Autorizzazioni di perquisizione? Per cosa?»

«Questa è per una proprietà a Maidstone, specificamente, il numero tre di Edward Street. La casa di sua madre. Questa», disse, spingendo la pagina più vicino, «è per il suo garage in affitto.»

La mascella di Eli si serrò.

Il giovane avvocato d'ufficio impallidì.

«Ora, signor Matthews», disse Kay. «Prima di eseguire queste perquisizioni, c'è qualcosa che vorrebbe dirci? Qualcosa che potremmo aspettarci di trovare in uno di questi due luoghi in relazione al rapimento e all'omicidio di Melanie Richards?»

Eli si dondolò sulla sedia.

«No», disse alla fine. «No, non c'è niente.»

CAPITOLO 45

Fece un lungo tiro dalla sua sigaretta, poi socchiuse gli occhi attraverso il fumo impregnato di sostanze chimiche mentre espirava.

Scrollò le spalle, consapevole della sua posizione curva sul computer portatile negli ultimi giorni e di un continuo dolore che si era formato alla base del collo.

Si rifiutò di farsi prendere dal panico.

Aveva ricevuto una telefonata per spiegare che Eli era stato preso in custodia, e silenziosamente si congratulò con la detective donna. I suoi clienti avrebbero apprezzato la sua determinazione.

Allontanò la sigaretta e si inumidì le labbra. Si chiese quale prezzo avrebbe potuto chiedere per le riprese di *quella lì*, se l'opportunità si fosse presentata.

Strinse la sigaretta tra le dita e fece cadere la cenere in eccesso, poi fece un altro tiro.

La sfortuna di Eli era preoccupante.

Fortunatamente, il voyeur aveva avuto la lungimiranza

di visitare il garage chiuso a chiave prima che la polizia venisse a conoscenza della sua ubicazione.

La passione di Eli per il collezionismo si estendeva oltre le ragazze giovani, e il voyeur aveva imprecato sottovoce mentre il fascio della sua torcia spazzava un banco di lavoro sul retro del garage e illuminava le targhe false che giacevano lì.

Aveva trovato un computer portatile in una cassa di plastica sotto il banco di lavoro, lo aveva girato e aveva imprecato quando lesse il nome inciso sulla superficie.

G Nelson.

In una scatola di chiodi assortiti, aveva trovato altri souvenir, una tendenza preoccupante che pensava il ragazzo avesse superato.

Soprattutto dopo la loro ultima conversazione.

L'uomo era come una gazza, bramoso di cose luccicanti.

La nota era più preoccupante.

Non aveva idea che Eli avesse seguito Guy Nelson a Mote Park quella notte, o che fosse entrato nel suo appartamento dopo.

Il loro rapporto era stato puramente professionale, avevano semplicemente ingaggiato Nelson per fornire le targhe false e ritirare il denaro del riscatto.

Eli si era preoccupato di ciò. «E se lo avesse tenesse tutto?»

Lui aveva scrollato le spalle. «Lascialo fare. È una frazione di quello che posso ottenere per questo.»

Trovare la nota di suicidio originale di Nelson gli aveva fatto venire i brividi. Implicava Eli per nome e alludeva alla partecipazione di altri, ma questo non lo preoccupava, la polizia aveva trovato solo la nota sostitutiva che Eli aveva lasciato sul corpo.

Ciò che era più preoccupante era il fatto che Eli avesse conservato la nota originale invece di distruggerla.

Le strane brame dell'uomo, un tempo una stranezza indulgente che poteva usare a suo vantaggio, stavano rapidamente diventando una responsabilità.

Ora, infilò la mano nella tasca dei pantaloni ed estrasse una fotografia, poi strofinò il pollice su di essa mentre inalava la successiva dose di nicotina.

«Sei stato un bravo ragazzo, Eli» mormorò, «ma sei stato imprudente.»

Tenne il mozzicone della sigaretta al bordo della fotografia finché una fiamma non catturò l'immagine e divorò il laminato lucido con uno scoppiettio prima che la fotografia si disintegrasse in cenere.

Si accovacciò, spinse il residuo nel piccolo vassoio di metallo accanto alla porta e si raddrizzò al suono di passi.

«Quelle cose ti uccideranno» disse qualcuno mentre passava, e poi la porta si chiuse dietro di loro prima che potesse girarsi per vedere chi fosse.

Il voyeur sorrise tra sé mentre sbirciava da sotto la grondaia dell'edificio e fece uscire un'altra sigaretta dal pacchetto nella sua mano.

Inspirò l'aria carica di ozono prima di accendere.

«Sì» mormorò, «ma morirò da uomo ricco.»

CAPITOLO 46

Emma sbatté le palpebre, cercò di sollevare la testa e poi gemette quando il dolore sordo alla base del cranio che l'aveva svegliata pulsò dolorosamente.

Le sue palpebre erano pesanti e un forte impulso di vomitare le provocò convulsioni allo stomaco. Qualcosa le copriva la bocca, un panno che veniva risucchiato attraverso le labbra ad ogni respiro ansimante.

Le sue braccia erano sollevate e quando cercò di muovere le mani, scoprì che erano tenute all'altezza delle spalle da qualcosa di forte avvolto intorno ai polsi.

Aprì gli occhi, il muro di fronte a lei girò mentre riprendeva coscienza. Una luce le brillava negli occhi e aggrottò la fronte mentre cercava di capire dove si trovasse.

Abbassò la testa a sinistra e vide che la luce proveniva da una lampada da campeggio fissata a una staffa sopra di lei. Il suo fascio tremolante illuminava la sua posizione e proiettava ombre sulle pareti opposte. Inclinò la testa all'indietro e i suoi occhi si spalancarono.

I suoi polsi erano legati, fissati alla giunzione a gambe arcuate di un tubo d'acciaio che serpeggiava sul soffitto.

Quando guardò in basso, si rese conto che stava nell'acqua. Mosse i piedi e il suono dell'acqua che sciabordava echeggiò dalle pareti di mattoni intorno a lei.

Socchiuse gli occhi oltre il fascio di luce verso la parete opposta, dove un bastone bianco sporgeva dall'acqua e correva per tutta la lunghezza del muro di mattoni.

Per un momento, non riuscì a capire cosa fosse, poi vide le linee nere incise sulla sua superficie e i numeri che segnavano intervalli regolari.

I numeri iniziavano con "1" appena sotto il livello delle sue ginocchia e aumentavano man mano che salivano sul palo.

Deglutì, la gola secca e dolorante, e cercò di concentrarsi.

Nonostante l'acqua fredda, il sudore le rigava la fronte e scorreva tra le scapole.

Rabbrividì e si sforzò nuovamente contro i lacci ai polsi.

Un grido le sfuggì dalle labbra, il suo eco rimbalzò sulle pareti intorno a lei, amplificato dallo spazio chiuso e dall'acustica della volta di mattoni.

Cercò di ricordare che giorno fosse, ma l'oscurità del tunnel impediva a qualsiasi luce di raggiungerla e non aveva idea di quanto tempo fosse stata priva di sensi.

Flesse i polsi, poi guardò la mano sinistra. Il materiale intorno ad essa sembrava più flessibile, con più elasticità nelle sue cuciture intrecciate.

Emma voltò la testa di lato e si strofinò il viso sul braccio.

Cristo, aveva un caldo terribile.

Gridò quando un dolore si diffuse dal cuore, trafiggendole lo sterno, l'improvviso attacco la lasciò senza fiato.

Si afflosciò contro i suoi lacci, il respiro le sfuggiva in ansimi.

Aveva sentito cosa era successo a Melanie, nonostante i tentativi di sua madre e del patrigno di proteggerla dalla verità.

Solo lunedì sera, era rimasta in piedi in cima alle scale, ascoltando mentre i suoi genitori condividevano una bottiglia di vino con i vicini e parlavano a bassa voce della studentessa assassinata.

Ecco perché aveva lasciato il biglietto sul suo tavolo da toeletta prima di uscire di casa mercoledì sera.

Non voleva che i suoi genitori andassero nel panico; aveva semplicemente bisogno di tempo per sfogarsi prima di tornare a scuola la settimana successiva.

Ecco perché aveva organizzato di passare il resto della settimana da Tanya.

Tanya avrebbe dato l'allarme quando si fosse resa conto che la sua amica non era tornata a casa e che il letto degli ospiti non era mai stato usato?

O avrebbe pensato che la sua amica stesse tenendo il broncio, a casa sua, dopo essere stata scaricata in favore del suo ragazzo?

La realizzazione la colpì duramente.

Nessuno sa che sono scomparsa.

Nessuno sa che sono qui.

Poi, lo vide, una luce rossa fissa a destra della lampada da campeggio, sotto la quale l'obiettivo scuro e freddo di una telecamera la fissava; un occhio solitario che osservava ogni suo movimento, beffandosi della sua situazione.

Le sue ginocchia cedettero e sentì il suo intestino muoversi involontariamente mentre le braccia sostenevano il suo peso.

Urlò.

CAPITOLO 47

Ian Barnes controllò l'orologio, poi emise un fischio sommesso che fece girare le teste.

«Okay, facciamo un resoconto», disse. «Sharp e Hunter sono ancora con Eli Matthews e il suo avvocato, quindi facciamo un aggiornamento sui progressi delle altre piste che stiamo seguendo.»

Si rivolse a Carys mentre il resto della piccola squadra si radunava intorno. «Tu inizia.»

«D'accordo», disse lei. «Sono riuscita a mettermi in contatto con qualcuno del reparto Risorse Umane del deposito di Ipswich dove Matthews lavorava fino a diciassette mesi fa. Come per il deposito qui, non ci sono problemi che vengano in mente. Ho richiesto una copia del suo fascicolo personale completo, ma, a quanto pare, hanno bisogno dell'approvazione di un dirigente senior per rilasciarlo a noi, e lui non tornerà in ufficio fino a lunedì mattina.»

Un gemito collettivo riempì la stanza.

«Lo so», disse Carys. «Ma non cederanno su questa

posizione. Li chiamerò lunedì mattina presto per sollecitare. Dovrebbero essere in grado di inviarcelo via email non appena ottengono l'autorizzazione.»

«Grazie, Carys», disse Barnes. «Piper?»

«Ho parlato con la polizia del Suffolk per scoprire se ci fossero omicidi o rapimenti irrisolti simili a quello di Melanie Richards», disse Gavin. «Ho ricevuto una telefonata da loro mezz'ora fa. C'è un caso di rapimento irrisolto di diciassette mesi fa.»

Barnes alzò un sopracciglio. «Coincide con il periodo in cui Eli Matthews ha lasciato il Suffolk per venire qui.»

«Esatto», disse Gavin. «In quel caso, la ragazza è riuscita a fuggire, ma non è stata in grado di fornire una descrizione completa del suo aggressore. Tutto ciò che ricorda è che è stato usato un furgone rosso per portarla via da dove era stata presa. Era buio quando è stata rapita, stava tornando in bicicletta dalla casa di un'amica in quel momento, e non ha potuto vedere il volto del suo rapitore.»

«Come è riuscita a scappare?» chiese Carys.

«La povera piccola non riesce a ricordarlo», disse Gavin. «È stata trovata che vagava lungo una strada alla periferia di Ipswich all'alba di un martedì mattina da una donna che portava a passeggio i suoi cani. Aveva solo undici anni all'epoca, e i medici che l'hanno curata in seguito hanno detto che probabilmente la droga da stupro usata per pacificarla quando è stata presa potrebbe aver ancora influenzato la sua memoria al momento della fuga.» Gettò il suo taccuino sulla scrivania accanto a lui. «Non ha alcun ricordo di dove fosse stata o di come fosse riuscita a fuggire.»

«L'ex reparto Risorse Umane di Eli Matthews ha

confermato che ha richiesto un trasferimento solo pochi giorni dopo che quella ragazza è riapparsa», disse Carys.

«Che motivo ha dato loro per la richiesta di trasferimento?» chiese Barnes.

«Ha detto che sua madre era malata e voleva tornare nel Kent per starle vicino.»

«C'è qualche traccia di una sua richiesta di trasferimento dal deposito del Kent?» disse Gavin. «Almeno questo potrebbe dimostrare che il rapimento di Melanie era premeditato.»

Carys scosse la testa. «No.» Aggrottò la fronte. «Forse non intendeva ucciderla.»

«O pensa di averla fatta franca», disse Barnes. Controllò l'orologio. «Va bene. Carys, vai a casa di Beryl Matthews e monitora la perquisizione lì, vedi cosa trova la Scientifica. Gavin, per oggi hai finito.» Diede un'occhiata al resto della squadra. «Anche voi. Immagino che il primo interrogatorio con Eli Matthews andrà avanti ancora per un po'. Tornate qui domani mattina alle sette e trenta.»

«Tu cosa farai?» chiese Gavin.

«Incontrerò Harriet e la sua squadra al garage», disse Barnes. Sollevò un sacchetto di plastica contenente un mazzo di chiavi e lo agitò con un sorriso sul volto. «Che non rimarrà chiuso ancora per molto.»

Barnes schiacciò il mozzicone di sigaretta, strofinò il materiale morbido sul marciapiede, poi si girò e si diresse verso il breve vialetto di cemento che portava ai garage in blocchi di cemento situati dietro una fila di case a schiera.

Espirò il fumo mentre si avvicinava, assaporando gli ultimi residui di nicotina prima di unirsi agli investigatori della scena del crimine presso un grande furgone di colore scuro che veniva scaricato di attrezzature.

Due auto di pattuglia bloccavano l'ingresso del vialetto, gli agenti in uniforme svolgevano un lavoro efficiente nel mantenere un perimetro all'interno del quale la squadra forense potesse lavorare in pace, oltre a tenere lontani occhi indiscreti dall'operazione.

Avevano eretto una barriera di plastica intorno all'ingresso del garage, mentre due fari su treppiedi brillavano sopra le loro teste. Un altro faro era stato preparato per essere usato all'interno del garage stesso.

Il pomeriggio stava volgendo al termine, il cielo di inizio estate fu scuro ben prima che il sole coperto dalle nuvole tramontasse oltre l'orizzonte.

Gli occhi di Barnes vagarono sulla porta a rullo in alluminio graffiata che nascondeva qualunque cosa ci fosse oltre. Un tempo blu, era stata scheggiata e graffiata nel corso degli anni, così ora aveva un effetto macchiettato, molto simile ai suoi vicini.

C'erano sei garage in totale, tutti affittati dal comune a un variegato gruppo di inquilini i cui indirizzi provenivano da varie parti della città di contea.

«Ti fa chiedere cosa sia nascosto negli altri cinque», mormorò.

Harriet sorrise. «Ma hai l'autorizzazione di perquisizione solo per questo.»

«Peccato.» Rivolse la sua attenzione al garage più vicino a loro e raddrizzò le spalle.

«Pronto?»

«Facciamolo», disse. Indossò i guanti che Harriet gli porse, poi tirò fuori dalla tasca un sacchetto e lo svuotò delle chiavi che Kay aveva preso da Eli Matthews.

Ne scelse una e la inserì nella serratura.

Girò facilmente.

«Usata regolarmente, allora», disse Harriet.

Barnes non rispose. Invece, si alzò, poi mise le dita sotto la maniglia e tirò.

La porta si arrotolò scorrevolmente, esponendo prima un pavimento di cemento pieno di crepe e macchie d'olio, e poi, mentre la porta ricadeva nel suo alloggiamento nel soffitto, un furgone rosso.

Barnes aggrottò le sopracciglia. «Non sembra...»

«Un furgone da corriere? Sì. Lo sembra.»

«Sembra che abbiamo fatto bingo, allora.» Barnes si fece da parte per lasciare che Harriet e il suo collega accedessero al garage, e trattenne il respiro mentre circondavano il furgone da entrambi i lati.

Un banco di lavoro e una fila di scaffali correvano lungo la parete posteriore dell'edificio basso, e gli investigatori della scientifica avevano già iniziato a esaminarne il contenuto.

«Non c'è spazio per aprire le porte posteriori del furgone qui dentro», gridò Harriet. «Dovremo spostarlo».

«Ecco», disse Barnes, estraendo un'altra chiave dalla borsa.

Harriet tornò verso di lui, muovendosi di lato lungo lo stretto passaggio tra il fianco del veicolo e il muro di blocchi di cemento. Tese la mano. «Grazie».

Barnes si fece da parte. «Momento della verità», mormorò.

CAPITOLO 48

Kay aveva chiamato l'avvocato d'ufficio due ore prima per confermare un altro colloquio con il suo cliente, il quarto in totale.

Ora entrambi gli uomini avevano un'espressione confusa alla richiesta trasmessa dall'interfono che la presenza urgente dell'ispettore detective Sharp era richiesta solo trenta minuti dopo l'inizio della registrazione.

La squadra per gli incidenti gravi aveva lavorato ininterrottamente per un giorno e mezzo da quando Eli era stato portato in centrale, ricontrollando le prove circostanziali che avevano a disposizione mentre cercavano di non guardare l'orologio mentre passavano le ore. Non si era saputo nulla dalle due squadre della scientifica che avevano lavorato costantemente nel garage di Eli Matthews e nella casa di sua madre.

Larch aveva ottenuto l'autorizzazione il giorno precedente per le dodici ore aggiuntive per trattenere Matthews all'interrogatorio sulla base di un argomento convincente secondo cui Eli stava nascondendo loro la verità, ma nonostante i loro migliori sforzi non stavano andando da nessuna parte, e stavano finendo il tempo.

Kay resistette all'impulso di guardare l'orologio.

A meno che non fossero riusciti a ottenere informazioni da Matthews nelle prossime ore, avrebbero dovuto rilasciarlo senza accuse.

Sharp aveva percepito la frustrazione e l'esaurimento della squadra, e aveva mandato tutti a casa sabato sera, istruendo Kay di presentarsi presto domenica in modo da poter riprendere l'interrogatorio del loro principale sospettato.

Ora, Kay evitava lo sguardo intenso di Eli mentre Sharp si abbottonava la giacca e lasciava la stanza.

Era arrivata in centrale presto quella mattina, aveva incontrato lo specialista degli interrogatori e Sharp nel suo ufficio per un'ora, e ora rimpiangeva di non aver accettato la sua offerta di un caffè mentre stavano preparando i loro appunti.

Il giovane avvocato d'ufficio fece roteare la penna tra le dita, facendo uscire e rientrare la punta ogni volta che passava dal pollice, e poi si schiarì la gola.

«Che sta succedendo?»

«Non lo so», disse Kay.

«Quanto ci metterà?»

«Devi essere da qualche altra parte?»

L'uomo rimase in silenzio.

Eli incrociò le braccia sul petto, si accasciò sulla sedia e chiuse gli occhi, poi dondolò la testa da un lato all'altro.

Di nuovo, Kay si ritrovò a combattere l'impulso di

controllare l'orologio, e cercò di far rallentare il suo battito cardiaco. Qualcosa non andava, poteva percepirlo.

Dei passi nel corridoio precedettero la ricomparsa di Sharp.

Kay gli diede un'occhiata al viso e capì cosa stava per succedere.

«Signor Matthews, la ringrazio per la sua collaborazione», disse Sharp. Allungò la mano verso il registratore e premette il pulsante "stop".

Eli spinse indietro la sedia e si alzò, ignorando la mano che il suo avvocato gli tendeva per stringergliela e tenendo lo sguardo basso verso il pavimento.

«Se vuole seguirmi», disse Sharp. «Provvederemo al suo rilascio e alla restituzione dei suoi effetti personali».

Attese finché Eli non fu nel corridoio con il suo avvocato, poi si voltò verso Kay. «Resta qui».

Lei si lasciò cadere di nuovo sulla sedia.

Disperata di sapere cosa fosse successo durante le perquisizioni, e perché fosse stata presa la decisione di lasciar andare Eli, ribolliva di rabbia in silenzio mentre i minuti passavano.

Controllò l'orologio. Eli era stato con loro per poco meno delle trentasei ore in cui potevano interrogarlo senza dover chiedere una proroga a un magistrato. Durante quel tempo, non aveva fornito alcuna informazione volontariamente. Non era stato ancora accusato, ma sicuramente la scientifica avrebbe trovato qualcosa per collegarlo al rapimento e all'omicidio di Melanie Richards? E dal modo in cui Matthews aveva eluso ogni singola domanda, sicuramente Sharp poteva dedurre ora che Guy Nelson doveva aver avuto un complice, e che il complice era Eli Matthews? Perché lo aveva lasciato andare prima che le loro trentasei ore assegnate fossero scadute?

Dopo un po', sentì qualcuno avvicinarsi alla sala interrogatori, e alzò lo sguardo mentre Sharp tornava.

Lui spinse la porta fino a chiuderla quasi completamente, poi si voltò verso di lei, e si infilò le mani in tasca.

«Non hanno trovato nulla», disse.

«Cosa? Perché no?» Kay si alzò, con il cuore che le batteva forte. «Hanno trovato il furgone, vero?»

Sharp annuì. «Sì. Hanno trovato il furgone». Si sbottonò la giacca e tirò la cravatta per allentarla. «Era stato pulito con la candeggina».

«Come la cassetta postale».

Lui scosse la testa, con gli occhi stanchi. «Ma purtroppo questo non prova necessariamente un collegamento tra lui e il rapimento o l'omicidio di Melanie». Sospirò, e si appoggiò al muro. «Sia l'esterno che l'interno del furgone erano stati puliti. Niente nel retro. Niente che colleghi Eli Matthews a Melanie Richards o Guy Nelson nel garage o nella casa che condivide con sua madre».

«Non può essere così bravo».

«Non stavamo andando da nessuna parte con lui, Hunter, e non c'è modo di ottenere una proroga da un magistrato basandoci sui nostri tentativi finora. Da quanto tempo lo stiamo interrogando? Forse è innocente. Ci hai pensato?»

La sua bocca si spalancò. «Non crederai seriamente a questo».

Lui si raddrizzò, i suoi occhi non lasciavano mai i suoi. «Abbiamo una confessione sotto forma di lettera di addio di Guy Nelson».

Kay alzò le mani. «Da qualcuno la cui stessa morte non ha mostrato nessuna della violenza o della premeditazione che è stata utilizzata nell'omicidio di Melanie Richards». Camminò per la stanza. «Eli Matthews potrebbe aver socializzato con Guy Nelson al barbecue tenuto al deposito del corriere».

«Ma era Nelson ad esser stato trovato con i soldi del riscatto. Non Eli».

«Deve aver intuito che Bernard Coombs si sarebbe messo in contatto con la polizia», argomentò Kay. Imprecò. «Merda, perché non ci ha chiamato subito? Abbiamo perso ore. Tutto il tempo necessario per Eli per pulire l'auto».

«È troppo circostanziale, e come ho detto, l'ispettore capo Larch non ci autorizzerebbe ad avvicinare un magistrato per trattenere Matthews più a lungo basandoci sulle scarse prove che abbiamo».

«Stanno ancora cercando, vero?» disse lei. «Per favore, dimmi che la scientifica non si è arresa così facilmente».

Sharp sospirò. «Il furgone è al deposito. L'hanno riportato qui con il pretesto di farlo pulire. Il deposito è chiuso al pubblico la domenica». Alzò la mano per impedirle di interrompere. «Ho detto a Harriet che ha tempo fino a domani mattina, o lo lascerò andare».

«Grazie», mormorò, e poi girò sui tacchi mentre la porta si spalancava con un tonfo.

L'ispettore capo Larch entrò nella stanza a passo deciso. «Siete entrambi qui. Bene». Lanciò un'occhiataccia a Kay, poi a Sharp. «Be', quella è stata una catastrofe totale, non è vero?»

Non aspettò una risposta e invece puntò il dito contro Kay. «Ti rendi conto che la tua *intuizione* ha gettato sospetti su un uomo innocente e ci è costata due squadre forensi che si sono morsicate la coda in cerca di prove inesistenti?»

Si voltò, allontanandosi da Kay, e diresse il suo sguardo furioso verso Sharp. «Ti avevo detto che avrebbe dovuto essere licenziata. È una dannata vergogna».

Sharp alzò le mani per placare l'altro uomo. «È stata una mia decisione portare Eli Matthews per l'interrogatorio e perquisire la sua proprietà», disse. «Dal punto di vista della dovuta diligenza e procedurale, ha senso verificare tutte le piste d'indagine». Il suo sguardo si indurì. «E con tutto il rispetto, Angus, se fosse necessario un provvedimento disciplinare per uno dei miei agenti, me ne occuperò io stesso».

L'ispettore capo Larch sbuffò, spalancò la porta con uno strattone, poi si girò di nuovo verso di loro, il volto arrossato dalla rabbia.

«Fossi in te, starei molto attento, Sharp», disse, controllando a stento la voce. «Mi spiacerebbe vederti rischiare la tua carriera per salvare la sua».

CAPITOLO 49

Kay appoggiò le mani sui bordi del lavello e guardò fuori dalla finestra verso il giardino inzuppato.

Il sentiero dalla porta sul retro al capannone che ospitava un tosaerba e poco altro era diventato una palude, rivoli d'acqua sfuggiti dalle grondaie ora scorrevano attraverso il patio e sotto la recinzione verso il giardino del vicino.

Abbassò le tapparelle.

Un rombo di tuono risuonò a un paio di chilometri di distanza e le luci tremolarono.

Il suo sguardo cadde sulla teca di vetro di Sid e rabbrividì, poi scattò in azione e prese candele e fiammiferi dal cassetto in basso che lei e Adam riservavano per le forniture d'emergenza, un assortimento di batterie, le candele e una scatola di fiammiferi.

Kay tirò fuori un vecchio candeliere da un altro armadietto, portò le sue scorte in soggiorno e sistemò tutto sul tavolino prima di recuperare il bicchiere di vino che aveva lasciato lì.

Con un po' di fortuna, avrebbero evitato il peggio della tempesta, ma con la quantità di pioggia che stava cadendo, c'erano molti posti che avrebbero iniziato ad allagarsi.

Non invidiava i suoi colleghi in uniforme che dovevano lavorare quella notte.

Alzò lo sguardo al suono di una chiave nella porta d'ingresso, e poi Adam fece capolino nel soggiorno.

«Sei a casa», sorrise. «Vado a farmi una doccia, e poi ti raggiungo per uno di quelli», disse, indicando il bicchiere di vino.

«A tra poco».

Si lasciò cadere sul divano e premette il pulsante muto sul telecomando.

Lo schermo ammutolì, il presentatore del programma di ristrutturazione case ridotto a un mimo silenzioso mentre mostrava a una coppia sulla cinquantina un fienile fatiscente.

Bevve un sorso di vino, poi si sporse in avanti e posò il bicchiere sul tavolino basso di fronte al divano prima di strofinarsi gli occhi.

Abbassò la mano e cercò di ignorare la sensazione di bruciore agli angoli delle palpebre.

Sapeva che era solo la miriade di emozioni che le tormentavano la mente ultimamente, ma questa consapevolezza non aiutava.

Nonostante gli sforzi di Sharp, sembrava che ogni sua azione venisse giudicata, soppesata e considerata, come se non ci si potesse più fidare di lei.

Poi, c'era Eli Matthews.

Non riusciva a lasciarlo stare.

Si rese conto di avere la mascella serrata e si sforzò di rilassarsi.

Quell'uomo era colpevole, ne era sicura. Sapeva qualcosa sulla scomparsa e l'omicidio di Melanie.

Eppure aveva battuto lei e Sharp. I suoi modi sembravano studiati, come se si aspettasse pienamente di essere arrestato e si fosse esercitato.

Ed era stato troppo bravo per loro.

Lasciò sfuggire un gemito. Le sue affermazioni sulla sua colpevolezza non erano aiutate dal fatto che non era stato trovato nulla nel garage o nella casa di sua madre.

La frustrazione la sopraffece, le ultime parole dell'ispettore capo Larch le risuonavano nella testa.

Aveva avuto momenti di dubbio sulle sue capacità prima, era naturale nel suo lavoro, soprattutto con un caso non lineare, ma questo era diverso.

Ora, si sentiva come se fosse stata presa di mira, messa alla prova. Ma, per cosa?

E perché?

Sapeva che avrebbe dovuto lottare per riprendersi dopo l'imbarazzo dell'indagine degli Standard Professionali, ma ora si sentiva ingenua, aveva completamente sottovalutato l'effetto che avrebbe avuto sulla sua integrità, nonostante fosse stata assolta da ogni comportamento scorretto.

Tirò su col naso. Se non bastasse, la sua domanda per diventare ispettore detective era probabilmente ora in fondo alla pila.

O nel tritadocumenti.

Si appoggiò allo schienale e si asciugò le guance mentre Adam apparve.

Si fermò sulla porta. «Ehi».

«Ehi».

Prese un fazzoletto di carta dalla scatola sul tavolino e si soffiò il naso mentre lui si sedeva accanto a lei.

Lui allungò la mano e le strinse la gamba. «Giornata di merda?»

«Sì».

«Succede».

«Lo so». Si rannicchiò tra le sue braccia. «Fa comunque schifo».

«Cosa ha detto Sharp?»

Adam aveva incontrato Sharp in diverse funzioni sociali, spesso scambiando storie davanti a pinte di birra al pub locale frequentato dalla polizia.

«Sono più preoccupata per quello che faranno a lui se continua a cercare di proteggermi», disse Kay.

Adam rise e le baciò la testa. «Sa badare a sé stesso». Si allontanò finché i loro occhi si incontrarono. «È per questo che crede in te. Ho l'impressione che non lo farebbe altrimenti».

Kay si morse il labbro.

Adam aveva ragione, naturalmente. Era rimasto scioccato quanto lei per le accuse, ma si fidava di lei. Si fidava della sua integrità.

Allungò la mano e strinse la sua. «Grazie».

«Per cosa?»

«Per farmi sentire meglio».

«Davvero? Io ero qui a chiedermi dov'è la mia cena. Sto morendo di fame».

Gli diede un colpetto sul braccio. «Dai. Preparo qualcosa».

Prese il bicchiere di vino e lo seguì in cucina.

Presto, gli aromi di cipolla e aglio freschi che sfrigolavano in padella riempirono lo spazio.

Kay puntò il bicchiere verso la teca di vetro del serpente sul piano di lavoro. «Per quanto tempo ancora starà con noi?»

Adam si voltò dai fornelli. «Ancora qualche giorno». Sorrise. «È una buona cosa. Sembra che si stia riprendendo, di sicuro sta recuperando l'appetito».

Kay rabbrividì e alzò la mano. «Troppe informazioni».

CAPITOLO 50

Eli stava in piedi con le mani giunte sopra la testa, i piedi piantati alla larghezza dei fianchi, e fissava lo spazio vuoto del garage.

Nel momento in cui era stato rilasciato dal sergente di custodia, era stato informato che il suo furgone era stato preso dagli investigatori della scena del crimine e che avrebbe potuto ritirarlo entro mezzogiorno del giorno dopo.

«Domani?»

Aveva cercato di mantenere la voce calma, ma l'agente in uniforme in piedi accanto al distributore d'acqua aveva alzato un sopracciglio nella sua direzione, ed Eli aveva alzato una mano per placarlo prima di abbassare la voce.

«Perché?»

«Beh, signore, come può capire, al momento non c'è nessuno per firmare i documenti di rilascio, e con le indagini forensi spesso c'è una pulizia residua da fare, per assicurarci che il suo veicolo le venga restituito come l'abbiamo trovato», disse il sergente.

Gli occhi di Eli si strinsero alla gioia che attraversò fugacemente il viso dell'uomo.

«Pulizia residua?»

«Sì, signore. Quindi, se vuole recarsi al centro di recupero veicoli dalle undici di domani, il suo veicolo dovrebbe essere pronto per il ritiro.»

Eli aveva resistito all'impulso di strappare i documenti dalle mani del sergente di custodia e invece si era fatto strada spingendo oltre un uomo tarchiato con tatuaggi in piedi dietro di lui nella fila ed era uscito in fretta dalla porta.

Ora, Eli allungò la mano e tirò una cordicella accanto allo stipite della porta, e una singola lampadina appesa a un sottile filo sul soffitto si accese tremolante.

Esaminò lo spazio davanti a sé.

Il *suo* spazio. Le *sue* cose.

Che *loro* avevano toccato.

Sapeva che dovevano indossare i guanti, ma non aiutava a dissipare la sensazione di essere stato violato che lo faceva rabbrividire.

Eli passò la mano sul banco di lavoro. Il sottile strato di polvere era stato disturbato dalla squadra di ricerca della polizia, e le sue dita seguirono la scia degli altri.

Si fermò e fissò il vuoto per un momento, tutti i suoi sensi all'erta.

Poi realizzò.

Dov'erano le targhe?

Le aveva rimosse il pomeriggio in cui aveva saputo che Neil Abrahams era stato portato via per essere interrogato, quando si era reso conto che non gli servivano più.

Aggrottò la fronte, e poi la sua mano scattò e strappò i cassetti di plastica sul retro del banco.

Le sue cose erano sparite.

Cercò di deglutire, ma la lingua raspava in una bocca secca.

Il suo cellulare squillò nella tasca posteriore, facendolo sobbalzare dai suoi pensieri.

C'era solo una persona che aveva il numero.

Inciampò lontano dal banco, la mano cercava goffamente il telefono prima che smettesse di suonare.

«Pronto?»

Trasalì alla rabbia nella voce dell'uomo, ma fu d'accordo con tutto ciò che disse.

Finalmente, misericordiosamente, l'interlocutore riagganciò ed Eli rimise il telefono nella tasca posteriore.

Con le mani tremanti, si torturò il cervello e cercò di pensare a cosa fare dopo.

La gola gli si strinse e lottò contro l'impulso di piangere. Non piangeva da diversi anni e non aveva intenzione di iniziare ora.

Invece, strinse i pugni finché le lacrime non si trasformarono in frustrazione, e poi in rabbia.

Nemmeno sua madre sapeva del garage, anche se senza dubbio lo avrebbe saputo ora. La detective donna che lo aveva interrogato lo aveva informato che anche la casa di sua madre veniva perquisita contemporaneamente al garage.

Agitò la mano verso una mosca errante che ronzava troppo vicino e contemplò le sue opzioni.

Avrebbe dovuto trovare un altro veicolo, e in fretta. Gli

effetti della droga sarebbero svaniti ormai, e non avrebbe ottenuto il risultato desiderato.

Il suo ciclomotore non andava bene, sarebbe stato chiuso dietro il cancello di sicurezza del deposito dei corrieri ormai, e non poteva raggiungere l'edificio dove aveva nascosto la ragazza usando i mezzi pubblici, il taxi era fuori questione.

Era semplicemente troppo rischioso.

Un dolore gli attraversò il palmo della mano e abbassò lo sguardo per vedere che le sue unghie si erano conficcate nella pelle, lasciando segni a forma di mezzaluna.

Non aveva abbastanza soldi per comprare un altro furgone. In ogni caso, nel momento in cui qualsiasi documentazione fosse stata presentata per trasferire il veicolo a suo nome, la polizia sarebbe probabilmente stata informata.

Gemette.

Lei era *lì*, che lo aspettava.

Era solo a pochi chilometri di distanza... ma avrebbe potuto essere un altro paese senza un veicolo per tornare lì, senza l'insulina, non sarebbe successo. Non sarebbe stato perfetto.

Doveva arrivarci, in qualche modo.

Camminò avanti e indietro, si diresse verso il piano di lavoro che aveva costruito lungo un lato della parete stretta. Barattoli polverosi pieni di vecchi chiodi e viti tintinnarono mentre tirava fuori i cassetti sottostanti uno per uno, il suo umore si incupì mentre frugava tra i contenuti, cercando di capire se fosse rimasto qualcosa.

Non pensava. L'uomo che lo aveva chiamato era stato

scrupoloso. Altrimenti, la detective donna, il sergente detective Hunter, non lo avrebbe lasciato andare.

Eli sbatté l'ultimo cassetto, i suoi occhi vagavano sulla prolunga elettrica appesa a un chiodo che aveva conficcato nel muro. Ci passò la mano sopra, e poi si voltò.

Deglutì mentre un pensiero affiorava nella sua mente.

Sua madre aveva un veicolo. Certo, era una piccola auto, ma sarebbe andata bene.

Ed era a nome suo, quindi non sarebbe stato fermato dalla polizia se li avesse superati. Sapevano che non aveva un veicolo fino almeno a mezzogiorno del giorno dopo.

Non c'era altra scelta. Avrebbe dovuto camminare fino a casa di sua madre al mattino, presto, prima che si svegliasse, poi raccogliere i suoi pochi effetti personali da lì e prendere la sua auto.

Lo stomaco gli si contrasse dolorosamente al pensiero di dover tornare a casa e affrontarla.

Per ora, avrebbe cercato di creare un giaciglio di fortuna e riposare per qualche ora. Era troppo teso, e la polizia poteva averlo in osservazione.

Avrebbe aspettato fino al mattino.

In ogni caso, avrebbe dovuto trovare un altro posto dove tenere il furgone quando l'avesse riavuto. Non avrebbe avuto privacy dagli altri proprietari nel blocco dei garage ora che la polizia era stata lì. Per cominciare, avrebbero voluto sapere perché era successo, e poi si sarebbero chiesti se sarebbe potuto succedere di nuovo.

Si passò una mano sugli occhi stanchi.

No, avrebbe dovuto vendere il furgone, o disfarsene, e trovare un nuovo posto dove stabilirsi.

Sospirò e si diresse verso le scatole allineate lungo la

parete posteriore. Passò la mano sul coperchio di quella più vicina, poi la aprì, e il rumore dei lembi di cartone che si separavano lo fece trasalire.

Guardò dentro.

Sebbene il contenuto fosse stato rimesso a posto con cura, non era più lo stesso.

Gli avevano fatto a pezzi la vita.

Prese la scatola e la scagliò attraverso il garage; il contenuto si rovesciò sul pavimento macchiato d'olio.

CAPITOLO 51

La testa di Emma cadde in avanti di colpo, svegliandola.

Sbatté le palpebre, per un momento confusa dall'ambiente sconosciuto, e poi ricordò.

Represse un singhiozzo e si chiese come avesse potuto addormentarsi.

La spossatezza le attraversò il corpo, e si rese conto che la paura che aveva permeato ogni cellula del suo essere le aveva anche prosciugato le energie.

Alzò la testa e socchiuse gli occhi per guardare le corde che le tenevano ancora le mani sopra la testa. Lo smalto rosa delle unghie brillava nel fascio di luce della lampada, la pelle delle mani e dei polsi era di un bianco cadaverico per l'assenza di circolazione.

Il bavaglio di stoffa le mordeva i lati della bocca dove il suo rapitore l'aveva legato troppo stretto, e il sapore metallico del sangue le riempiva la gola.

Si chiese che ora fosse, se fosse giorno o notte, e quanto tempo fosse passato da quando aveva perso conoscenza.

Si rese conto, però, di essere cambiata.

Che fosse per il sonno estenuante o perché gli effetti dei farmaci che l'uomo aveva usato per renderla incosciente quando l'aveva rapita erano svaniti, si sentiva stranamente rinvigorita.

La sua vista si era schiarita, ogni dettaglio intorno a lei era più nitido e la sua memoria era tornata.

Conosceva il suo aggressore.

Sapeva chi aveva ucciso Melanie.

Emma represse un urlo. La luce rossa della videocamera oscillava sopra l'obiettivo, ed era determinata a non dargli il piacere di vedere la sua paura.

Rabbrividì rendendosi conto che il suo battito cardiaco non le martellava più dolorosamente nel corpo e che la sua temperatura era scesa. Aggrottò la fronte: era l'effetto dello svenimento o qualcos'altro?

I suoi piedi sguazzavano nell'acqua fredda che copriva il pavimento del tunnel, e si accigliò, confusa dalla sensazione dell'acqua che le lambiva i polpacci.

Guardò in basso.

L'acqua che una volta le copriva i piedi era salita.

Gridò, il suono smorzato dal bavaglio, e alzò gli occhi verso il palo bianco fissato sulla parete opposta, rendendosi conto del suo significato.

Le linee erano segni; vecchi, in centimetri anziché in metri, dei livelli dell'acqua registrati nel tunnel nel corso degli anni.

E il livello dell'acqua era salito da quando era stata portata lì.

Capì allora dove si trovava.

In un canale di scolo.

Non semplicemente un tunnel sotto un edificio, ma uno scarico.

Cercò di concentrarsi per calmare il respiro e tese le orecchie per sentire il familiare scorrere dell'acqua più in alto nel tunnel alla sua sinistra.

Pioveva quando era stata presa, un diluvio forte e costante che stava già facendo traboccare i tombini ai lati della strada.

Per quanto tempo aveva piovuto?

Stava ancora piovendo?

Gemette e rivolse l'attenzione al tubo d'acciaio a cui era stata legata. Accanto ad esso, fissata al muro, c'era una vecchia scala di ferro. Alzò di nuovo la testa e cercò di vedere fino a che punto arrivasse la scala.

C'erano diversi pioli sopra di lei, ma mentre i suoi occhi si adattavano alla luce fioca della lampada, le sembrò di vedere dove finiva. Sembrava esserci un coperchio di metallo in cima, ma un bagliore di luce pallida lo circondava, e intuì che si trattava di un tombino.

Strinse i denti e tirò la corda che passava attraverso i pioli e intorno ai suoi polsi.

Non si mosse.

Provò a spostare il peso lontano dalla scala, poi gridò quando la tensione sulle spalle divenne troppo forte.

Un leggero *plop* risuonò dall'oscurità e trattenne il respiro.

Qualcosa squittì.

Il fascio della lampada da campeggio vacillò, la lampadina si affievolì prima di tornare al suo colore giallastro malsano. Nello stesso momento, un grosso ratto arrivò dalla sua sinistra, cavalcando la corrente d'acqua.

Il suo naso si mosse mentre si avvicinava, e poi, con orrore di Emma, cambiò direzione e attraversò il flusso verso il punto in cui lei si trovava, indifesa mentre le sue zampe anteriori graffiavano la sua gamba nuda.

Urlò e scalciò.

Il bavaglio le entrava in bocca ad ogni respiro, e tossì, i muscoli del petto che si contraevano mentre cercava di forzare l'aria attraverso le narici e nei polmoni.

Il fetore di vegetazione marcia, se non peggio, le riempì i sensi, e represse l'impulso di vomitare.

Il ratto si allontanò velocemente, spaventato dal suo movimento, e lei lo osservò, con il respiro affannoso, mentre la sua scia scompariva lungo il canale.

I suoi occhi caddero di nuovo sul livello dell'acqua.

All'inizio, cercò di convincersi che l'acqua che lo lambiva fosse semplicemente causata dal movimento del suo scalciare contro il ratto. La sua inquietudine aumentò con il passare dei minuti, e si rese conto che l'acqua stava salendo più velocemente.

Il tempo stava per scadere.

CAPITOLO 52

Quando Eli raggiunse la casa di sua madre, era completamente fradicio.

La sua sottile maglietta gli si appiccicava alla schiena e al petto, e si tirò indietro i capelli per impedire all'acqua di colargli negli occhi.

Doveva prendere le chiavi dell'auto di sua madre.

Aveva trascorso le ultime ore accampato nel garage, immerso in pensieri paranoici.

E se la polizia avesse trovato qualcosa e lo avesse lasciato andare solo per vedere dove sarebbe andato?

Come avrebbe spiegato tutto questo alla persona che più contava in tutta questa faccenda?

Gli avrebbero permesso di tenere la sua collezione di oggetti? Glieli avrebbero restituiti?

Si guardò alle spalle, scrutando le auto e le case vicine.

Nessuno lo seguiva.

In effetti, la strada era deserta e, nonostante fosse infreddolito e bagnato, Eli pensò che almeno il tempo avesse reso il suo compito più facile.

Ora doveva tornare dalla ragazza, e in fretta, prima che l'effetto dei farmaci svanisse.

Sbatté il cancello del giardino e risalì pesantemente il vialetto verso la porta d'ingresso. Rivoli di acqua fangosa scorrevano dai vasi traboccanti accanto al gradino e gli sfrecciavano davanti verso la strada, mentre il suono dell'acqua che sgorgava dalla grondaia rotta sopra la finestra del soggiorno lo raggiunse mentre inseriva la chiave nella serratura.

La porta si aprì prima che potesse girare la maniglia, e sua madre sbirciò attraverso la fessura, i suoi occhi scrutarono velocemente la strada dietro di lui, prima che il suo sguardo torvo si posasse su di lui.

«La polizia è stata qui», disse, afferrandogli la maglietta.

Spalancò la porta e lo tirò dentro.

Inciampò oltre la soglia prima che la porta venisse sbattuta con tale forza che la finestra in cima tremò nel telaio.

Eli poteva sentire l'odore di alcol nel suo respiro e barcollò indietro lungo lo stretto corridoio. Allungò la mano e si aggrappò alla ringhiera delle scale accanto a lui per ritrovare l'equilibrio.

Aveva dimenticato quanto potesse essere forte quando era ubriaca.

Due anni lontano da lei avevano attenuato i ricordi, anche se il dolore al braccio sinistro, nel punto in cui glielo aveva fratturato spingendolo giù dalle scale in un eccesso d'ira quando aveva otto anni, ancora gli faceva male quando faceva freddo.

Era tornato solo perché era costretto, dopo l'incidente

nel Suffolk. Era stato fortunato a evitare l'attenzione della polizia allora, e non aveva altro posto dove andare. Tornare qui doveva essere temporaneo, un'occasione per fare il punto della situazione, reinventarsi prima di proseguire. Aggrottò la fronte, chiedendosi come non si fosse accorto dei segnali e fosse diventato compiacente riguardo ai suoi umori.

«Mi stai guardando male?» biascicò lei.

La sua mano scattò e gli colpì la guancia destra.

Gli occhi di Eli si inumidirono per il colpo.

La sua presa sulla maglietta si allentò, e lui indietreggiò, voltando il corpo lontano da lei, e si strofinò il viso.

«No», mormorò.

«Perché la polizia è venuta qui?»

«Non lo so».

«Stronzate», sputò lei.

Anche se lui era più alto di dieci centimetri, lei era robusta rispetto al suo corpo magro, e aveva usato il suo vantaggio di peso per picchiarlo durante tutta la sua infanzia.

Si affidava agli abusi verbali oltre che fisici, umiliandolo regolarmente, logorandolo fino a fargli credere ogni parola velenosa che usciva dalle sue labbra. Spesso, però, i suoi pugni si scagliavano contro di lui.

Si era sentito impotente fino al giorno in cui, a sedici anni, per la prima volta si era aggregato a un gruppo di ragazzi dopo la scuola, la feccia dei ragazzi con cui nessun altro voleva stare, e anche lì era in fondo all'ordine gerarchico. Si erano preparati per rapinare una vecchia signora in un vicolo vicino a Wheeler Street, ed

Eli aveva sentito il primo fremito di eccitazione quando il capo del gruppo aveva sfidato il più giovane ad andare per primo.

Lo sguardo di terrore che era apparso sul volto della donna aveva riempito Eli di una scarica di adrenalina e lussuria, e improvvisamente aveva capito perché sua madre era come era.

Potere.

Sua madre lo spinse abbastanza forte da farlo cadere a terra.

«Non hai sentito una parola di quello che ho detto, vero?»

Lui gridò quando un calcio ben mirato colpì il suo stinco sinistro.

«Alzati!»

Sua madre si voltò verso il piccolo tavolo contro la parete del corridoio, la sua mano sfiorò il telefono prima di girarsi e mostrare un biglietto da visita. «Detective Carys Miles», disse. «Ha detto che aveva l'autorizzazione per perquisire la casa. La *mia* casa».

«Mi dispiace».

«Ti dispiace?» Avanzò verso di lui, gli occhi fiammeggianti. «Ti dispiace? Hai idea di cosa diranno i vicini?»

Eli scrollò le spalle. I vicini non parlavano mai con loro, quindi non sapeva cosa dire.

Sua madre gli puntò un dito grassoccio nel tessuto morbido accanto alla clavicola, abbastanza forte da lasciargli un altro livido. «Hanno lasciato un casino. A causa *tua*».

Eli si estraniò mentre lei lo rimproverava di essere

inutile, un imbarazzo, tutte le cose che di solito tirava fuori, e lasciò che le parole gli scivolassero addosso.

Una furia gli ribollì nel petto, e la sua visione si offuscò per un momento.

E poi scattò.

Non riuscì a ricordare dopo se lei avesse gridato prima che la sua testa si rovesciasse all'indietro per il colpo, ma avrebbe sempre ricordato lo schiocco quando il suo cranio colpì la ringhiera delle scale una frazione di secondo prima che il suo corpo inerte si accasciasse sul logoro tappeto.

Rimase in piedi per un momento mentre il sangue gli affluiva alla testa. Il suo petto si sollevava ad ogni respiro.

«Merda».

Si accovacciò, rotolò il corpo verso di sé con fatica, e poi indietreggiò quando vide l'ammaccatura sulla sua testa dietro l'orecchio. Un rivolo di sangue le scorreva dal naso e gocciolava sulla sua scarpa.

Eli la spinse via, si alzò e salì le scale due gradini alla volta.

Trattenne il respiro mentre entrava nella sua camera da letto, il fetore di urina e vomito era troppo forte da sopportare.

Lei puliva ogni volta, ovviamente, ma nel corso degli anni, la puzza si era attaccata a tutto, e gli faceva rivoltare lo stomaco.

Si accovacciò e si infilò sotto il letto, poi tirò fuori la sua borsetta e frugò tra le piccole fiale che teneva in una vecchia borsa per il trucco.

Ne prese due e se le infilò in tasca, poi ne afferrò altre, giusto per sicurezza.

Si raddrizzò, corse giù per le scale, scavalcò il suo

corpo e si affrettò in cucina. Le chiavi dell'auto pendevano da un gancio color rame accanto alla porta interna che conduceva al garage singolo, e le afferrò al volo mentre passava.

La piccola utilitaria arrugginita era ferma nell'oscurità, ed Eli si chiese quando sua madre fosse stata l'ultima volta abbastanza sobria da guidare e se ci fosse ancora benzina nel serbatoio.

Superò lo specchietto sporgente per raggiungere la porta del garage e la spalancò con forza, corse in fondo al vialetto e aprì i due cancelli di metallo.

Tornato al veicolo, inserì la prima chiave per sbloccare la portiera del conducente, poi infilò la seconda nel quadro e la girò.

Il motore borbottò e poi si spense.

Eli imprecò, poi si ricordò che la vecchia auto aveva lo starter manuale. Tirò la leva a metà e riprovò.

Il veicolo si accese con un brontolio, e lui innestò la retromarcia.

L'auto uscì di scatto dal garage ed Eli allentò l'acceleratore. L'ultima cosa che voleva era attirare più attenzione sulla casa di quanto non avesse già fatto la polizia.

Eli portò l'auto in strada, la lasciò accesa mentre correva su per il vialetto e chiudeva la porta del garage.

Mentre tornava alla macchina, una tenda si mosse nella finestra frontale della casa di fronte, e l'uomo che ci abitava sbirciò fuori.

Eli strinse i denti prima di alzare la mano in segno di saluto, poi salì in auto e partì a tutta velocità.

Doveva andare al lavoro.

CAPITOLO 53

Kay tamburellava con la penna sulla scrivania, gli occhi vagavano sui rapporti dell'indagine.

Non avrebbe ammesso di sentirsi disperata, non di fronte alla sua squadra, ma Eli Matthews le occupava i pensieri sin da quando lo aveva ascoltato per la prima volta nella sala interrogatori.

L'uomo era un deviato, e non aveva dubbi sulla sua intelligenza o astuzia.

Durante l'interrogatorio, era stato troppo sicuro di sé, troppo a suo agio. L'unica volta in cui lo aveva visto vacillare era stato quando Sharp aveva annunciato che avevano ottenuto le autorizzazioni per la perquisizione.

Eli si era ripreso rapidamente, ma lei aveva visto un lampo di dubbio offuscargli gli occhi. Solo per un secondo, ma l'aveva visto.

La frustrazione poteva causare errori, quindi la represse e si costrinse a continuare a leggere.

Una tazza di caffè apparve davanti a lei, il contenuto fumante.

«Ho pensato che potesse servirti», disse Barnes.

«Grazie, Ian».

Si appoggiò allo schienale della sedia e avvolse le dita intorno alla superficie di ceramica, gli occhi vagavano sulla pioggia che batteva sulle finestre della sala operativa.

«Un penny per i tuoi pensieri?»

Sospirò. «Cosa mi sono persa, Ian?» Alzò una mano e iniziò a contare con le dita. «Ha un furgone che è stato avvistato a tarda notte senza una spiegazione di cosa ci facesse lì; è un vecchio furgone da corriere, identico a quello nelle riprese delle telecamere a circuito chiuso; non ha un alibi solido per i suoi spostamenti quella notte, eppure questo non basta ancora per trattenerlo».

«Abbiamo bisogno di più, sergente», disse Barnes. Si appollaiò sulla sua scrivania e sorseggiò la sua bevanda. «Deve aver commesso un errore da qualche parte».

«Ma il deposito era pulito, così come la casa».

«Forse ha un altro posto», disse Barnes.

Kay posò la tazza di caffè. «Non mi arrendo. Andrò a cercare i suoi vecchi datori di lavoro qui a Maidstone. Scoprirò perché se n'è andato e si è trasferito nel Suffolk».

«Non credi alla sua storia del cambio di scenario, allora?» disse Barnes, con un ghigno all'angolo della bocca.

«No, non ci credo», disse Kay. Gli puntò il dito contro. «E nemmeno tu».

Barnes alzò le spalle. «Stiamo brancolando nel buio però. La farà franca, vero?»

«Non se posso fare qualcosa», disse lei. «Sta diventando incauto. Significa che sta diventando irrequieto».

«Per un'altra dose, pensi?»

Annuì. «Immagino che sia quello o qualcos'altro, sì».

«Quanto tempo pensi che abbiamo prima che prenda qualcun altro?»

«Non lo so. Io…»

Si interruppe quando un agente in uniforme sporse la testa dall'angolo della porta. «Scusate l'interruzione. Ho pensato che dovreste saperlo: è arrivata una chiamata al 999 da una certa signora Evans. Vicina di casa di Beryl Matthews, la madre di Eli, mezz'ora fa. Ha detto di aver sentito un'accesa discussione e si è preoccupata dopo aver visto Eli lasciare la casa».

Kay balzò dalla sedia e si gettò la giacca sulle spalle. «Cos'è successo?»

«Una pattuglia è intervenuta immediatamente sulla scena. Beryl Matthews è stata trovata morta ed Eli è scomparso. La squadra forense è in arrivo».

«Grazie». Si voltò verso Barnes. «Andiamo».

CAPITOLO 54

Assaporava il silenzio del suo ufficio, la porta chiusa a chiave per il momento.

Riusciva concentrarsi, tanto per cominciare.

Indisturbato, poteva lavorare per ore, senza il baccano proveniente dalle altre persone. Senza le continue interruzioni.

Non gli dispiacevano le lunghe ore che il suo ruolo comportava; dopotutto, un'attività di successo aveva bisogno di essere seguita, incoraggiata. La sua posizione comportava un livello di responsabilità che gli piaceva.

Era più che degno del ruolo.

Passò in rassegna con lo sguardo i documenti che coprivano la superficie della scrivania, poi il suo sguardo cadde sul computer portatile spinto da un lato.

Si passò la lingua sul labbro inferiore.

Si era promesso di finire con le scartoffie prima di guardare di nuovo.

Un sospiro gli sfuggì dalle labbra, e sentì la familiare tensione nei pantaloni.

Accidenti, le scartoffie potevano aspettare.

Si sporse in avanti e tirò il computer verso di sé. Chiuse il file davanti a sé, spostò i fogli e toccò due volte un tasto per riattivare il computer.

Password?

Digitò una sequenza disordinata di simboli, lettere e numeri che erano privi di senso, e il portatile si attivò.

Le sue dita lavorarono sulla tastiera finché il programma non si aprì, e si appoggiò allo schienale della sedia con un gemito.

Era sveglia!

Allungò la mano e fece scorrere un dito sullo schermo, tracciando il suo profilo.

La droga dello stupro che Eli aveva usato era ormai completamente svanita, si rese conto, e cercò di contenere la sua eccitazione.

La ragazza, Emma, Eli aveva informato, stava fissando i suoi piedi, e mentre i suoi occhi percorrevano il suo corpo, lui soffocò una risata gioiosa.

L'acqua stava salendo, proprio come Eli aveva previsto.

Guardò Emma lottare contro i suoi lacci, e per un momento si chiese se sarebbe riuscita a scappare.

Ma no.

Si rilassò quando lei si fermò, la frustrazione le offuscava i lineamenti.

Non sarebbe andata da nessuna parte.

Aggrottò la fronte e si avvicinò all'immagine.

Nonostante i suoi sforzi, la ragazza non era senza fiato.

Premette un tasto e ingrandì l'obiettivo sulla sua pelle.

La pelle d'oca le copriva le braccia e le gambe.

Si appoggiò di nuovo allo schienale della sedia, il solco sulla sua fronte si approfondiva.

Avrebbe dovuto sudare, il petto ansimante per lo sforzo, il battito cardiaco accelerato.

Invece, sembrava avere freddo.

La osservò mentre prendeva un respiro profondo, prima di tirare di nuovo i lacci, usando il suo peso per tendere il tessuto al limite.

Poi si rese conto di cosa non andava.

«Merda» mormorò.

Allungò la mano verso il telefono e compose un numero.

CAPITOLO 55

Kay indossò una tuta e dei copriscarpe di plastica prima di chiudere la sua auto a chiave e seguire Barnes attraverso il cancello del giardino verso la casa di Beryl Matthews.

I vicini si erano radunati per strada; un piccolo gruppo composto da persone di una generazione più anziana e, Kay notò con sollievo, senza smartphone per filmare gli investigatori della scientifica al lavoro.

Una tenda bianca era stata eretta davanti alla porta d'ingresso, dove erano due agenti in uniforme, uno con un blocco per appunti. Kay firmò per sé e Barnes, e poi varcò la soglia entrando nell'ingresso dei Matthews.

Lucas alzò lo sguardo verso di lei dalla sua posizione accovacciata sul pavimento. «Ferita da trauma contusivo alla nuca», disse. «Dato il sangue e il tessuto sulla balaustra delle scale, direi che è caduta contro di essa. La morte è stata istantanea».

«Caduta o spinta?» chiese Kay.

Le sue labbra si strinsero. «Ci sarebbe voluta una forza notevole per causare quel tipo di lesione».

Kay si voltò verso Barnes. «Fai diffondere una descrizione di Eli a tutti gli agenti in uniforme. È il nostro principale sospettato per l'omicidio di Beryl Matthews, e deve essere fermato il prima possibile».

Lui annuì e tirò fuori il telefono. Si allontanò per parlare con gli agenti in uniforme, e Kay rivolse di nuovo la sua attenzione al patologo.

Lucas si raddrizzò. «La squadra di Harriet ha trovato delle fiale di insulina nella borsetta della signora Matthews. Ne teneva alcune in un vecchio beauty case».

«Era diabetica?»

«Sembra di sì. Avremo la conferma dal suo medico di base a tempo debito», disse, «ma sembra che ne manchino alcune, abbiamo trovato scatole vuote nel cestino del bagno».

«E non erano state notate prima?» disse Kay. Distolse lo sguardo dalla donna sul pavimento. «Sembra che lui stesse saccheggiando le sue scorte».

«Forse lei sospettava che lo stesse facendo e ha cercato di nasconderle da lui».

«Può darsi».

«Ti farò sapere se troviamo qualcos'altro».

«Grazie».

Kay si infilò le mani guantate nelle tasche e si diresse verso la porta d'ingresso, poi si tolse i copriscarpe e la tuta.

Barnes finì di parlare con i due agenti in uniforme sotto il riparo del portico, e uno degli agenti si precipitò verso l'auto di pattuglia parcheggiata sul marciapiede, con il trasmettitore radio alle labbra, mentre l'altro manteneva la sua presenza sulla soglia.

Barnes la vide avvicinarsi e allontanò il telefono dall'orecchio.

«Abbiamo ricevuto una segnalazione telefonica da un vicino che dice di aver sentito delle urla questa mattina presto».

Lo sguardo di Kay si spostò su un anziano che le faceva cenno dall'altro lato della strada, un grande ombrello con il marchio di una nota marca di golf stampato sulla superficie tenuto sopra la testa, a ripararsi dalla pioggia costante.

«Credo che qualcuno voglia parlarci».

Guidò Barnes attraverso la strada di corsa, e l'uomo tese la mano.

«Sono Felix Peters», disse, e indicò con il pollice alle sue spalle. «Abito lì».

Kay presentò sé stessa e Barnes. «C'è qualcosa che voleva dirci, signor Peters?»

Lui annuì, spostando lo sguardo sulla tenda bianca e sulle persone che andavano e venivano dalla casa dei Matthews. Tese l'ombrello in modo da offrire un riparo a entrambi. «L'ho visto. Qualche ora fa. Ha preso l'auto di sua madre». La sua fronte si corrugò. «Non gli permette mai di guidarla».

«Perché no?»

«Non gli permette di fare nulla, tranne andare al lavoro», disse. Le sue spalle si afflosciarono. «È l'alcol. Era anche peggio quando era un ragazzino. Non poteva proteggersi, soprattutto dopo che suo padre se n'è andato quando Eli aveva solo cinque anni».

Kay alzò un sopracciglio verso Barnes. «L'ha vista?»

«Oh sì», disse Peters. «Era corso giù per il vialetto per

aprire i cancelli. Ha fatto retromarcia con l'auto, poi mi ha salutato con la mano ed è partito». Si strofinò il mento. «Sorpreso che sia partita. Saranno essere anni che Beryl non è in condizioni di guidare».

«Qual è la marca e il modello?»

Peters glielo disse, e si assicurò di dare a Barnes il numero di targa due volte, per essere sicuro.

«Grazie, signor Peters, è stato molto utile», disse Kay. «Nei prossimi giorni la contatteremo per raccogliere una dichiarazione formale».

Lui li chiamò mentre si allontanavano.

«Allora è morta?»

Kay si fermò e guardò oltre la spalla. «Mi dispiace, signor Peters, ma non posso parlare…»

«Che sollievo, quella stronza!», disse il vecchio, e sputò nel canale di scolo prima di voltarsi sui tacchi.

«Sembra che Beryl Matthews fosse proprio un incanto», disse Barnes.

«È comunque morta», disse Kay. «Ed Eli Matthews è ancora il nostro principale sospettato».

Mentre raggiungevano il giardino dei Matthews e il cordone del nastro, posò una mano sul braccio di Barnes.

«Vado a scambiare due parole con Sharp per aggiornarlo», disse. «Fai circolare quel numero di targa. Tutte le pattuglie devono segnalare immediatamente qualsiasi avvistamento e fermare Eli Matthews».

«Farò in modo che Gavin metta anche le telecamere a circuito chiuso e il riconoscimento automatico delle targhe».

«Bene. Fai quelle chiamate, e poi andiamo».

Kay si diresse verso la sua auto, le scarpe schizzarono

attraverso l'acqua nel canale di scolo prima di rannicchiarsi dietro il volante e chiudere la portiera con un tonfo.

Tirò fuori il telefono e premette la chiamata rapida, alzando il volume per sovrastare il rumore della pioggia sul tetto.

Sharp rispose al secondo squillo.

«Kay?»

«Abbiamo i dettagli dell'auto di sua madre, secondo un vicino, Eli è fuggito con quella. Stiamo controllando le telecamere a circuito chiuso, e tutte le pattuglie hanno ricevuto l'ordine di tenere gli occhi aperti e fermarlo con l'accusa di omicidio di Beryl Matthews».

«Quindi uccide sua madre e prende la sua auto? Sembra estremo».

«La vicina, la signora Evans, ci ha detto che Beryl Matthews era un'alcolizzata, e anche cattiva. Vivono qui da quando Eli era un bambino», aggiunse, controllando gli appunti che aveva preso prima di lasciare Felix Peters. «Eli se n'era andato, ma è tornato diciassette mesi fa senza preavviso. Coincide con il suo fascicolo personale al deposito. Nel giro di una settimana, la vicina ha notato che aveva lividi sul viso e sulle braccia, anche se Eli cercava di coprirli con il trucco».

«Sua madre lo picchiava?»

«A quanto pare. Lo picchiava da bambino quando si ubriacava, e non sembra che abbia mai smesso. Suo padre se n'è andato quando aveva cinque anni, e non è mai tornato».

«Quindi, questa è legittima difesa?»

Kay batté il pugno contro il finestrino dell'auto mentre rifletteva. «Non lo so», disse. «Forse era destino, ma ci è voluta molta forza, rabbia, per far scattare la testa all'indietro con quell'angolazione secondo Lucas. La Scientifica ha trovato fiale di insulina nascoste nella borsetta di Beryl. Sembra che ne sia stata usata un po' perché ci sono scatole vuote nel cestino».

Alzò lo sguardo quando un'ombra attraversò il lunotto posteriore, e poi Barnes aprì la portiera del passeggero prima di fermarsi per portare il telefono all'orecchio.

«Ci uniremo alle ricerche», disse a Sharp. «Manterremo il contatto radio, e ti telefonerò con un aggiornamento non appena avremo qualcosa da riferire. Almeno una volta che lo avremo in custodia, potremo anche cercare di accertare il suo coinvolgimento nel rapimento e nella morte di Melanie Richards».

Terminò la chiamata e guardò Barnes che spalancava la portiera dell'auto, con il telefono stretto al petto.

Il suo viso era bianco.

«Che succede?»

«Era Eli Matthews», disse, con la voce tremante. «Ha preso mia figlia. Quel bastardo ha rapito Emma».

CAPITOLO 56

Kay fece sterzare bruscamente l'auto alla curva, ignorando il grugnito di Barnes quando il lato della sua testa sbatté contro il finestrino.

«Chiamerò Sarah. Per scoprire che diavolo sta succedendo.»

«Aspetta, cosa? Sarah Thomas è la tua ex moglie?»

«Sì.»

«Non hai mai menzionato di avere una figlia, Ian.»

Lui tirò su col naso e compose un numero. «Non ha voluto avere niente a che fare con me da quando mi sono separato da sua madre. Non usa nemmeno il mio cognome.»

«Ma io l'ho interrogata riguardo a Melanie Richards,» disse Kay, sbalordita. «Avresti pensato che una delle due me l'avrebbe detto, no?»

Barnes emise una risata amara. «Odia il fatto che io sia un detective. Entrambe lo odiano.»

«Non hai menzionato nulla durante i briefing sul fatto che foste parenti.»

«Non volevo coinvolgerle. Stavo cercando di proteggerle.»

Kay imprecò sottovoce. Ci sarebbe stato tempo per i rimproveri più tardi, ma ora la priorità era trovare Emma.

«Come fa a sapere che è tua figlia?»

«Aveva una vecchia foto di me in uniforme nella sua borsetta. Deve avermi visto al deposito del corriere e aver fatto due più due.»

«Merda.»

«Pronto?» Barnes rivolse la sua attenzione al telefono mentre la sua ex moglie rispondeva. «Perché diavolo non mi hai detto che Emma era scomparsa?»

Kay si morse il labbro e si concentrò nel manovrare l'auto attraverso il traffico mentre ascoltava le parole di Barnes durante la conversazione.

«Quando? Per l'amor del cielo, Sarah, avresti dovuto dirmelo!» Inspirò profondamente. «L'ha presa lui, Sarah. Lo stesso uomo che ha preso Melanie. L'ha presa!»

Terminò la chiamata e gettò il telefono sul cruscotto, che scivolò verso Kay.

Lei lo afferrò prima che potesse cadere e glielo restituì. «Che sta succedendo?»

«Sarah e Vince si sono svegliati giovedì mattina e hanno scoperto che Emma era sparita,» disse lui, con la voce tremante. «Ha lasciato un biglietto, diceva che sarebbe andata in discoteca con la sua amica Tanya la sera prima e che sarebbe rimasta a casa dei genitori della sua amica per il resto della settimana, diceva che non sopportava più di stare chiusa in casa. Diceva che sarebbe tornata questo fine settimana, prima di dover tornare a scuola.» Si fermò, col petto che si alzava e abbassava.

«Emma e Tanya spesso dormono l'una a casa dell'altra, quindi Sarah non si è preoccupata troppo. Ha detto che pensava le avrebbe fatto bene. Dato che Emma non era ancora tornata stamattina, Sarah ha chiamato Tanya. Non parla con Emma da mercoledì sera. Oh Dio...»

«Mercoledì sera? La sua amica non ha denunciato la sua scomparsa?»

Barnes scosse la testa. «A quanto pare hanno litigato, Tanya è andata via col suo ragazzo, lasciando Emma da sola. Quando è tornata a casa giovedì mattina ed Emma non c'era, ha pensato che fosse arrabbiata e fosse tornata a casa.»

«Nessuna richiesta di riscatto?»

«Nessuna.»

Kay aggrottò le sopracciglia, e poi capì. «Non ha avuto il tempo di chiamarli. È stato con noi.»

Afferrò il trasmettitore radio dal supporto sul cruscotto e lo avvicinò alle labbra.

«Qui è il sergente Hunter. Non fermate, ripeto, non fermate, Eli Matthews. Mantenete le distanze se lo trovate, ma non deve essere trattenuto fino a mio ordine.»

Lanciò il trasmettitore radio a Barnes, che lo prese e lo tenne tra le mani, con le nocche bianche.

«Cosa ha detto?»

«Ce l'ha lui.»

«Lo so, Ian. Concentrati. Cosa ti ha detto esattamente?»

Lo sentì espirare mentre rallentava per negoziare un semaforo rosso e premette l'acceleratore non appena fu libera dall'incrocio.

«Ha detto "se vuoi rivedere tua figlia viva, fai cessare

le ricerche su di me. Non ha molto tempo". Questo è tutto.»

«Rumori di sottofondo?»

«Stava guidando.» Barnes aggrottò la fronte. «C'era un clacson in sottofondo, il fischio di un treno.»

«Quindi è da qualche parte vicino a una linea ferroviaria.»

«Questo non ci aiuta,» sbottò lui. «Ce ne sono due qui vicino.»

«Possiamo…»

Il suono del telefono la interruppe. Indicò la sua borsa nel vano piedi accanto al sedile del passeggero. «Prendi quello.»

Barnes si sporse in avanti, aprì la cerniera e si portò il telefono all'orecchio. «Ian Barnes.»

Kay fermò il veicolo al cancello del parcheggio della stazione di polizia e annuì alla guardia di sicurezza che la fece passare. Lanciò un'occhiata a Barnes e si rese conto di quanto sembrasse malato.

Lui terminò la chiamata e incontrò il suo sguardo.

«Gli agenti in uniforme non hanno ricevuto la chiamata in tempo. Hanno arrestato Eli Matthews.»

CAPITOLO 57

La mente di Kay correva mentre lei e Barnes si precipitavano verso l'ingresso della stazione di polizia.

Sharp li incontrò alla porta. «Che diavolo sta succedendo?»

«Eli Matthews ha ucciso sua madre», disse Kay, mentre si affrettavano verso la sala operativa. «È fuggito e abbiamo diramato un mandato d'arresto. Poi, Matthews ha telefonato a Barnes dicendo che aveva sua figlia, Emma Thomas, e ha lasciato intendere che le avrebbe fatto del male se Barnes non avesse ritirato la caccia all'uomo. Ha detto che Emma stava "finendo il tempo".»

Gli occhi di Sharp si spostarono sul detective più anziano, che camminava nervosamente tra le scrivanie, con la mascella serrata. «Come ha scoperto che Emma era la figlia di Barnes?»

Kay spiegò della fotografia. «Penso che sia stato fortunato», disse, «ma sappiamo che *era stato* bullizzato da lei e Melanie Richards.»

«E poi?»

«Quando abbiamo dato l'ordine di non arrestarlo, era troppo tardi. Una pattuglia in uniforme lo aveva già fermato.»

Si voltarono al suono della porta laterale della stazione che si spalancava, e apparve un agente in uniforme che conduceva Eli Matthews. Un secondo agente chiudeva la fila.

«Bastardo», ringhiò Barnes, e si precipitò verso Matthews.

Gli occhi dell'agente si spalancarono mentre Barnes lo travolgeva, e mirava un pugno a Matthews.

Eli si abbassò, con le mani ammanettate dietro la schiena, un sorriso astuto sul volto.

«Basta!» tuonò Sharp.

Si avvicinò a grandi passi dove Barnes era pronto a colpire di nuovo, e lo trascinò indietro. «Basta, detective. Questo non aiuta.»

Fece un cenno ai due agenti in uniforme. «Portate Matthews in custodia. Ora.»

Annuirono e portarono via l'uomo.

«Andiamo, Ian», disse Kay. Gli mise una mano sul braccio. «Andiamo.» Si voltò verso Carys, che osservava con occhi spalancati. «Portalo nella sala operativa. Restate lì.»

Si fece da parte per lasciarli passare, il suo sguardo catturò l'espressione sul volto di Barnes.

L'uomo non sembrava arrabbiato; sembrava spaventato, e improvvisamente si rese conto che era esattamente ciò che Eli voleva.

Barnes era terrorizzato.

Spinse quel pensiero in fondo alla mente e si rivolse a Sharp.

«Faremo registrare e processare Matthews il prima possibile», disse lui, a bassa voce. «Lo interrogherò con l'ispettore capo Larch. Fai coordinare la ricerca a Carys. Tu fai da collegamento tra l'osservazione dell'interrogatorio e l'aiuto di Carys. La troveremo.»

Lei annuì. «Capo.»

Cristo, lo spero, pensò, mentre correva lungo il corridoio verso la sala operativa.

Tutta la squadra si era riunita, radunata intorno a Barnes mentre Carys cercava di calmarlo.

«Va bene, tutti», chiamò. «Basta così. Abbiamo del lavoro da fare.»

Rivolse la sua attenzione a Debbie West. «Vai a parlare con gli agenti in uniforme che hanno arrestato Eli. Scopri dove lo hanno preso. Torna qui il più velocemente possibile.»

Indicò la mappa sul muro mentre la giovane agente schizzava via. «Spero che fossero vicini al luogo dove tiene Emma.»

«Non la troveremo mai in tempo.» Barnes si tirò i capelli, una vena sulla fronte che pulsava. «Morirà, vero?»

Kay strinse le labbra. «Guarda, Bernard Coombs ha detto di aver trovato il furgone in panne di Eli qui», disse, toccando il puntino blu conficcato nella mappa. Tracciò con il dito la superficie. «Predilige luoghi abbandonati. Da qualche parte dove non è disturbato. Dove Emma non può essere sentita.»

«Aspetta», disse Carys. «Ha detto che sta finendo il tempo. Non ha avuto la possibilità di fare qualcosa di elaborato come ha fatto con Melanie, lo abbiamo tenuto occupato.»

Lo sguardo di Kay vagò verso la pioggia che batteva contro la finestra, poi tornò su Carys.

«Contatta il comune e le pattuglie locali. Fai una lista di tutti i luoghi abbandonati nel raggio di cinque chilometri da dove Coombs ha visto Eli, e da dove è stato arrestato prima. Inizieremo da lì.»

Si voltò verso Barnes, che sembrava sul punto di crollare da un momento all'altro. «Ian, sei ufficialmente sollevato da questa indagine.»

«Kay...»

«È un ordine. Ti terremo aggiornato su tutti gli sviluppi, ma il tuo coinvolgimento personale non aiuterà in questo momento.»

Il suo sguardo cadde sul pavimento. «Sì, sergente.»

———

Kay osservava il monitor e si mordicchiava l'angolo di un'unghia mentre Sharp guidava Eli verso una delle sedie di plastica di fronte a dove sedeva l'ispettore capo Larch, e attese mentre l'avvocato d'ufficio armeggiava con il suo cappotto e la sua valigetta.

Una volta che si fu sistemato, Sharp prese posto, si sporse in avanti, avviò la registrazione e fece le presentazioni. Lanciò un'occhiata a Larch, che annuì in modo impercettibile, e iniziò avvertendo il sospettato dei suoi diritti.

«Hai capito?»

Eli sogghignò e non disse nulla.

L'avvocato d'ufficio si schiarì la gola. «Signor Matthews, deve rispondere.»

Eli si sporse in avanti. «Sì. Ho capito.»

«Grazie.»

Kay osservò mentre Sharp apriva la cartella di manila davanti a lui che avevano preparato. Sapeva che non ne aveva bisogno; ne conosceva il contenuto parola per parola, ma l'avrebbe aiutata a controllare l'andamento dell'interrogatorio, e dato il loro precedente incontro, sapevano bene che Eli capiva il gioco che stava per svolgersi. L'ultima cosa che potevano fare era sembrare disperati. Era per questo che Sharp aveva fatto sedere Eli e il suo avvocato sulle sedie di fronte all'orologio sul muro. Non voleva provocazioni. Incrociò le mani sulla prima pagina e alzò lo sguardo.

Gli occhi di Eli scattarono nell'incontrare i suoi, e per un momento, Kay pensò di aver visto un bagliore di panico.

Bene.

«Dov'è Emma Thomas?»

«Chi è?»

«Bel tentativo, Eli.» Sharp scrollò le spalle. «Va bene. Parliamo di tua madre.»

Passò alla pagina successiva. «Il corpo di sua madre è stato scoperto oggi pomeriggio, nella casa che condividevate», disse. «C'è stata una colluttazione all'ingresso. È stata spinta all'indietro con tale forza che la sua testa ha sbattuto contro la ringhiera delle scale. È morta sul colpo».

«Quella stronza se lo meritava», disse Eli.

Kay inarcò un sopracciglio mentre l'avvocato d'ufficio balbettava una replica al suo cliente.

«Oh, stai zitto», disse Eli, rivolgendosi a lui. «Stai seduto lì e chiudi il becco».

Kay trattenne il respiro.

Non l'avrebbe mai ammesso, ma Eli la inquietava. Non mostrava alcun rimorso per la morte di sua madre, l'aveva praticamente liquidata come un problema passeggero, e sembrava totalmente concentrato nel prenderli in giro riguardo al luogo in cui si trovava Emma.

Sharp e l'ispettore capo Larch avrebbero dovuto essere spietati se volevano trovare la ragazza.

«Perché hai lasciato il Suffolk, Eli?»

Sharp mantenne un tono misurato, rifiutandosi di reagire allo sfogo di Eli.

La testa di Eli scattò, interrompendo a metà frase la sua invettiva contro l'avvocato d'ufficio.

«Cosa?»

Sharp sorrise, con un'espressione predatoria sul volto. «Cos'è successo, Eli? Hai fatto un errore? Hai dovuto scappare?»

La mascella di Eli si contrasse.

«Dov'è Emma Thomas?»

Eli sorrise e alzò lo sguardo verso un punto sopra la testa di Sharp.

«Ultimamente ha piovuto molto, detective», disse, con una voce quasi estasiata. «Immagino che i piedi di Emma si stiano bagnando ormai, non crede?»

«Dov'è, Eli?»

«Pensa che il detective Barnes troverà sua figlia in tempo?» continuò Eli, apparentemente ignaro della domanda. «Come si sente, detective?» Si appoggiò allo schienale e si passò la lingua sul labbro superiore. «Cosa pensa che gli farà quando la troverà annegata, tutta gonfia e blu?»

Si appoggiò di nuovo allo schienale e fissò dritto nell'obiettivo della telecamera.

Nella sala di osservazione, Kay sobbalzò sulla sedia.

Eli fece l'occhiolino. «Tic tac, detective. Tic tac».

CAPITOLO 58

Kay distolse lo sguardo dallo schermo quando sentì bussare alla porta.

La porta si aprì prima che lei potesse rispondere, e Gavin Piper fece capolino.

«Sergente?»

«Che cosa hai?»

«Abbiamo ricevuto una chiamata da Harriet», disse. «Ha trovato un'impronta digitale parziale corrispondente a quella di Melanie, dal furgone sequestrato nel garage chiuso a chiave».

«Dove?» sussurrò Kay.

«Sopra il passaruota all'interno del furgone», disse Gavin. «Harriet pensa che Eli abbia cancellato ogni traccia delle sue mani quando ha pulito il furgone, ma sembra che abbia trascurato il passaruota. Harriet non ha potuto confermarlo fino a quando non ha ricevuto i risultati».

«Come diavolo ha ottenuto i risultati così in fretta?»

Kay aggrottò la fronte, il confronto delle impronte digitali di solito richiedeva settimane con l'arretrato che il laboratorio aveva solitamente, e anche una richiesta urgente poteva richiedere quarantotto ore per essere elaborata. Non potevano permettersi di dover ritirare le accuse per l'omicidio di Melanie contro Eli semplicemente perché un'impaziente tecnica della scientifica aveva deciso di accorciare i tempi.

«A quanto pare, è andata in macchina al campo da golf di Sutton Valence dove il tecnico di laboratorio stava giocando nove buche», disse Gavin. «Lo ha minacciato in tutti i modi, ma è riuscita a farlo salire in macchina e andare direttamente in laboratorio». Sollevò la stampa di un'email. «La conferma è arrivata un paio di minuti prima che ti interrompessi».

Kay strappò il foglio dalla sua mano tesa, i suoi occhi che scorrevano la pagina. «Bel lavoro, Harriet», mormorò. Si sporse in avanti e premette un interruttore.

«Capo? Una parola urgente, per favore».

Sharp alzò lo sguardo verso la telecamera nella sala interrogatori, poi si sporse e interruppe la registrazione prima di uscire in fretta dalla stanza.

In pochi secondi, apparve alla porta della sala di osservazione.

«Come vuoi procedere?» disse Kay, dopo aver spiegato cosa aveva trovato la squadra forense.

«Lo incrimineremo per il rapimento e l'omicidio di Melanie», disse Sharp, «questo lo scioccherà e gli farà confessare dove si trova Emma. Potrebbe pensare di ridurre la sua pena se ci aiuta ora».

Si girò sui tacchi e mise la mano sulla maniglia della porta.

«Aspetta».

Lui guardò oltre la spalla e alzò un sopracciglio verso Kay.

«Non credo che menzionare questo aiuterà Emma», disse lei.

Si avvicinò e abbassò la voce. «Eli Matthews prospera spaventando le persone a morte. Melanie, Tony Richards, Guy Nelson. Se entriamo lì e cerchiamo di fargli dire dove si trova Emma, capirà che siamo disperati».

La mano di Sharp si allontanò dalla maniglia. «*Siamo* disperati. Quindi dovrai fare di meglio».

Kay si passò una mano tra i capelli e iniziò a camminare avanti e indietro nel corridoio. «Eli ha fatto un commento lì dentro, proprio ora», disse, e indicò la porta. «Ha detto "sta piovendo forte da un po' ormai", e poi ha detto che Emma non avrebbe avuto molto tempo. Perché?»

«Ovunque si trovi, l'acqua sta salendo», disse Gavin, facendo un passo avanti. «Se è in uno scarico o in una fogna, l'acqua di tutte le strade di quella zona vi passerebbe attraverso».

«È questo», esclamò Kay. Si voltò verso Sharp. «Può trattenere Eli mentre controlliamo questa pista?» Sbatté le palpebre. «Scusi... capo?»

Lui annuì. «Fatelo. Piante comunali per gli scarichi e le fogne nella zona dove è stato visto il furgone di Eli. Cercate coperchi di accesso, condotti. Trasmettete le informazioni alle squadre là fuori. Sbrigatevi».

«Grazie». Kay si allontanò di corsa.

«E, Gavin?»

Entrambi si fermarono e si voltarono.

«Ben fatto», disse Sharp. «Ora, tutti e due. Andate».

Kay salì le scale fino al piano successivo due gradini

alla volta, imprecò sottovoce quando il suo piede si impigliò sull'ultimo gradino, e riprese l'equilibrio prima di correre lungo il corridoio ed entrare nella sala operativa.

Gavin arrivò pochi secondi dopo, e si affrettò verso la sua scrivania.

Kay mise Carys al corrente. «Quegli edifici abbandonati, restringi la ricerca a quelli che potrebbero avere grandi scarichi o tunnel. Un posto dove può tenerla vicino all'acqua».

«Il comune ha i piani delle fogne e degli scarichi di quella zona sul loro portale web», disse Gavin, digitando una serie di lettere e numeri sulla tastiera del suo computer per accedere al sito. «Aspetta, li proietterò sullo schermo lì».

Kay camminava avanti e indietro davanti al muro, il quadrato bianco vuoto del proiettore la scherniva. Si girò quando Barnes si unì a lei.

«Cosa è successo?»

Kay impiegò una frazione di secondo per decidere se dirglielo, poi indicò Gavin con il pollice. «Eli ha fatto un commento che ci fa pensare che la stia tenendo da qualche parte vicino all'acqua. Gavin ha intuito che probabilmente la sta nascondendo in una fogna o in uno scarico, ha senso», aggiunse, «considerando che ha tenuto Melanie in uno scarico, ma questa volta sta usando la natura per realizzare i suoi desideri».

Rabbrividì mentre il suo sguardo cadeva sui tetti umidi oltre la finestra. «Se Emma è tenuta prigioniera in un condotto o in una fogna, l'acqua salirà rapidamente dopo tutta la pioggia che abbiamo avuto nelle ultime quarantotto ore. Dobbiamo trovarla, e in fretta».

«Ecco qui», chiamò Gavin.

Il quadrato bianco sul muro fu sostituito da una mappa del sud-ovest della città, che mostrava il modello intrecciato di fogne e scarichi che erano stati costruiti nel corso degli anni.

«Qui», disse Carys. «Dove c'erano tutte le cartiere, oltre Tovil. Alcune sono state demolite, altre sono in fase di riqualificazione».

Kay controllò i suoi appunti. «Corrisponde a dove Coombs ha visto il furgone di Eli, ed è abbastanza vicino a dove è stato arrestato». Indicò Gavin. «Manda le squadre di ricerca lì. Ora».

«Ci sto lavorando».

«Io vado», disse Barnes.

Kay si girò di scatto. «Cosa pensi di fare?»

«Vado là fuori», disse Barnes, afferrando le chiavi della sua auto dalla scrivania. «Non posso stare seduto qui mentre la stanno cercando. Devo essere là». Puntò un dito verso di lei. «Nel momento in cui scopri qualcos'altro, mi chiami, hai capito?»

CAPITOLO 59

Emma tossì e strofinò il lato del viso contro la spalla ancora una volta.

Il livello dell'acqua aveva raggiunto il suo petto; onde distinte le lambivano il corpo mentre i lacci ai polsi rimanevano intatti, nonostante i suoi sforzi per allentarli.

Aveva cambiato tattica un po' di tempo fa e si era concentrata sul bavaglio che le era stato legato intorno alla testa per coprirle la bocca. Se fosse riuscita a togliersi il bavaglio, ragionò, avrebbe potuto usare i denti per strappare i lacci ai polsi e fuggire.

Non aveva idea di quanto tempo fosse passato, ma il tempo impiegato dall'acqua per salire dalle cosce allo stomaco non poteva essere stato più di un'ora.

Il flusso era anche più rapido, mentre passava, l'acqua aveva una corrente distinta, scorrendo da sinistra a destra.

Ringhiò sottovoce e ci riprovò ancora una volta.

Se c'era una corrente, forse portava da qualche parte.

O forse avrebbe dovuto girare a sinistra.

Ma era la direzione in cui l'uomo era andato quando l'aveva lasciata. E se la stesse aspettando?

Era parte del suo gioco malato?

Rabbrividì.

Strinse il viso mentre una nuova ondata la colpiva e cercò di non pensare a cosa potesse galleggiare nell'acqua.

La lampada da campeggio manteneva ancora il suo fascio giallo, offrendole una chiara visuale dell'ambiente circostante.

Sbatté le palpebre.

La luce rossa sopra l'obiettivo della telecamera tremolò.

Emma trattenne il respiro.

L'uomo non era tornato da molto tempo - era passato un giorno dall'ultima volta che l'aveva visto, o di più?

Allungò il collo e cercò di guardare dietro la telecamera. Era stata fissata a un tubo sulla parete opposta con del nastro isolante nero, ma non ne fuoriuscivano cavi.

Il suo cuore fece un balzo.

La batteria si stava scaricando.

Se fosse riuscita a scappare, lui non l'avrebbe saputo.

Si immobilizzò, e la luce tremolò ancora una volta.

Espirò, spaventata che lui potesse tornare ora, che in qualche modo potesse guadare tutta quell'acqua e cambiare la batteria.

Tese le orecchie, ma solo il suono dell'acqua che scorreva le giungeva dal lato sinistro del tunnel.

Si voltò di nuovo verso la telecamera.

La luce rossa si era affievolita?

Inclinò la testa da un lato, strofinò il bavaglio con il

braccio e sentì il materiale cedere. I suoi occhi caddero sull'asta bianca di misurazione di fronte.

Non rimaneva molto spazio tra il livello attuale dell'acqua e la cima, solo trenta centimetri di altezza.

Strofinò più forte il bavaglio.

Cedette all'improvviso, il materiale si allentò sotto l'orecchio destro, e lei lo spinse freneticamente di lato con la spalla; il respiro si trasformò in ansimi.

In quel momento, la luce rossa si spense.

Un grido le sfuggì dalle labbra, e girò la testa verso la via d'uscita; l'acqua le scorreva accanto a velocità costante.

I lacci al polso sinistro sembravano più deboli, così usò i denti e rosicchiò il materiale. Tirò e strattonò finché non riuscì ad allentare il nodo, e alla fine riuscì a creare uno spazio abbastanza grande per far passare la mano e liberarla.

Rivolse l'attenzione ai lacci del polso destro, ma la mancanza di circolazione nella mano sinistra rendeva i suoi movimenti goffi. Non riusciva a sentire quello che stava facendo. Gridò per la frustrazione, e poi si rese conto che avrebbe lavorato più velocemente usando di nuovo i denti.

Ci vollero solo pochi minuti per liberarsi finalmente dagli ultimi lacci, e rimase in piedi per un momento a strofinarsi i polsi e le mani. Formicolii le attraversarono vene e arterie, e digrignò i denti per l'agonia prima di scuotere le mani per cercare di accelerare il processo.

Mentre il torpore negli arti si attenuava, si fece strada sguazzando attraverso lo stretto tunnel fino a dove erano stati posizionati la lanterna da campeggio e la telecamera, sganciò la lanterna e la fece ondeggiare davanti a sé mentre cercava di orientarsi.

Il soffitto si curvava alla fine del tunnel, e oltre la sua posizione, ai limiti estremi del fascio della lampada, poteva vedere che si restringeva; il design forzava l'acqua in uno spazio più piccolo, eliminando la sacca d'aria tra la superficie dell'acqua e il soffitto.

Si rese conto con disperazione che non sarebbe rimasta aria nel tunnel se avesse cercato di nuotare via.

Era a corto di tempo.

CAPITOLO 60

Kay si sporse in avanti, il naso a pochi centimetri dal monitor, la mascella serrata mentre cercava di ignorare il rumore della pioggia che tamburellava sul tetto sopra la sua testa.

Avrebbe fatto tutto il possibile per assicurare alla giustizia l'assassino di Melanie, ma ora Eli Matthews l'aveva resa una questione personale.

Ripensò all'adolescente che aveva incontrato solo pochi giorni prima, al dolore della ragazza per aver perso un'amica per mano di un assassino così sadico.

Sì, la ragazza era una bulla, ma non meritava di morire.

E non in questo modo.

Tutti commettono errori nella vita, e Kay ripensò ai suoi giorni di scuola. I suoi bulli avevano danneggiato la sua fiducia, influenzato le sue scelte, fino alle materie d'esame che aveva scelto a scuola, semplicemente per evitare la costante tirata del gruppo di ragazze e della loro leader.

Ma si era ripresa. Con il tempo.

E se una di quelle ragazze si fosse mai trovata nei guai, sapeva in cuor suo che avrebbe fatto tutto il possibile per aiutarla.

I piani sullo schermo si offuscarono e lei scosse la testa.

Dovevano trovare Emma.

Non riusciva a immaginare cosa stesse passando Barnes in quel momento. O la madre di Emma.

Il suo telefono le fece vibrare il gomito, il movimento lo fece scivolare sulla superficie lucida della scrivania laminata prima che lei allungasse la mano per afferrarlo.

«Pronto», disse, con gli occhi fissi sul monitor.

«Sono Grey», disse una voce eccitata. «Ho qualcosa per te, credo».

«Okay, dimmi».

«L'ordine d'acquisto per l'attrezzatura delle telecamere a circuito chiuso, quello che hai preso dal deposito del corriere».

«Cosa c'è?»

«Ci sono delle cose qui che non hanno senso».

Kay si alzò e cominciò a camminare avanti e indietro sul tappeto accanto alla sua scrivania. «In che senso?»

«In cima all'ordine c'è l'obiettivo sostitutivo e alcune parti per alloggiare l'obiettivo, ma ci sono tre articoli qui che non hanno nulla a che fare con il sistema delle telecamere a circuito chiuso. Beh, non con nessun sistema a circuito chiuso che abbia mai visto».

«Per cosa potrebbero essere usati?»

«Registrazione video domestica».

Kay si fermò in mezzo alla stanza, facendo quasi

scontrare Debbie con lei. Kay alzò la mano in segno di silenziose scuse.

«Quali sono le parti?»

Grey gliele lesse.

«Sei sicuro che non possano essere usate in un sistema a circuito chiuso?»

«Abbastanza sicuro. Certamente non per il sistema del deposito».

«Ottimo, Grey».

Terminò la chiamata e si gettò la giacca sulle spalle.

«Carys, vieni con me».

«Certo, sergente».

Kay afferrò l'ordine d'acquisto che avevano ricevuto, ne fece una fotocopia e lo infilò nella sua borsa mentre Carys la raggiungeva, con un mazzo di chiavi dell'auto in mano.

«Dove andiamo, sergente?»

«Al deposito di County Deliveries. Voglio scambiare due parole con Colin Broadheath».

CAPITOLO 61

Barnes si asciugò una lacrima dalla guancia e si voltò nella speranza che nessuno degli agenti in uniforme che stavano attraversando il cantiere accanto a lui lo vedesse.

Erano stati informati, ovviamente, e lui aveva fatto del suo meglio per ignorare gli sguardi di pietà che gli venivano lanciati mentre la squadra si riuniva al punto d'incontro stabilito per iniziare la ricerca.

Stringeva il cellulare nella mano sinistra, desiderando che squillasse, che qualcuno gli dicesse dove si trovava sua figlia.

La pioggia era cessata quindici minuti prima, ma ci sarebbero volute diverse ore perché l'acqua defluisse e si prosciugasse, e il suono delle ultime gocce che scorrevano attraverso grondaie e pluviali gli giunse alle orecchie mentre girava l'angolo dell'edificio successivo.

La squadra era riuscita a triangolare una chiamata fatta dal cellulare di Eli in questo posto, un condominio abbandonato e incompiuto, recintato per tenere lontani gli intrusi e che dava su un campo che digradava dolcemente verso la strada principale a un chilometro e mezzo di distanza.

Rabbrividì mentre ricordava la storia del sito.

Uno degli agenti in uniforme aveva cercato informazioni sul suo smartphone mentre organizzavano le squadre per perlustrare il luogo, e aveva raccontato loro che un tempo c'era stato un vecchio mulino.

Aveva continuato a riportare la storia della nuova costruzione, compreso i lavori che erano stati interrotti una volta che il labirinto di fogne e scarichi di epoca vittoriana aveva reso il luogo inutilizzabile.

Barnes represse l'impulso di farsi prendere dal panico, anche se sapeva che era un esercizio inutile. Conosceva il gioco di Eli. Sapeva che quell'uomo avrebbe goduto nel vederlo crollare per un attacco di cuore dettato dalla paura, proprio come Tony Richards, o nello spingerlo al suicidio come Guy Nelson, ma si sarebbe dannato piuttosto che dare quella soddisfazione a quel mostro.

Strinse i denti.

Mentre camminava pesantemente sul cemento crepato del sito abbandonato, raggiunse una delle agenti in uniforme.

I suoi occhi parlavano da soli e ribadivano semplicemente ciò che tutti loro dovevano pensare.

Povero bastardo.

Annuì e proseguì. Non riusciva a parlare in quel momento, non riusciva a fingere di stare bene, di reggere, di avere ancora la speranza di trovare Emma.

La sua mente tornò a tempi più felici. Quando Emma era nata, lui e Sarah erano al settimo cielo, e lo erano anche i suoi colleghi in uniforme di allora.

Durante una sessione molto alcolica dopo un turno per celebrare la neonata, il suo sergente si era fatto strada barcollando verso di lui, gli aveva messo in mano un altro drink e gli aveva dato una pacca sulla spalla.

«Solo i veri uomini hanno figlie femmine», aveva sorriso, da orgoglioso padre di tre.

Sarah era rimasta devastata quando i medici le avevano detto che non avrebbe più potuto avere figli. Anche Barnes lo era stato, ma più per la tristezza di sua moglie che per il pensiero di non avere mai un figlio maschio.

Era andato tutto bene finché Emma era una bambina. Certo, i suoi turni sconvolgevano le sue abitudini serali, e a volte arrivava a casa così tardi da poter solo sbirciare dietro l'angolo della porta della camera da letto per vedere la figura della sua bambina addormentata. Ma c'erano stati fine settimana sulla costa e vacanze più lunghe in Galles e Devon, dove le aveva insegnato a costruire castelli di sabbia, a giocare a nascondino e a costruire dighe sui ruscelli. Era inevitabile che le mostrasse cose che un giorno sperava di mostrare a un figlio, ma lei prosperava nell'avventura e non piangeva mai quando inciampava.

Poi, quando aveva iniziato la scuola secondaria, lui aveva scelto di perseguire la sua ambizione di diventare detective, e in qualche modo era andato tutto storto.

Era iniziato con Sarah che faceva commenti sarcastici sul fatto che restasse fino a tardi a lavoro. Non avrebbe mai sognato di avere una relazione, ma si ritrovò ad essere accusato proprio per quello, nonostante le sue proteste.

E col tempo, Emma aveva imparato a imitare sua madre. Tornava a casa e trovava sua moglie davanti alla televisione, con la mano sul telecomando mentre lo ignorava consapevolmente, mentre Emma lo fissava dall'altra parte del tavolo della cucina con i compiti sparsi davanti mentre lui riscaldava la cena.

Negli anni successivi, le cose erano peggiorate, fino a che un giorno si rese conto che non voleva più tornare a casa.

Il divorzio era stato rapido e amaro.

E, si rese conto, che aveva influenzato il suo giudizio nel corso dell'indagine.

Perché diavolo non aveva detto a Hunter che Emma era sua figlia?

Strinse i pugni. Avrebbe fatto qualsiasi cosa per trovare la sua bambina.

La sua testa scattò a sinistra quando una delle agenti in uniforme avvicinò il trasmettitore radio all'orecchio, con le interferenze che crepitavano nell'aria tra loro. Si mise l'auricolare e poi le sue spalle si afflosciarono.

Un altro edificio controllato, un'altra area di ricerca confermata senza avvistamenti di Emma.

Si tolse l'auricolare e alzò lo sguardo verso le nuvole grigie che scorrevano nel cielo tetro.

Non era mai stato un uomo religioso, ma mentre guardava la tempesta passare sulle colline e dirigersi verso la strada principale, fece una promessa.

Smetterò. Ridatemi solo mia figlia, e smetterò.

CAPITOLO 62

Kay aprì la portiera dell'auto prima che Carys avesse il tempo di tirare il freno a mano e si affrettò verso l'ingresso del deposito, con i passi della collega alle calcagna.

Irruppe attraverso le porte a vetri della reception, si avvicinò alla scrivania e mostrò il suo distintivo.

«Vorrei parlare con Colin Broadheath», disse. «Ora, per favore».

La receptionist, con gli occhi spalancati, annuì e sistemò la sua cuffia prima di trasmettere il messaggio a bassa voce.

Carys la raggiunse mentre la receptionist terminava la chiamata.

«Sarà da voi tra un momento», disse la receptionist, indicando alla sua sinistra. «Volete attendere nella sala riunioni?»

Kay annuì e guidò il cammino verso una piccola area d'attesa attraverso una porta aperta alla destra del banco della reception.

Le pareti erano state dipinte di bianco, una volta, e una

serie di grandi fotografie incorniciate pendevano da tre delle quattro pareti.

Carys sostava vicino alla porta mentre Kay girava per la stanza una seconda volta.

Dei passi si avvicinarono e lei si fermò quando apparve Colin Broadheath.

L'uomo sembrava ancora più logoro dell'ultima volta che Kay l'aveva visto, e lei lo fulminò con lo sguardo mentre lui adocchiava Carys prima di rivolgere la sua attenzione a lei.

«Detective Hunter. Che piacere rivederla».

Kay dispiegò la copia dell'ordine d'acquisto e gliela porse.

«Signor Broadheath, può spiegare lo scopo dell'ordine degli ultimi tre articoli di questa lista?» chiese.

Lui guardò oltre la sua spalla quando un telefono cellulare iniziò a squillare, poi tornò da Kay.

Carys estrasse il suo telefono dalla borsa, alzò la mano verso Kay e fece un passo indietro nell'area della reception per rispondere alla chiamata.

«Mi scusi, cosa?» disse Broadheath.

Kay batté il dito sul documento nella mano dell'uomo.

«Vorrei sapere perché gli ultimi tre articoli di questa lista sono stati ordinati da lei».

L'uomo aggrottò la fronte, estrasse un paio di occhiali dalla tasca della maglietta e se li posizionò sul naso.

«Non ne ho idea», disse, e porse il foglio a Kay.

Lei non lo prese.

«Dovrà fare di meglio, signor Broadheath. I primi due articoli sono i pezzi che ha ordinato per la telecamera a circuito chiuso rotta che sorveglia il parcheggio dei furgoni. Gli altri tre pezzi che ha ordinato qui non hanno alcuna relazione con il sistema a circuito chiuso. Pertanto, vorrei sapere perché li ha ordinati».

«Non l'ho fatto», disse lui.

Kay inarcò un sopracciglio.

«Guardi», disse lui, con un tono di esasperazione. Indicò l'angolo in alto a destra dell'ordine d'acquisto.

Kay si avvicinò, cercando di non inalare l'odore dell'uomo. «Cosa devo guardare?»

«Questo numero qui è il mio codice. Identifica me come la persona che ha effettuato l'ordine, ok?»

«Sì».

«Qui usiamo un sistema di Enterprise Resource Planning per gli approvvigionamenti». Il suo dito si spostò verso la parte alta della pagina. «Questo numero appartiene alla persona che ha richiesto gli articoli. La persona ha richiesto tramite il sistema ERP che io ordinassi questi articoli per loro».

«Di chi è quel numero?»

Lui si tolse gli occhiali e restituì l'ordine d'acquisto.

«Bob Rogers».

CAPITOLO 63

«Sergente? Una parola urgente?»

Carys era ferma sulla soglia, il suo sguardo oscillava tra Kay e Colin Broadheath.

«Grazie, signor Broadheath» disse Kay. «Per favore, non lasci l'edificio. Potremmo aver bisogno di parlare di nuovo con lei.»

Lui annuì, con un'espressione confusa sul volto.

«E signor Broadheath? Le sarei grata se non menzionasse questa conversazione a nessun altro al momento.»

«Capisco» disse, e si allontanò in fretta.

Kay rivolse la sua attenzione a Carys. «Cosa c'è?»

«Ho ricevuto una chiamata da Gavin. Ha appena ricevuto il fascicolo completo del personale di Eli Matthews.»

Kay sentì un brivido correrle lungo la schiena. «E?»

«Bob Rogers era il manager di Eli a Ipswich fino a diciotto mesi fa.»

«Diciotto mesi fa?»

«Ha lasciato il Suffolk un mese prima di Eli» disse Carys.

Kay superò Carys ed entrò nell'area della reception. «Dov'è Bob Rogers?»

«Uhm, se non è nel suo ufficio, sarà fuori sul retro a fare una pausa sigaretta» disse la ragazza.

Kay indicò la porta di sicurezza. «Fammi passare. Ora.»

Guidò il cammino lungo il corridoio verso l'ufficio di Rogers, la sua mente correva mentre tutti i pezzi del puzzle andavano al loro posto.

Perché il trasferimento di Eli dal Suffolk al Kent aveva richiesto solo settimane, mentre normalmente ci sarebbero voluti mesi prima di trovare una collocazione adatta.

Perché era stato così facile per lui ottenere targhe false.

Perché Eli era riuscito a ottenere un furgone da corriere di seconda mano con pochissima documentazione.

E perché una fotocamera era stata trovata accanto al corpo di Melanie Richards.

«Che razza di bastardo malato...» mormorò Carys.

Kay alzò una mano mentre si avvicinavano all'ufficio di Rogers.

Era vuoto.

Gli occhi di Kay caddero sulla scrivania. «Manca il suo computer portatile» disse.

«Computer portatile?»

«Quando ero qui con Barnes, Rogers aveva un computer portatile davanti a sé» disse Kay.

«Per cosa? Ha già un computer lì.»

«Esatto.»

Lo sguardo di Kay si spostò sulla cassaforte.

«Carys, sigilla questa stanza come scena del crimine. E chiama i rinforzi.»

Si girò sui tacchi.

«Dove va, sergente?»

«A fare in modo che questa sia l'ultima pausa sigaretta privata di Bob Rogers per molto tempo.»

Corse lungo il corridoio verso il retro del deposito, si fece strada attraverso le porte doppie ed entrò nell'ufficio smistamento. Ignorò gli sguardi del piccolo gruppo di uomini e donne in piedi vicino agli scaffali, e si diresse attraverso il grande spazio verso una porta inserita nella parete posteriore.

Si aprì mentre si avvicinava, e lei si fermò di colpo.

Una donna entrò, il viso segnato e i capelli bianchi permanentati macchiati di giallo sul davanti.

«Ciao, cara» disse allegramente. «Non vedi l'ora di una sigaretta, eh?»

Ridacchiò e tenne aperta la porta per Kay.

«Grazie» disse lei, e si affrettò ad uscire.

Sbatté le palpebre mentre il sole scivolava fuori da dietro una nuvola, e la porta si chiuse con un tonfo alle sue spalle.

«Non ti facevo una fumatrice.»

Si girò di scatto.

Bob Rogers era appoggiato al muro dell'edificio e soffiò un anello di fumo nell'aria.

Un sorriso pigro gli si disegnò sul volto.

«Dov'è Emma, Bob? Dove l'hai messa?»

Lui scrollò le spalle, poi fece un lungo tiro della sigaretta prima di rispondere. «Non so di cosa stai parlando.»

«È finita, Bob. Sappiamo tutto.» Kay fece un passo avanti. «Dov'è?»

Bob si strappò la sigaretta dalle labbra e la gettò a terra. «Che ne so io. Eli era il talent scout e il responsabile delle location. Io sono solo il produttore esecutivo.»

La sua mano scattò in avanti e Kay sussultò mentre lui afferrava i risvolti della sua giacca e la faceva girare fino a quando la sua schiena non fu contro il muro, il suo corpo contro il suo.

«Avevo investito un sacco di soldi in questo» ringhiò.

Kay strinse i pugni e cercò di non avere conati di vomito per il suo alito fetido.

Lui spostò il peso, poi le passò la mano sul viso. «Tu eri la prossima, Hunter.» I suoi occhi si indurirono e la sua mano si spostò sulla mascella di lei, le dita che stringevano forte. «Sei sempre stata la prossima.»

Kay girò la testa da un lato all'altro e cercò di mettere un po' di distanza tra loro.

Se avesse potuto alzare il ginocchio...

Rogers fece un passo di lato. «No, non ci provare, stronza.»

Lei gridò quando il palmo di lui colpì la sua guancia, e sentì il sapore del sangue.

Sbatté le palpebre per scacciare le lacrime e lo guardò con rabbia. «Perché l'hai fatto, Rogers? Quelle ragazze non ti avevano fatto niente.»

La mano di lui si spostò sulla sua gola, la sua voce quasi un ronzio. «Eli ha preferenze strane. Ma funziona a mio vantaggio, quindi non importa.»

«Cosa è successo nel Suffolk?»

La sua presa si strinse e Kay cercò di deglutire. La sua trachea si contrasse e lei tossì.

«È andato storto, vero?» disse, combattendo il panico e la ricerca disperata di risposte. «Chi ha fatto casino? Tu?»

«Io non faccio errori.»

«Oh, quindi è stato Eli, vero?» Lei lasciò uscire una risata strozzata. «Come diavolo sei finito con quello lì, eh?»

Le dita di Rogers si strinsero ancora di più e la visione di Kay si oscurò ai bordi.

Solo un po' più a lungo.

Le sue mani volarono alle dita di lui e cercò di staccarle dal suo collo, il suo respiro affannoso.

Lui digrignò i denti e schiacciò i fianchi contro i suoi. «Avanti, stronza. Lotta.»

Kay represse l'impulso di vomitare e invece allungò i pollici, mirando alle sue orbite oculari.

La sua presa si allentò e lui le allontanò le braccia con uno schiaffo.

Un secondo schiaffo le annebbiò la vista, e poi le mani di lui tornarono, stringendo più forte.

Kay emise un respiro affannoso.

«Non credo che aggredire un'agente di polizia gioverà molto al suo caso, Rogers».

Lui ridacchiò, mantenne una mano sulla sua gola e fece un passo indietro. Indicò verso l'alto.

«Chi ti crederà?» disse. «La telecamera è rotta».

Lo sguardo di Kay guizzò alla sua destra.

«Beh,» gracchiò. «Questo è vero. Ma *loro* potrebbero avere qualcosa da dire al proposito».

Lui aggrottò la fronte, allentò la presa e si guardò alle spalle.

Due agenti in uniforme si trovavano a pochi metri da lui, con i taser puntati.

Kay non esitò. Scagliò un calcio, la sua scarpa colpì lo stinco di Rogers, e lui urlò.

Il più grande dei due agenti gli saltò addosso, lo immobilizzò contro la porta e gli fece scattare le manette ai polsi.

«Stronza,» sibilò Rogers.

Kay lo fulminò con lo sguardo, poi si voltò verso i due agenti in uniforme e si sistemò la giacca. «Ottimo tempismo, ragazzi. Grazie».

CAPITOLO 64

Barnes scrutò attraverso la nebbia che si alzava dal sottobosco inzuppato prima di abbassare lo sguardo sul telefono che aveva in mano e imprecare.

La squadra nella sala operativa gli aveva inviato via email le planimetrie, ma erano tremendamente piccole sullo smartphone, e lui aveva sbagliato strada.

Rivolse lo sguardo verso il campo del cantiere abbandonato, sentendo la paura crescere di nuovo mentre osservava la squadra muoversi metodicamente lungo il perimetro, con gli occhi puntati a terra mentre conducevano la ricerca.

Barnes inciampò e imprecò di nuovo.

Riprese l'equilibrio, e poi si rese conto di essere inciampato su uno dei tombini che costellavano il terreno in quella zona.

Quindici minuti prima, avevano localizzato un ingresso al vecchio sistema fognario vittoriano attraverso il parcheggio sotterraneo del palazzo scheletrico più vicino alla recinzione di confine, ma erano stati costretti a tornare indietro a causa dell'allagamento.

Barnes era rimasto in piedi mentre l'acqua lambiva le sue scarpe, e aveva sforzato gli occhi per vedere lungo l'oscurità dello stretto tunnel.

Aveva gridato, la sua voce echeggiava sulle pareti ottocentesche prima di scomparire nell'ombra.

Era calato il silenzio, e lui e i due agenti in uniforme avevano atteso.

Non c'era stata risposta.

«Possiamo usare le planimetrie per scoprire se c'è un altro modo per entrare», aveva detto uno degli agenti, sfiorando leggermente il braccio di Barnes. «Continueremo a cercare».

Barnes aveva apprezzato il gesto e le parole, ma aveva percepito i pensieri inespressi che passavano negli altri due uomini.

I volti dei loro colleghi avevano parlato chiaro quando erano usciti dal seminterrato e avevano raggiunto l'atrio in rovina.

Finché l'acqua non si fosse ritirata, non c'era speranza di raggiungere Emma attraverso il cantiere.

Dovevano trovare un altro modo.

Un nuovo esame delle planimetrie mostrava che il vecchio sistema fognario si diramava nel sottosuolo come una ragnatela. In alcuni punti, i cartografi si erano semplicemente arresi, e linee tratteggiate erano contrassegnate con annotazioni tipografiche a sostegno di questa teoria, indicando "sconosciuto".

Così, la squadra si era divisa per coprire il maggior numero possibile di percorsi noti.

Prima che il consiglio comunale approvasse il cantiere, e anni prima che il sottobosco ispido che ora copriva lo spazio, un vecchio mulino sorgeva sul sito, fino a quando non si era deciso di abbatterlo per timore che gli intrusi rimanessero intrappolati nel suo labirintico sistema di drenaggio.

Il corso d'acqua naturale sarebbe stato una manna dal cielo per i proprietari del mulino, ma anche una maledizione, e così era stata creata la rete di drenaggio e fognature per convogliare l'eccesso d'acqua piovana lontano da quello che ora era un campo, verso la fogna che si trovava sotto il cantiere.

Un sergente in uniforme si avvicinò a lui, con la mascella serrata.

Barnes si preparò. «Che succede?»

«Abbiamo un'altra squadra di esperti in arrivo», disse l'uomo. «Stanno portando dell'attrezzatura. Una specie di roba GPS che mostrerà esattamente dove sono sepolti questi condotti».

«Quanto ci metteranno?»

«Circa mezz'ora».

Barnes chiuse gli occhi.

«Mi dispiace, è il meglio che possono fare».

«Lo so». Barnes aprì gli occhi e si asciugò le lacrime. «Lo so».

Entrambi si voltarono quando sentirono un grido dall'altra parte del campo.

Un giovane agente agitava le braccia verso di loro, poi si girò e fece cenno a uno dei suoi colleghi che era più vicino.

Barnes partì di corsa, con i passi del sergente che lo seguivano da vicino.

Oh Cristo, cosa ha trovato?

Altri due poliziotti arrivarono prima di lui, e mentre lui si fermava barcollando, si accovacciarono e frugarono nel sottobosco, con le teste quasi a contatto.

«Cos'è?»

«Shh». Il giovane agente che li aveva chiamati alzò la mano, poi arrossì. «Scusi, mi era sembrato di sentire un rumore di colpi».

Barnes guardò dove indicava.

Un coperchio di tombino in acciaio, simile a quello su cui era inciampato, giaceva incrostato di erbacce e muschio nel sottobosco.

Si gettò a terra, dove i tre poliziotti in uniforme cercavano di staccarlo dal suo alloggiamento.

«Datemi il vostro manganello», disse.

L'uomo accanto a lui porse l'arma telescopica, e Barnes ne inserì l'estremità in una delle rientranze del coperchio d'acciaio.

Gli altri due poliziotti capirono cosa stava per fare e si prepararono a creare la leva aggiuntiva.

«Al tre», disse Barnes.

Si appoggiò contro l'arma, e il bordo del coperchio si spostò sul lato opposto.

«Di nuovo», disse il sergente, e si mise in ginocchio. Estrasse il proprio manganello e lo infilò sotto il bordo mentre si sollevava.

Un sibilo d'aria uscì, il fetore secolare li avvolse, prima che riuscissero ad afferrare il coperchio d'acciaio e farlo scivolare di lato.

Barnes scrutò nell'abisso.

Una scala era stata fissata al lato dello scarico per facilitare l'accesso tanti anni fa, i suoi bordi sfilacciati dalla ruggine e dall'usura.

«Papà?»

Il suo cuore sobbalzò.

«Emma?»

La vide allora, che lo guardava dal basso, con gli occhi spalancati mentre si aggrappava ai pioli e l'acqua le lambiva i piedi.

«Emma!» Tese la mano, allungandosi il più possibile. «Dai, ce la puoi fare. Ci sei quasi».

Un singhiozzo le sfuggì dalle labbra mentre iniziava a salire, ogni movimento fu lento e metodico.

Barnes trattenne il respiro.

Sua figlia tremava incontrollabilmente mentre sollevava una mano, poi l'altra, poi un piede, poi l'altro, e si arrampicava lentamente verso di lui.

Ti prego, non farla scivolare!

La sua mano sfiorò la sua.

«Tienimi per le caviglie così non cado là sotto!» disse all'agente di polizia più vicino a lui.

Si lanciò nel buco, allungò entrambe le mani e le avvolse intorno ai polsi di Emma.

«Ti ho presa» disse. «Ti ho presa. Cammina sui pioli. Non ti lascerò andare».

Fu trascinato su, con lo stomaco e il petto che strisciavano contro i lati di mattoni e malta dello scarico, e poi delle mani si allungarono, afferrando Emma.

Il sergente lo spinse delicatamente da parte, poi prese Emma per le braccia e la sollevò lontano dallo scarico.

I capelli le si appiccicavano al viso, un brutto taglio dietro l'orecchio si era rappreso, e il vestito le aderiva addosso, strappato e lacerato, ma mentre Barnes recuperava l'equilibrio e si precipitava verso di lei, tutto ciò a cui riusciva a pensare era quanto fosse diventata bella sua figlia negli anni da quando l'aveva vista l'ultima volta.

«Sei al sicuro, tesoro mio» mormorò.

«Papà» balbettò lei, e gli cadde tra le braccia.

CAPITOLO 65

Kay passò un dito sulla morbida medicazione imbottita che il medico le aveva applicato sul collo, cercando di non pensare ai lividi che le ricoprivano gli zigomi.

Prima, si era fermata davanti allo specchio, per provare a coprirli, ma poi aveva serrato la mascella e aveva rimesso la sua cipria compatta nella borsa prima di tornare nella sala operativa.

Un'ombra oscurò la scrivania e lei alzò lo sguardo.

«Detective sergente Hunter.»

«Capo.»

Iniziò ad alzarsi, ma l'ispettore capo Larch le fece cenno di rimanere seduta.

«Volevo congratularmi con lei per i risultati della squadra» disse. «Sharp parlerà alla squadra in dettaglio a breve, ma mi ha detto che lei è rimasta ferita durante l'arresto di Bob Rogers.»

«Sto bene, capo, davvero» gracchiò. «Il medico dice che la mia voce tornerà normale nel giro di un paio di giorni.»

«Deve stare attenta, Hunter» disse l'ispettore capo Larch. «Un giorno la sua impulsività la metterà nei guai seri.»

Si voltò sui tacchi.

Barnes si avvicinò mentre l'ispettore capo Larch usciva dalla sala operativa.

«Ha dovuto dire l'ultima parola, vero?»

«Qualcosa del genere.»

Lui sorrise. «Ben fatto, sergente. L'hai preso.»

«L'abbiamo preso tutti, Ian» sorrise lei. «Grazie per essermi stato vicino.»

«Qualcuno doveva pur farlo.»

«Sì, immagino.» Rise, poi tornò seria. «Come sta Emma?»

«Disidratata. La terranno in ospedale per qualche giorno, erano preoccupati per l'effetto che l'acqua fredda potesse avere avuto su di lei, ma ho parlato con Sarah poco fa e, a quanto pare, Emma ha già rilasciato la sua dichiarazione iniziale a Debbie West. Era determinata a fare la sua parte per vedere Matthews e Rogers finire in prigione per molto tempo.»

«È bello sentirlo, Ian.»

«Sì. Farò anche una chiacchierata tranquilla con lei sul bullismo.» La sua voce tremò. «Non posso credere quanto sono stato vicino al perderla per sempre.»

Kay allungò la mano e gliela posò sul braccio. «Non l'hai persa, però. Non giocare al "cosa sarebbe successo se", okay?»

Lui sbatté le palpebre per scacciare le lacrime, poi si guardò alle spalle. Il resto della squadra era riunito intorno all'ufficio di Sharp. Si voltò di nuovo verso di lei.

«Ascolta, Kay. Ho fatto una promessa là fuori oggi.» Abbassò lo sguardo. «Non credo in Dio o cose del genere. Sai com'è con questo lavoro.» Scrollò le spalle. «Ho promesso che se l'avessi riavuta viva, avrei smesso.»

«Cosa?»

«Oggi ho quasi perso Emma per sempre. Non ha mai voluto che facessi il detective, e nemmeno sua madre.»

«Ian, hai detto tu stesso che è stato anni fa.»

«Lo so, ma ora voglio passare del tempo con lei. Non sopporto l'idea di perderla di nuovo.»

Kay lasciò cadere la mano. «Ascoltami. Sei uno dei migliori detective in questa stanza.»

«Ma...»

Lei alzò le mani. «Ascolta» ripeté. «Parla con Sharp. Prenditi del tempo libero per stare con Emma, ma per favore, pensaci bene prima di lasciare, okay?» Si sforzò di sorridere. «Nonostante quello che tutti dicono di te, mi piace averti intorno.»

Lui sbuffò, poi tornò serio. «Grazie, sergente.»

Si voltarono mentre l'ispettore detective Sharp entrava a grandi passi nella stanza.

«Bene, radunatevi» disse, e si mise davanti alla lavagna. Controllò l'orologio.

Kay prese posto tra Carys e Gavin, e attese che il resto della squadra si sistemasse.

«Venti minuti fa, io e l'ispettore capo Larch abbiamo incontrato Jude Martin della Procura di Crown e abbiamo esposto il nostro caso contro Eli Matthews» disse Sharp. «È stato formalmente accusato del rapimento di Emma Thomas, del rapimento e dell'omicidio di Melanie Richards, dell'omicidio di Beryl Matthews, e delle accuse associate alla morte di Guy Nelson. E, grazie alle prove in corso e alla testimonianza di Emma Thomas, ci aspettiamo che Matthews riceva una condanna significativa.»

«Bob Rogers è stato accusato di aggressione a pubblico ufficiale, oltre che di finanziamento del rapimento di Melanie Richards e Emma Thomas, e di intralcio alla giustizia» disse. «Sono sicuro che aggiungeremo altri capi d'accusa mentre le nostre indagini proseguiranno in vista del processo.»

I suoi occhi incontrarono quelli di Kay, poi scesero sul suo collo. «Dovrebbe essere qui?»

«Il dottore ha detto che sto bene, capo.»

«Sembra che possa cantare come voce principale in una band blues.»

Questo suscitò una risata, e Kay ne fu grata. Tutti sapevano quanto fossero andati vicini ad avere un'altra vittima di omicidio, ma non era il caso di soffermarsi troppo su questo.

Barnes le fece l'occhiolino dall'altra parte della stanza.

«Matthews le ha detto perché si è trasferito nel Suffolk, capo?» chiese Carys.

«Stavo arrivando a quello.» Sharp si voltò verso la lavagna e fissò una fotografia di Bob Rogers in alto accanto a quella di Eli Matthews. «Felix Peters, il vicino, ha detto a Hunter e Barnes che il padre di Eli ha abbandonato Beryl Matthews quando Eli aveva cinque anni. Sembra che Eli sia riuscito a rintracciarlo a Ipswich, dove lavorava al deposito della County Deliveries.»

Tracciò una freccia dalla foto di Eli a quella di Bob.

Kay ignorò i mormorii stupiti che riempirono la stanza e si sporse in avanti. «Se Bob Rogers era il padre di Eli, perché non gli ha permesso di stare con lui? Perché farlo rimanere con sua madre se sapeva che continuava ad abusare di lui?»

«Pianificazione attenta» disse Sharp. «Rogers sapeva che suo figlio tendeva a conservare souvenir e non voleva farsi beccare. Tenendo Eli lontano da casa sua, proteggeva sé stesso mentre aveva qualcun altro che rapiva le loro vittime.»

Gavin emise un fischio basso che tagliò il silenzio scioccato. «L'undicenne, che è stata trovata vagante» disse. «È stata la loro prima?»

Sharp scrollò le spalle, con il viso cupo. «La polizia del Suffolk si è impegnata a riaprire tutti i vecchi casi che mostrano qualche somiglianza con questo. Potrebbe non essere stata la prima, ma quella bambina è l'unica che sappiamo essere sopravvissuta.»

Kay rabbrividì.

Se Bernard Coombs non avesse segnalato il sangue che aveva intravisto nel retro del furgone di Eli quella notte; se Grey non avesse guardato così attentamente quell'ordine d'acquisto, se...

Tutto avrebbe potuto andare in modo molto diverso.

Sharp gettò la penna sulla scrivania più vicina.

«Bel lavoro», disse. Lanciò uno sguardo fuori dalla finestra mentre il sole cominciava a dividere le nuvole, e sorrise. «Bene, credo che vi siate meritati di finire prima. Vi voglio tutti qui domattina alle otto in punto».

Kay salutò mentre la squadra lasciava la stanza uno alla volta, poi si avvicinò alla sua scrivania, prese la sua borsa e afferrò le chiavi dell'auto.

Mentre si raddrizzava, vide Barnes avvicinarsi a Sharp,

e poi entrambi gli uomini scomparvero nell'ufficio dell'ispettore, con la porta che si chiudeva alle loro spalle.

«Merda», mormorò.

CAPITOLO 66

Kay si voltò al suono di passi sulla scala, si avvolse in un asciugamano e uscì dal bagno privato mentre Adam entrava nella camera da letto.

«Ciao», disse con voce roca.

Adam le diede un'occhiata al viso e al collo e attraversò lo spazio tra loro in due falcate, tirandola a sé.

«Al telefono hai detto che non era così grave», disse, poi le prese il viso tra le mani mentre ispezionava le lacerazioni con occhio esperto. «Cosa ti hanno messo su queste ferite?»

«Non lo so, ma bruciava come l'inferno.»

«Cristo.»

La abbracciò stretta, affondando il viso nei suoi capelli. «Hai preso il bastardo che ti ha fatto questo?»

«Sì», mormorò contro il suo petto. «Finirà in galera per molto, molto tempo. Come anche l'altro tizio.»

Mentre lui si toglieva i vestiti da lavoro, lei gli raccontò quello che poteva del caso, e del fatto che anche la figlia di Ian Barnes era stata rapita.

«È una tosta però», aggiunse. «Penso che alla fine starà bene.»

Adam appallottolò i boxer e li gettò nel cesto della biancheria. Si voltò sulla porta del bagno e sorrise.

«Ti va un'altra doccia?»

Lei sorrise. «Forse.»

«Ti porto fuori a cena», disse lui mentre lei si avvicinava. «È passato troppo tempo dall'ultima volta che abbiamo festeggiato qualcosa.» Aggrottò la fronte. «Cioè, se te la senti di uscire?»

Lei sorrise. «Mi sembra un'ottima idea.»

Si avvicinò e allentò l'asciugamano. «Ti va un antipasto?» disse, poi rise mentre lui la trascinava sotto il getto d'acqua calda.

Più tardi, si meravigliò di quanto Adam fosse attraente vestito in giacca e cravatta.

«Avevo dimenticato quanto stai bene quando ti sistemi», disse.

Lui inarcò un sopracciglio. «Non guardarmi così. Faremo tardi.»

Lei ridacchiò, e poi si trattenne.

«È un bel suono», disse lui. «Non pensavo l'avrei sentito di nuovo.»

Lei si alzò in punta di piedi e lo baciò, poi si voltò per prendere gli orecchini.

«Ma c'è ancora qualcosa che ti preoccupa», disse lui. «Lo percepisco. Cos'è?»

Lei sospirò e si mise gli orecchini. «Non ti piacerà. Riguarda l'indagine degli Standard Professionali.»

«Avanti, allora», disse lui, assumendo un'espressione seria. «Dimmi. Cosa ti passa per la mente?»

Kay sospirò e si passò una mano tra i capelli. «Sembrerà una pazzia.»

«Stai parlando con me», disse lui, strizzando l'occhio. «Ricordi?»

Lei fece un respiro profondo. «Devo scoprire cosa è successo alla pistola scomparsa», disse.

Gli occhi di Adam si spalancarono una frazione di secondo prima che lei sentisse il suo brusco inspirare.

«Ovviamente non sono stata io. Ma qualcuno l'ha presa. L'ha fatta sparire. *Sapeva* che era tutto ciò che avevamo per incastrare il sospettato per quell'omicidio.»

Adam si appoggiò alla toeletta. «Perché?»

«Non lo so.»

«Beh», disse Adam, porgendole un gemello e girando il polso perché glielo potesse allacciare, «sei tu la detective. Immagino che dovrai scoprirlo da sola.»

«Non posso. Se l'ispettore capo Larch scopre che ci mettendo il naso, mi farà nuova.» Alzò gli occhi verso di lui e si trovò di fronte uno sguardo intenso. «Cosa c'è?»

«Potresti sempre usare la stanza degli ospiti. Condurre la tua indagine da qui.»

Lei si morse il labbro.

«Prima o poi dovremo andare avanti con le nostre vite», disse Adam, intrecciando le dita con le sue.

«E tu?»

«Io mi preoccupo per *te*», disse. Le portò la mano alle labbra e le baciò le dita. «Se tu sei felice, io sono felice. E penso che tu abbia bisogno di scoprire la verità. Per te stessa, se non per altri.»

«Non ti dispiace?»

Lui scosse la testa. «Fallo.» Sorrise. «Solo non farti

venire in mente di tappezzare la stanza con le foto dei tuoi sospettati, okay?»

Kay alzò gli occhi al cielo. «Quello succede solo in televisione.»

Lui sorrise e le baciò di nuovo le dita.

Un clacson suonò nella strada sottostante.

«Il taxi è arrivato», disse lei.

Adam le strinse la mano. «Scendi. Arrivo tra un minuto.»

Kay sorrise, afferrò le scarpe e scese le scale a piedi nudi prima di infilarsele, non fidandosi di affrontare la discesa con i tacchi.

Aprì la borsetta mentre si dirigeva in cucina per controllare che la porta sul retro fosse chiusa.

Chiavi, contanti, carta di credito, cellulare...

Si fermò, all'altezza del microonde, con il cuore in gola.

Il coperchio della teca di Sid era spostato, con un ampio spazio aperto in un angolo, e la saliera era rovesciata sul piano di lavoro della cucina, granelli bianchi sparsi su di esso come una grandinata.

«Oh, no», disse Kay, con la voce tremante.

Indietreggiò contro il frigorifero e poi urlò.

«Adam? Dov'è finito quel maledetto serpente?»

FINE

L'AUTRICE

Prima di dedicarsi alla scrittura, Rachel Amphlett, autrice di romanzi polizieschi tra i più venduti di USA Today, ha suonato la chitarra in una band, ha lavorato come comparsa in TV, al cinema e nell'editoria come assistente editoriale.

Ora impugna una penna al posto del plettro e scrive polizieschi. Ha oltre 30 romanzi e racconti all'attivo che vedono come protagonisti spie, detective, giustizieri e assassini.

Appassionata di viaggi e investigatrice privata per caso, Rachel ha la cittadinanza australiana e britannica.

www.ingramcontent.com/pod-product-compliance
Lightning Source LLC
Chambersburg PA
CBHW010424170726
48283CB00011B/3051